KB162431

12
시라토리 시로
일러스트 시라비
감수 사이유키
ryuoh no oshigoto!
용왕이 하는 일!
© shirabii

© shirabii

「선생님, 넥타이가 삐뚤어졌어.」
「응?! 아…… 미안해.」
「됐으니까 나한테 맡겨. 자! 몸을 숙이고.
이쪽으로 고개를 내밀어 봐.」

오로지 두 사람만이 프로가 될 수 있다.
사투가 펼쳐지는 3단 리그 종반전!

© shirabii

목차

저자	시라토리 시로	작품명	용왕이 하는 일! 12
일러스트	시라비	감수	사이유키

페이지	발행처	발행연월일
384페이지	노블엔진	2021년 6월 1일

이상 384페이지로
용왕이 하는 일! 제12권 전부

시라토리 시로
일러스트 시라비
감수 사이유키

등장인물 소개

쿠즈류 야이치

용왕. 라무네가 뇌에 좋다는 말을 듣고 대국 도중 간식으로 썼다가 소리가 시끄럽다고 주의를 받았다.

소라 긴코

야이치의 사저. 장려회 3단이자 여류 2관. '타코야키 맛' 과자는 대개 소스 맛만 난다고 역설 중.

히나츠루 아이

야이치의 제자. 타피오카에 푹 빠졌다. '까만 알갱이를 먹으면 재수가 없다'며 흰색 타피오카를 자체 제작. 쫄깃쫄깃.

야샤진 아이

야이치의 두 번째 제자. 과자로 유명한 코베 출신. 대국 전에 백화점 지하 코너에서 간식을 고르는 것을 즐긴다.

오키토 요우

제위, 옥장 타이틀 보유자. 타이틀 매치에서 칼○리메이트 통조림을 박스로 주문해 연맹 직원이 고생했다.

카가미즈 히우마

장려회 3단. 고참이라 기사의 취향을 잘 알아서, 기록 담당일 때 간식 부탁을 받는 일이 많다.

쿠누기 소타

사상 첫 초등학생 장려회 3단. 예회 때문에 오사카를 오가다 사탕을 나눠주는 아주머니를 목격. 무심코 촬영했다.

카라코 쇼지

편입 시험으로 장려회에 복귀. 곤약 공장에서 일한 경험이 있다. 본인 말에 따르면 현재 유통되는 타피오카의 절반은 곤약이라고 한다.

사카나시 스미토

이번 리그에서 1위인 3단 기사. 사매가 소개해 준 운전 학원에서 여자에게 과자를 받았다. 그 뒤로 장기 실력이 돌아왔다는 평가.

☗ 스크랩북

스크랩북이 있다.

장기 잡지에 1년에 두 번만 실리는, 어느 페이지.

잡지의 가장 뒤편에 몰래 실리는 겨우 두 페이지짜리 작문만 잘라서 모은 스크랩북은 어느새 100페이지나 됐다.

대다수의 사람에게는 아무런 가치도 없을 것이다.

하지만 나에게는 보물이다.

프로 기사란 존재를 안 여섯 살 때부터 쭉, 잡지는 버려도 그 기사만은 모아서 소중히 간직해 왔다.

『4단 승단기』.

반년에 한 번, 장려회 3단 리그를 돌파한 두 사람만이 쓸 수 있는, 짤막한 문장. 청춘을 전부 장기에 바친 세월을 고작 한 페이지 압축한 그것은 기사의 인생 그 자체다.

언젠가 자신도 여기에 실리는 것이, 내 인생의 전부였다.

장려회에 들어간 후로 잠이 안 오는 예회 전날 밤에는 이 스크랩북을 자꾸 넘기면서, 4단 승단기를 쓰는 날을 상상했다.

나라면 무엇을 쓸까?

힘들었던 장려회 시절?

3단 리그에서 인상적이었던 대국?

자신을 제치고 프로가 된 동료들을 향한 질투?

스승님께 감사하는 마음?

부모님께 감사하는 마음?
동료에게 감사하는 마음?
장기를 두며 느끼는 기쁨?
마음이 꺾였던 날의 기억?
다시 일어설 수 있었던, 그 대국?
장려회에서 보낸 나날이 길어질수록, 쓰고 싶은 것도 많아지고, 바뀌었다.
하지만 마지막에 쓸 문장만은 정해져 있다.
그런 결의가 있었기에, 괴롭고 암울한 장려회 생활을 버틸 수 있었다.
자신을 추월한 후배의 기록 담당을 맡게 됐을 때, 상대방을『선생님』이라 부르며 차 심부름을 하는 굴욕도 견딜 수 있었다.
지금까지 선배로서『왕장』을 써 왔던 연구회에서, 프로가 된 후배에게 그것을 양보하고『옥장』을 쓰는 것도 견뎌냈다. 장려회 회원으로서 신인전에서 처음 우승했을 때도 '나보다 약한 녀석이 어떻게 프로가 된 거지' 란 의문에 마음이 검게 물들지 않고 견뎌냈다.
스크랩북을 넘기면서, 나는 기분 좋게 잠에 빠져든다.
선두로 맞이한 3단 리그 최종국. 옥(玉) 앞에 금(金)을 둬서 승리한 나는 리그표에 승리를 기록했다. 간사 선생님에게 축복을 받았고, 기자 취재, 사진 촬영. 그것을 다 마치고 나는 우선 스승님에게 보고하고, 다음에 본가에 연락했다. 흐느끼는 부모님의 목소리를 전화기로 듣고, 비로소 나도 눈물을 흘렸다.

4단이 됐다……. 프로가 된 것이다. 그 기쁨을 곱씹으며, 한 글자 한 글자 원고를 썼다. 4단 승단기를 쓰게 된 것이다.

가슴속에 잘 간직하고 있었던 마지막 한 문장을 쓰고, 제목을 생각했다. 그래. 이게 좋겠어――.

그리고 꿈은 항상 여기서 끝난다.

잠에서 깬 나는 머리맡에 있는 스크랩북에 손을 뻗었다.

거기에 있어야 할 기사를 찾아서…….

하지만 스크랩북을 아무리 뒤져도…… 내 페이지는 없었다.

☖ 유서

스크랩북 끝에, 남자는 그 문장을 꼼꼼하게 썼다.

복사본은 연맹과 부모님에게 우편으로 보냈다.

원망하는 말은 한마디도 없었다. 아무런 지원도 없이 남자를 맹수 우리에 집어넣은 이사와 스폰서, 장기 소프트의 실력도 모르며 패배만을 비판하는 프로 기사, 『인류의 수치』라고 떠들어대는 장기 팬과 장기를 모르는 사람들도 원망하지 않았다.

그저 담담히 사무적인 사항을―― 개인적 사정으로 공식전에서 부전패함을 사죄하고, 유산은 장기 보급에 써 주길 바라며, 연맹에서 자신의 장례식을 주관하는 것은 거부한다는 뜻만 적힌

유서를, 그는 스크랩북의 마지막 부분에 넣었다.
꼼꼼한 남자는 기사가 된 이후로 집필한 문장을 전부 보존해 뒀다.
그 숫자는 많지 않다. 그는 대국 이외의 일을 맡지 않았다. 연구에 몰두하며, 장기 실력을 기르는 것만이 기사의 의무라고 생각했다. 그래서 누구보다 연구에 힘을 쏟았으며, 그 연구를 타인과 공유하지도 않았다. 그리고 자신과의 대국을 원하는 이가 있다면, 그 누구와도 장기를 뒀다. 아마추어, 여류기사. 그리고 인간 이외의 존재와도 말이다.
마지막으로 그는 스크랩북의 첫 장을 펼쳤다.
거기에는 프로 기사가 되고 처음으로 쓴 문장이 있었다. 남자는 그 짤막한 문장—— 4단 승단기를 다시 읽어보았다.

『다시 태어나도』

오키토 요우

'다시는 장기를 두지 않겠어.'
질 때마다, 나는 그렇게 생각했다.
6년 반에 걸친 장려회 생활은 혹독했다. 홋카이도는 멀다. 왕복 비행기 비용은 물론이고, 차로 몇 시간이나 걸리는 공항까지 데려다준 부모님에게 드리는 부담을 생각하고, 지면서까지 장기를 계속 둬야 하나 고민했다.

그럴 때마다 나를 다시 장기판 앞으로 이끌어 준 건, 나와 마찬가지로 지방에서 살며 장려회에 참가하고 있는 동료들이었다. 예회를 위해 장기회관에 묵는 날만이 사람과 장기를 둘 귀중한 기회다. '장기 둘 사람이 없으니 같이 두자.' 라는 말에 담긴 다정함에 구원받았다.

부모님을 비롯해, 많은 분께 폐를 끼쳤다. 나를 지켜봐 준 사부님. 나를 응원해 준 홋카이도 사람들. 그리고 버팀목이 되어 주며 함께 경쟁해 온 장려회 동료들. 그들 중 몇 명은 나에게 져서 장려회를 관뒀다. '다시는 장기를 두지 않겠어.' 하고 말할 때마다 나에게 손을 내밀고, 항상 이렇게 말해 줬다. '너라면 반드시 프로가 될 거야.'

프로가 된 지금은, 이렇게 생각한다.

다시 태어나도 장기 기사가 되고 싶다.

그것을 다 읽은 후, 남자는 스스로 목숨을 끊었다.

그리고 병원 침대에서 눈을 떴을 때…… 자신이라는 존재에 변함이 없다는 것을 알고, 처음으로 눈물을 흘렸다.

제1보
히나츠루 아이
소라 긴코
©shirabii

☗ 도전자

『앗! 지금 투료했어요.』

태블릿 화면에 나오는 보드 해설을, 나는 어느새 해가 져서 어두워진 방 안에서 지그시 응시했다.

리스너인 로쿠로바 타마요 여류 2단이 애니메이션에 나올 법한 목소리로 외쳤다.

『명인이 투료했습니다! 이것으로, 제위전 도전자가 결정됐습니다! 제위전 사상 최연소인 열여덟 살의 도전자예요!!』

『강하군요.』

해설을 맡은 나타기리 진 8단은 아까부터 보드에 있는 장기말을 옮기지 못했다.

카메라가 대국실을 비췄다.

센다가야에 있는 장기회관 특별 대국실에서 고개를 깊이 숙인 사람은—— 장기 사상 최강의 기사, 명인.

얼마 전, 명인 타이틀을 방어하면서 타이틀 획득 통산 100기라는 공전절후의 대기록을 달성했다.

여섯 개의 영세 타이틀과 1434승이란 어마어마한 숫자의 영광을 거머쥔 사상 최강의 기사가 지금, 한 소년 앞에서 고개를 숙이고 있었다.

용왕—— 쿠즈류 야이치.

이날, 열여덟 살 생일을 맞이한 사상 최연소 타이틀 보유자는 패배한 명인에게 고개를 숙이면서 거친 숨을 골랐다.

기록 담당인 사카나시 스미토 3단이 기보 용지를 가지고 대국실을 나서자, 그때를 기다린 것처럼 보도진이 물밀듯이 밀려들어왔다.

그 모습이 화면에 나오는 가운데, 보드 해설을 맡은 두 사람은 흥분한 목소리로 말했다.

『지난 기의 제위 리그에서 강등됐던 쿠즈류 용왕이 이번 기에는 예선에서 올라와 리그에 진출했고, 전승으로 이 도전자 결정전까지 올라왔습니다. 그리고 큰 주목을 받은 이 일전에서 명인을 꺾고, 처음으로 타이틀을 여럿 가질 기회를 얻었어요……. 이야, 정말 강하네요!』

『그야말로 기세로 밀어붙인 듯한 대국이었어. 이 중요한 대국에서 명인 상대로 후수를 두면서 압도적인 승리를 거두다니……. 이런 장기를 둘 수 있는 건 야이치 군뿐이겠지.』

『게다가 의표를 찌르는 몰이비차였어요!』

『오이시 옥장…… 아니, 전 옥장과의 대국도 엄청났지만, 이번 장기도 요즘 들어서 보기 힘든 발상이었어.』

『검토 소프트의 평가치도 일정하지 않았어요! 그러고 보니 나타기리 선생님은 명인의 연구회 멤버죠? 명인도 소프트를 이용해 연구를 하나요?』

『명인은 거의 쓰지 않을 거야. 나나 젊은 기사들이 쓰는 수를 보고 소프트의 발상을 흡수하고 있지만, 직접 소프트를 이용하지는 않지.』

'하지만 이제부터는…….' 그렇게 이어질 말을, 나타기리 8단은 삼켰다.

『오키토 제위는 소프트를 활용해 강해진 첫 기사라는 평판이에요. 젊은 기사의 대표 격인 용왕과의 7전 4선승제 승부는 어떻게 펼쳐질까요?』

『확실히 오키토 씨는 나이가 들면서 구식이 되어 가는 자신의 감각에 소프트를 접목해 강해졌지. 야이치 군도 소프트를 이용하고 있지만, 그것을 이용해 감각의 폭을 넓히고 있다고나 할까——.』

『사용하는 방법이 정반대, 라는 건가요?』

『그래. 같은 것을 이용하는데도 발상이 다르면, 전혀 다른 세계를 보게 돼…… 후훗! 흥미롭네…… 정말 흥미로워……!』

『아~ 이제부터 용왕의 인터뷰가 시작되는 것 같으니 그쪽을 보시죠~.』

묘한 방향으로 엇나가기 시작한 해설을 리스너가 능숙히 끊어 버리자, 태블릿에서는 대국장의 음성이 나오기 시작했다.

갑자기 야이치의 얼굴이 화면에 큼지막하게 비쳤다.

"윽……."

아직 승부의 흥분이 남아 있는 그 얼굴에, 내 시선은 빨려 들어갔다. 눈을 뗄 수가 없다.

가슴이 먹먹하고, 답답하다…….

『처음으로 다수 타이틀 획득에 도전하게 되셨습니다. 타이틀 탈취에 관해서, 포부를 말씀해 주셨으면 합니다.』

제위전을 연합해서 주최하는 다섯 지방 신문사를 대표해, 코베 산노미야 신문의 기자가 젊은 도전자에게 질문을 던졌다.

『글쎄요……. 아직 실감이 나지 않아요. 방금 대국에서도 겨우 겨우 이겼거든요…….』

대답하는 야이치의 목소리는 무거웠다.

자신이 꺾은 명인이 눈앞에 앉아 있어서 그런 것이기도 하겠지만, 진짜로 실감이 나지 않는 눈치였다.

아슬아슬한 대국을 치른 후라 그런지, 머리에서 열이 나는 것처럼 눈의 초점이 맞지 않았다.

나만이 아는…… 하지만 나와 장기를 둘 때는 보여주지 않는, 야이치의 버릇…….

『오키토 2관은 용왕전 도전자 결정전에 진출했으니, 만약 도전권을 획득한다면 제위전과 용왕전을 합쳐 최대 14번의 대국을 치르게 될 겁니다.』

『그렇게 된다면 정말 긴 싸움이 되겠네요……. 그래도 공식전에서 붙어 본 적이 없는 상대이니, 질릴 일은 없을 거예요. 그건 좋네요.』

웃음이 터져 나오자, 분위기가 조금 부드러워졌다.

『어떤 대책을 세우고 계십니까? 공개할 수 있는 부분까지라도 괜찮으니, 알려주셨으면 합니다.』

『대책? 으음…… 글쎄요. 그럼――.』

고개를 숙이며 잠시 생각에 잠긴 야이치가 고개를 들며 이렇게 말했다.

『봉함수 연습을 하고 싶어요.』
『봉함수……라고요?』
뜻밖의 대답이라 취재진이 술렁거렸다.
그리고 내 얼굴은 새파랗게 질렸다. 잠깐만, 재가 설마…….
『확실히 제위전과 용왕전은 2일제이니 봉함수를 합니다만, 용왕전에서 충분히 경험하시지 않았나요?』
『아뇨. 아직 경험이 부족해요.』
야이치는 단호한 어조로 그렇게 말했다.
『지난번 봉함수 때는 너무 긴장해서, 즐길 여유가 없었거든요.』
『봉함수를…… 즐긴다고요?』
인터뷰 자체가 혼돈에 빠져들기 시작했다. 이거, 전 세계에 서비스되고 있거든?!
"누가! 누가 저 바보 좀 말려!!"
그런 내 목소리가 닿을 리가 없는 가운데, 야이치는 카메라를 쳐다보며 외쳤다.
『아직 경험치가 부족해요! 봉함수를 더, 더 많이 연습하고 싶어요!』
『흐, 흠흠…… 지금 과제는 봉함수 경험…….』
야이치의 기세에 압도당한 기자는 '그래, 이건 젊은이 특유의 새로운 시점이야!' 같은 식으로 이해하더니, 당연한 듯이 이런 질문을 던졌다.
『그럼 동거 중인 제자와도 연습하고 있습니까?』
『예? 제, 제자와 봉함수…… 아이는 아직 초등학생이거든요?!

무슨 생각을 하는 거예요?!』

『예?』

야이치가 화내는 이유를 알 리 없는 기자가 얼이 나간 표정으로 되물었다.

『저기…… 초등학생과 봉함수를 하면, 안 됩니까……?』

『그런 파렴치한 짓을 하면 어떻게 해요! 봉함수라는 건, 누구에게도 방해받지 않으며…… 뭐랄까, 좋아하는 상대하고만 해야 해요! 둘이서, 조용히, 마음껏…….』

『그, 그렇습니까……. 봉함수는 좋아하는 상대와 단둘이서 조용히…….』

기자들은 고개를 끄덕이며 메모를 했지만, 그 메모는 핀트가 어긋나 있었다.

야이치가 말하는 봉함수가 무엇을 의미하는지는…… 나만이 알고 있다.

볼이 새빨개진 것이 느껴졌다. 아까보다 가슴이 격렬하게 옥죄어들더니…… 심장이 터질 듯이 뛰었다.

뜨겁다.

"…………저 바보……! 바보바보바보!!"

너무 부끄러운 나머지 태블릿을 향해 그렇게 외친 나는 봉함수에 관해 잘못된 방향으로 역설하고 있는 사제(師弟)의 얼간이 같은 얼굴을 손가락으로 꾹꾹 눌렀다.

그리고 그 손가락을 자신의 입술에 대 보니………… 뜨거웠다.

☖ 감사 인사

감상전을 마치고 장기말을 정리한 명인은 고개를 꾸벅 숙인 후, 자리에서 일어났다.

여름 대국은 귀가 준비도 금방 끝난다.

손목시계를 차고 가방을 챙긴 명인은 가볍게 목례한 후, 홀로 특별 대국실을 나섰다.

"아…………."

나는 그런 명인에게 할 말이 있었지만…… 이긴 후에 그 말을 해도 될지 몰라 계속 자리에 멍하니 앉아 있었다.

"쿠즈류 선생님. 인근 중화 요리점에서 뒤풀이 파티를 할 예정입니다. 참가해 주실 거죠?"

"예? 아, 예……. 물론이죠."

제위전 담당 기자가 그렇게 말하자, 나는 사라져 버린 명인의 등을 좇으며 건성으로 대답했다.

관전기를 담당하는 쿠구이 기자도 나에게 말을 걸었다.

"용왕. 뒤풀이 파티 전에, 감상전에서 다룬 부분에 대해 좀 더 상세하게 설명해 주셨으면 합니다."

"아, 예. 그럼 장소를 바꿔서——."

그렇게 대답하며 몸을 일으키려던 순간, 나는 마음을 굳게 먹었다.

"죄송한데, 잠시만 기다려 주시겠어요?!"

대답도 듣지 않고 자리에서 일어선 나는 명인을 쫓아 특별 대국실을 나선 후, 실내화를 신고 복도를 뛰어 엘리베이터로 갔다.
엘리베이터는 움직이고 있지 않았다.
그 앞의 의자에도 앉아 있는 이가 없었다. 그렇다면……!
계단을 뛰어 내려간 나는 중간에서 찾던 사람의 등을 발견하고, 소리쳐 불렀다.
"저기………… 명인!!"
내 목소리를 들은 그 사람이 걸음을 멈추더니, 나를 올려다보았다.
"사저가…… 아, 소, 소라 긴코는 제 사저입니다만——."
대국 이외의 자리에서 이렇게 마주한 명인의 시선에, 나는 압도당했다.
"국민영예상 인터뷰를 같이 봤는데, 여자 프로 기사 이야기를 하시는 걸 듣고…… 엄청 의기소침해 있던 사저가, 명인의 말에 기운을 얻었어요……."
답답하다.
감상전에서는 자연스럽게 이야기했는데, 장기 이외의 대화에서는 혀가 제대로 돌아가지 않았다.
"저기, 그러니까………… 감사합니다!!!"
나는 고함을 지르듯 인사하며, 고개를 푹 숙였다.
명인은 약간 놀랐는지, 안경 너머의 눈을 크게 떴다.
그리고 미소를 짓더니—— 살며시 고개를 끄덕였다.
"…………!!"

나는 더욱 깊이 고개를 숙였다. 이마가 무릎에 닿을 정도로.

『힘내세요.』

그런 목소리가 들린 듯한 느낌이 들었다.

이윽고 계단을 내려가는 발소리가 들려왔고…… 고개를 들어 보니, 명인의 모습은 보이지 않았다.

"저의 첫 관전기가 누구의 대국이었는지, 아나요?"

어느새 내 옆에 서 있던 쿠구이 기자가 그렇게 말했다.

나는 금세 답을 찾아냈다.

"설마……."

"예. 명인의 대국이었습니다."

쿠구이 씨는 첫사랑 이야기를 하는 소녀 같은 얼굴로 고백했다.

"오늘과 마찬가지로, 제위전 도전자 결정전이었죠. 상대는 츠키미츠 선생님이었고, 명인이 원정을 왔습니다. 칸사이는 관전 기자가 적기 때문에, 저에게 기회가 왔죠."

서열상 원정을 올 필요가 없는 경우에도, 눈이 불편한 츠키미츠 선생님의 안전을 배려한 명인은 예전부터 자주 칸사이로 원정을 왔다.

"전날부터 계속 긴장해서, 아침에는 기록 담당보다 먼저 대국실에 들어와서 앉아 있었습니다. 명인이 입실했을 때도, 긴장한 탓에 인사는 고사하고 얼굴도 똑바로 보지 못했죠……."

이해한다.

장려회 시절에 칸사이 장기회관의 좁은 복도에서 마주쳐도, 나는 그저 아무 말 없이 고개를 숙일 수밖에 없었다.

"이윽고 기록 담당인 카가미즈 씨가 차를 준비해서 대국실에 들어왔습니다. 그러자 명인은 카가미즈 씨와 저의 얼굴을 놀란 것처럼 쳐다보며, 이렇게 말씀하셨죠."

쿠구이 씨는 당시를 떠올리듯 명인의 말투를 흉내내며…….

"'어라? 쿠구이 양, 오늘은 관전 기자를 맡은 겁니까?' 하고 말이에요."

"……온몸이 떨렸겠군요."

"예. 그랬습니다. 여류기사가 됐다고는 해도 아직 타이틀을 따지 못한, 한 번도 만난 적이 없는 칸사이 중학생의 얼굴과 이름을 명인이 기억하고 있었으니까요."

"대단하네요……. 그렇게 바쁜 사람이 말이에요."

"대국 뒤풀이 파티에서, 선배 기자가 이렇게 말했어요. '장려회 회원과 젊은 기사가 너무 늘어나서, 장기회관에서 마주쳐도 누가 누구인지 모르겠다.' 고……. 듣고 있던 다른 기사가 웃으면서 고개를 끄덕였지만, 명인만은 어리둥절한 표정으로 '그렇습니까? 저는 다 알아봅니다만.' 하고 말씀하셨죠. 그런 분입니다. 그런 분이기 때문에——."

그렇다. 그런 사람이기 때문에, 우리는 저 사람을 동경하는 것이다.

타이틀을 몇 개 있든, 국민영예상을 받든, 그런 것은 상관없다.

"…………감사합니다!"

명인의 등이 사라진 계단을 향해, 나는 다시 한번, 깊이, 고개를 숙였다.

☗ 실행위원

“쿠즈류 야이치, 방금 칸사이로 귀환했습니다!”

제위전 도전자 결정전에서 승리한 나는 그 순간부터, 타이틀 도전자로서 혹독한 스케줄에 직면하게 됐다!

대국 후에 열린 뒤풀이 파티는 결국 다음 날 아침까지 이어졌고, 아침 첫 고속철도를 타고 도쿄에서 오사카로 돌아온 나는 츠키미츠 세이이치 회장의 호출로 자택이 아니라 칸사이 장기회관 임원실에 출두했다.

하아.

열여덟 살 생일&타이틀 도전자 결정전 승리를 제자에게 축하받을 여유도 없을 정도로 바쁘네!

“어서 와요, 용왕. 그리고 축하합니다.”

맹인 A급 기사는 나에게 축하와 격려의 말을 건넨 후…….

“미안합니다만, 이벤트 관련으로 상의할 일이 있어서 이렇게 불렀습니다.”

“예, 회장님! 뭐든 시켜만 주세요!”

기전에서 타이틀을 기대해도 될 곳까지 올라갔을 경우, 타이틀전을 위해 일정을 비우는 것이 정석이다. 성급한 사람은 승전 파티 예정까지 잡는다.

나는 제위전을 비롯해 용왕전 스케줄도 확보해 둬야 하는데, 그것은 8월부터 12월 말까지 치러진다.

즉, 올해 후반부는 일정이 빡빡하게 잡힌 셈이다.
물론 일찌감치 진다면 비참한 상황이 벌어지지만…… 대국이 없더라도 다른 일정을 받으면 된다. 연구회를 하거나, 제자를 지도하거나…….
그리고…… 그리고 말이지.
데이트를? 한다거나? 후후후.
"므흐흐…… 후히히히히……."
"기뻐 보이는 군요, 용왕. 그렇게 제위전 도전자가 되고 싶었던 겁니까?"
"예?! 아, 예. 물론이죠……."
어이쿠…… 큰일 날 뻔했다.
설마 '후딱 지고 긴코와 실컷 데이트하는 망상을 했어요. 헤헤♪' 같은 말은 목에 칼이 들어와도 할 수 없다. 애초에 아직 사귀고 있지도 않으니까…….
하지만 요즘은 정신이 다른 데 팔리면 금방 표정이 풀어진다니깐. 에헤헤…….
눈이 불편한 회장은 더 추궁하지 않았다.
"잘됐군요. 그렇다면, 오가 양."
"예."
회장의 옆에 서 있던 비서, 오가 사사리 여류 초단이 종이 한 장을 나에게 내밀었다.
"이 이벤트를 부탁드리고 싶습니다."
"확인하겠습니다!"

팬 교류 이벤트일까? 장기 대회일까? 아니면 강연회?

『세이텐도오리 상점가 축제 참가 요청』.

…………어라~?
"저기, 오가 씨? 잘못 챙기신 거 아니에요? 이건 제위전 이벤트가 아니라…… 근처 상점가 여름 축제 관련 전단지 같은데요? 동네 게시판에 있을 법한……."
"예. 근처 상점가 여름 축제 관련 전단지가 맞습니다."
예~~?
"명인의 국민영예상 수상과 소라 여류 2관의 3단 리그 참가로, 일본 전체에서 엄청난 장기 붐이 일고 있습니다. 용왕의 활약 덕분에 말이죠."
"……!!"
오가 씨가 말한 '활약'이란…… 내가 사저를 오사카 밖으로 끌고 간 것을 말한다.
그때는 여관 확보부터 사저의 부모님과 케이카 씨에게 하는 연락과 온갖 은폐 공작을 여기 두 사람이 맡아 줬다. 하지만 내 고향집에 간다는 사실은 알리지 않았고, 사저에게 기운을 불어 넣은 수(그 봉함수 말이다)에 관해서는 모를 것이다.
그런데 이 사람들은 다 알 것 같단 말이지……. 무서워라…….
"붐이 지나치게 과열된 결과, 온갖 자치단체에서 장기 이벤트 유치 타진이 쇄도하고 있습니다. 파견할 기사가 부족할 정도죠.

그러니 용왕의 도움을 받고 싶습니다."

회장이 오가 씨의 뒤를 이어 설명을 보충해 줬다.

"누구에게 부탁할지 고민했습니다만, 역시 실제로 그곳에 사는 사람에게 부탁하는 게 가장 좋을 테죠."

전단지를 보니, 공간을 확보할 테니 8월 15일 백중 시즌에 열리는 여름 축제에 장기 부스를 내줬으면 한다고 적혀 있었다. 기획 내용은 연맹 측에 맡긴다고도 적혀 있었다. 전부 떠넘긴 것이다.

"그래서 제가 실행위원을 맡으라는 거군요……. 뭐, 좋아요."

"용왕에게 부탁하는 게 아닙니다."

"예?"

"실행위원은 히나츠루 아이 양에게 부탁하고 싶군요. 당신은 그 도우미예요."

"예엣?!"

제위전과 전혀 상관없는 이벤트를 맡기는 걸로 모자라, 제자의 보조를 하라고?! 타이틀 보유자를 너무 무시하는 거 아니야?!

"하, 하지만 초등학생에게 책임자를 맡기는 건 좀 그렇지 않을까요?! 아이가 정식 여류기사라고는 해도, 상대방이 어떻게 여길지——."

"모르나 보군요. 히나츠루 양은 상점가의 아이돌입니다. 오히려 상대방이 히나츠루 양의 참가를 바랄 정도죠."

회장의 말을 듣고 내가 충격에 휩싸여 있을 때, 오가 씨는 나를 더욱 몰아붙였다.

"참고로 용왕의 이름은 한 번도 언급되지 않았습니다."

"그, 그랬군요……."

확실히 아이가 다니는 키타후쿠시마 초등학교는 상점가 근처에 있어서, 거기 다니는 아동도 상점가의 아이들이다.

나도 여초연의 특훈 때문에 그 초등학교에 몇 번 가봤는데, 현역 초등학생이면서 여류기사가 된 아이는 아이돌급의 인기를 자랑했다.

"단순한 상점가 여름 축제라고, 쉽게 보지 말아 줬으면 합니다, 용왕."

회장은 약간 엄격한 어조로 말했다.

"도쿄 장기회관이 있는 센다가야는 『장기 마을』로서 지역과의 연계가 긴밀합니다. 하토노모리하치만 신사에는 장기당도 있죠. 이곳, 오사카의 후쿠시마도 『장기 상점가』로 발전해 줬으면 합니다. 이번 일은 그것을 위한 중요한 첫걸음이에요."

"……알았어요. 스승으로서, 아이를 도우면 되는 거죠?"

"돕는다고요? 아뇨, 그런 건 기대하지 않습니다."

회장은 고개를 젓더니…….

"히나츠루 양의 발목만 잡지 말아 주십시오. 알았죠?"

☖ 내가 바라는 영원

그 후에도 사부님의 집을 비롯해 각계각층에 인사하러 다니느라(내 도전권이 정해진 순간부터 술을 마시러 간 사부님은 집에 안 계셨지만) 저녁때가 되어서야 상점가에 있는 집에 돌아간 나는 신기한 감회에 젖었다.

"참 오래간만에 이 집에 돌아온 것 같은걸."

실제로는 사저와의 도피행 후, 명인의 국민영예상 수상으로 인해 급증한 정식 면허장 서명 때문에 텐만바시에 있는 호텔에 2주 동안 격리되었던 나는 그 후에 이곳으로 돌아왔다.

그러니 제위전 도전자 결정전을 위해 2박 3일 동안 도쿄에 다녀왔을 뿐……이지만, 이렇게 상황이 정리된 후에 이 집에 돌아오는 건 오래간만이었다.

"하지만…… 해야 할 일은, 오히려 늘었어."

도전권을 딴 제위전 7전 4선승제 승부의 대책.

연맹에서 의뢰한 상점가 여름 축제의 장기 부스.

그리고 무엇보다………… 사저와의 일을 아이에게 전해야만 한다. 그게 가장 부담돼…….

"하아아……. 아무리 생각해도 '웃으면서 축복!' 해 줄 것 같지는 않은데 말이야……."

두 사람 사이가 얼마나 나쁜지는 차마 말로 표현할 수 없을 지경이다. 나는 우울한 마음으로 문고리를 잡았다.

그리고 문을 열자――――.

"어서 오세요! 사부님!!"

끝내주는 미소가, 눈에 들어왔다.

"……다녀왔어. 아이."

현관에서 무릎을 꿇고 앉아서 나를 맞이한 이 어린 제자는, 환한 미소를 머금고 있었다.

나도 자연스레 미소를 지었다.

아이는 펄쩍 뛰듯 몸을 일으키더니, 우선 내 승리를 축하해 줬다.

"도전권 확정 축하드려요! 그것도 명인을 이기고 도전자가 되다니…… 정말 대단하세요! 역시 사부님이에요!!"

"하하하. 뭐, 운이 좋았을 뿐이야. 내가 없는 동안 다른 일은 없었어?"

"취재진 같아 보이는 사람들이 집 앞을 어슬렁거리긴 했어요……. 하지만 오가 씨와 상의했더니, 바로 사라졌어요."

"그랬구나……."

무슨 일로 나를 쫓는 건지는 모르겠지만, 처음 보는 어른이 집 앞을 어슬렁거리는 건 초등학생 제자에게 무서운 체험이었을 것이다.

"걱정 끼쳐서 미안해. 나도 뭐라고 말해 둘게."

"예……."

아이는 불안한 것처럼 내 팔을 꼭 끌어안았다.

——사랑스러워……!

가슴속 깊은 곳에서 따뜻한 감정이 샘솟았다. 나는 무심코 아이를 확 끌어안고 싶은 충동에 사로잡혔…… 어, 이러면 안 되지!

바디 터치는 안 돼! 절대로 안 된다고!

YES, 내제자. NO 터치.

초등학생인 제자와의 도가 넘는 신체접촉이 수많은 트러블을 불렀다. 그런 부분을 고쳐 나가야 한다!

"사부님? 왜 굳어버린 거예요?"

"괘, 괜찮아. 좀 피곤해서 그래……."

"그럴 거예요! 현관 앞에 계속 서 있게 해서 죄송해요."

아이는 내 짐을 들더니, 제비처럼 몸을 잽싸게 돌리며 안쪽으로 걸어간 후…… 귀까지 벌게진 얼굴로 이렇게 중얼거렸다.

"사부님이, 아이에게 돌아와주신 게…… 너무 기뻐서요……."

——사랑스러워!!

무심코 등 뒤에서 확 끌어안고 싶은 충동에 휩싸였지만…… 크! 진정해라, 내 오른손……!!

"크으으윽!! 으아아아아아……!!!"

"사, 사부님?! 진짜로 왜 그러세요? 왜 갑자기 오른손을 움켜쥐시는 거예요……?"

"괜찮으니까 먼저 가! 내 안의 괴물이 날뛰기 전에……!!!"

"어어어?"

아이는 영문을 모르겠다는 표정을 지으며 부엌으로 들어갔다. 나도 심호흡을 하면서 몬스터를 가라앉힌 후, 그 뒤를 따랐다.

그리고 부엌에서 나를 기다리고 있었던 것은…… 테이블을 가득 채운 요리였다.

게다가——.

"어…… 전부 내가 좋아하는 거잖아! 우와아! 전부 먹고 싶었던 거야! 어떻게 안 거야?!"

"에헤헤♡ 이제까지 아이가 만든 요리 중에서 사부님이 '맛있다', '또 먹고 싶다' 하고 하신 걸 전부 기억하고 있거든요!"

아이는 "에헴!" 하며 조그마한 가슴을 폈다.

그 모습이 너무 귀여운 나머지, 나는 무심코 "참 대견하네♡"라고 말하며 머리를 쓰다듬어 줬다. 뭐, 이 정도 신체접촉은 괜찮을 것이다. 이건 엄연한 지도거든.

게다가 나를 충족시켜주는 것은 요리만이 아니었다.

"어라? 이 향기는——."

"기억나세요? 사부님이 내제자였던 시절에 케이카 씨가 자주 피웠던 아로마예요. 그리고 사부님이 좋아하는 입욕제와, 애용하셨던 쿠션과 슬리퍼…… 그런 걸 마련해 봤어요. 제가 받은 대국료로요."

뭐?! 귀중한 대국료를…… 나를 위해 쓴 거야?!

"케이카 씨가 전부 가르쳐 줬어요! 사부님이 지쳐서 돌아왔을 때, 좋아하시는 것들로 이 방을 가득 채워놓고 맞이하고 싶어서…… 아이가 할 수 있는 일은, 이런 것밖에 없으니까요……."

——너무 사랑스러워……!!!

나를 똑바로 바라보는 아이의 미소가 갑자기 뿌옇게 보였다.

두 눈에 맺힌 눈물 탓에…….

"아무리 피곤해도, 상처 입어도…… 아이와 함께 이 방에 있을 때만큼은, 푹 쉬어 주세요. 있는 그대로의 쿠즈류 야이치로 지내줬으면 해요. 이게 제가 드리는 생일 선물이에요!"
아이는 그렇게 말하더니, 현관에서 나를 맞이했을 때처럼 환한 미소를 지으며…….
"생일 축하드려요, 사부님!"
"고마워…… 아이. 정말 고마워……!"
따뜻하고 맛있는 식사.
환하고, 좋은 향기가 감도는, 기분 좋은 방.
그리고 무엇보다…… 환한 미소로 나를 맞이해 주는 사람이 있다는 안도감.
그런 가정적인 행복이야말로, 제자가 나를 위해 준비해 준 생일 선물이었다.
"이 방에 있는 건 전부 사부님 거예요. 자아, 마음껏 드세요♡"
"응! 잘 먹겠습니다~!"
나는 힘차게 대답했지만…… 온갖 마음이 가슴속에서 넘쳐나온 탓에, 좀처럼 음식에 손이 가지 않았다.
내가 식탁에 앉아서 감회에 젖어 있자, 아이는 이상하다는 듯한 표정을 지으며…….
"어? 왜 그러세요?"
"아…… 아이가 처음 이 집에 온 날이 생각났거든."
"벌써 1년 반 정도 됐네요. 아침 식사 때, 반찬으로 김 조림을 준비했었죠."
"그 후에 정말 난리가 났어! 아이가 샤워하고 있을 때, 사저가 쳐들어와서――."

바로 그때, 나는 내 사명을 떠올렸다.

그렇다. 나는 이 소녀에게 전해야만 하는 것이 있다.

그 탓에 이 행복한 공간에 금이 가게 될지라도…… 긴코를 가장 소중히 여기겠다고 결심했잖아!

나는 마음을 굳게 먹고, 입을 열었다.

"아이, 너한테 해 줄 중요한 이야기가 있어."

"여름 축제 건이라면, 저도 오가 씨한테 들었어요."

"응? 아…… 그랬구나. 응. 그럼 됐어. 응."

아까 취재진이 집 앞을 어슬렁거리는 일로 오가 씨와 상의했다고 했는데, 그때 설명을 들은 걸지도 모른다. 아마 그렇게 된 것이리라.

……이야기가 끊겼는걸.

타이밍을 놓친 나는 일단 밥을 먹기로 했다. 아이가 만들어 준 음식이 식으면 좀 그렇잖아…….

"잘 먹었습니다. 정말 맛있었어."

"고마워요! 디저트로 케이크를 준비해 뒀으니까, 커피와 같이 내올게요."

"케이크도 준비한 거야?!"

"후훗. 사부님 생일이니까요. 하지만 제가 직접 만든 거니까 너무 기대하지는 말아주세요."

아이는 수제 케이크와 아이스 커피를 테이블에 뒀다.

심플한 케이크의 윗부분에는 장기말 모양을 한 쿠키 두 개가 놓여 있었다.

커다란 장기말은 『용왕』, 조그마한 것은 『보』.
두 개의 장기말은 서로에게 기대듯 포개져 있었다.
"아…………."
이 두 장기말의 의미는, 둔감한 나도 눈치를 챘다. 나와 아유무의 커플링……일 리가 없다. 애는 그런 취미가 없다.
――아이가 내게 품은 감정은…… 사제의 정을 넘어서는 건가?
그렇다면, 이쯤에서 막아야 한다.
아이는 초등학교 5학년이다. 아직은 어린이지만, 2년 후에는 중학생이 된다. 그렇게 되면 '아직 어린애' 라는 변명이 통하지 않게 된다.
――서둘러야 한다. 상처가 더 커지기 전에……!
다시 각오한 나는 결연한 목소리로 입을 열었다.
"아이. 너한테 할 이야기가 있어."
"앗! 죄송해요, 사부님. 욕조에 물 받는 걸 깜빡했어요~!"
아이는 손을 짝 마주치고 몸을 일으키더니, 허둥지둥 욕실로 향했다.
"아………… 목욕물 말이구나. 응. 고마워……."
각오 붕괴.
나는 일단 케이크를 맛보기로 했다. 초등학생이 직접 만든 케이크는 가게에서 산 것처럼 정교하지는 않지만, 그래서 오히려 가정적인 온기가 느껴졌다…….
"죄송해요, 사부님. 방금 저한테 할 이야기가 있다고 하셨죠?"
"응? 그게…… 급한 이야기는 아니니까, 한가할 때 해도 돼."

나는 돌아온 아이를 향해 미소를 지어 보이며, "케이크, 맛있네."라고 말했다.

으음~…….

왜지? 아까부터 미묘하게 타이밍이 어긋난다고 할까…… 전부 간파당한 듯한 느낌이 드는데…….

아냐! 우연이지? 내 생각이 지나친 거……겠지?

오, 오늘은 피곤하잖아! 일단 다음에 이야기하자.

"그럼 방에서 짐을 정리할 테니까, 욕조에 물이 다 받아지면 알려줘."

"예~!"

나는 아이의 순진무구한 대답을 들은 후, 방으로 갔다.

양복 상의를 옷걸이에 걸고, 넥타이를 푼 후, 셔츠와 바지를 입은 채로 침대에 눕는다.

"하아………… 엄청 치유되네…………."

어제 대국 때부터 잠시도 긴장을 풀지 못했던 마음이 순식간에 풀리고, 침대에서 몸을 일으킬 수 없을 정도로 힘이 쭉 빠졌다.

얼어붙은 몸을 뜨거운 물에 바로 담그면 몸이 늘어지잖아? 그것과 비슷하다.

피곤해서 그런 게 아니다.

오히려 압도적인 힐링에 몸이 '이대로가 좋아! 이대로 물에 계속 누워 있을래!' 하고 외치고 있다.

침대 시트에서는 햇살의 향기가 감돌았다. 햇빛에 잘 말린 이부자리구나…….

"기분 좋아~……."
그렇다.
아이와의 생활은, 끝내주게 기분 좋다.
그리고 그 점이 극적인 성적 향상으로 이어진 것은 부정할 수 없는 사실이다.
만약 아이가 찾아오지 않았다면, 나는 연패를 거듭하며 지금쯤 용왕 타이틀을 잃었을 것이며, 순위전에서도 C급 2조에 있을 것이다.
타이틀도 2관도 꿈 같은 일이리라.
당연히 사저에게 어울리는 남자가 되지 못했을 테니…… 우리 관계 또한 변함없을 것이다.
"……초등학생은, 행운의 여신이야."
이제…… 아이가 없는 집은 상상할 수 없다……. 아니, 폐인이 되어서 제위전 도전에 실패하는 미래가 펼쳐질 것만 같다…….
아이가 나에게 준 것은 생활의 질만이 아니다.
장기에 관해서도, 나는 아이에게 준 것보다 받은 것이 훨씬 많다. 자신의 장기관이 변할 정도의 자극을…….
거기까지 생각한 나는 아연실색했다.
"어, 어느새 나는…… 아이가 없으면 살아갈 수 없는 몸이 되고만 건가?!"
나는 푹신푹신한 침대에서 몸을 뒤척이며 고뇌했다.
"나는…… 나는 대체, 어쩌면 좋지…………?!"
사저와는, 연인 사이가 되어 당당히 사귀고 싶다.

결혼도 하고 싶다. 자식도 보고 싶다. 둘만의 행복한 가정을 꾸리고 싶다.

아이도, 스승으로서 책임을 다하고 싶다. 적어도 자립할 때까지는 정성껏 길러 주고 싶다.

의무감 때문이 아니다. 기사로서, 아이의 가능성을 내 손으로 키워 주고 싶다!

내가 바라는 영원이란——.

"차라리…… 일주일 중 절반은 여기서 아이와 지내고, 남은 절반은 사저의 맨션에서 지낼까?"

나이스 아이디어네! 해냈어! 전부 해결됐다고!! 하고 한순간 생각한 나는 자신의 멍청함에 절망했다.

"아, 안 돼! 나 지금 완전 쓰레기 같은 생각을 하지 않았어?!"

우유부단 그 자체라고!

그런 짓을 했다간 두 사람에게 상처만 줄 뿐이다. 애초에 초등학생인 아이를 일주일의 절반 동안 혼자 이 아파트에 지내게 방치할 수는 없다.

"어쩌면 좋지……? 어쩌면…………?"

명인과의 대국 때도 이렇게 판단을 고민하는 국면은 없었다고 단언할 수 있을 만큼 어려운 결단에 직면하자, 나는 옷도 갈아입지 못하고 침대 위에서 고뇌했다.

그리고 피곤한 나는 그대로 "쿨……." 하고 잠에 빠져들었다.

짹…… 짹…….

“응……? 아차, 잠들었구나…………….”
다음 날 아침.
참새 우는 소리에 잠에서 깬 나는 자신이 어떤 상태인지 파악하지 못했다.
“목욕은…… 안 했지? 옷도 갈아입지 않았………… 어라~?”
이상하다.
땀에 절었던 몸은 개운할 정도로 깨끗했고, 옷 또한 청결한 잠옷으로 갈아입은 상태였다. 게다가 이 잠옷은 사부님 집에서 내제자로 지내던 시절에 입던 것과 같은 메이커다.
“자다 깨서 목욕하고 옷 갈아입었나?”
그렇게 생각할 수밖에 없는 상황이니 틀림없다. 뭐, 공식전 후에는 기억이 애매한 적이 있잖아~ 하고 나는 생각하며 침대에서 몸을 일으켰다.
그리고 아무 생각 없이 움직이던 오른팔에 부드러운 무언가가 닿았다.
“응? 이게 뭐지?”
말랑말랑.
부드러우면서도 속이 단단한…… 그렇다. 마치 설익은 과일 같은 감촉이다. 새콤달콤한 향기도 감돌고 있다. 그리고 현재 계절은 여름이다. 즉, 이건……!
“복숭아……인가?”
아니다. 그것은 과일이 아니었다. 복숭아가 침대에 굴러다닐 리 없다.

내 옆에 있는 건————.

남자 셔츠를 입고 곤히 잠든, 초등학생이었다.

"……아…………이…………?"

"으응………… 사부님……."

눈을 비비며 얼굴을 든 아이는 나를 사랑스럽게 응시했다.

백옥 같은 피부를 감싸고 있는 건, 내가 잠들기 전에 입고 있었던 흰색 셔츠다. 조그마한 여자애가 남자 셔츠를 입는 것도 괜찮네? 헐렁헐렁한 소매가 모에하네~.

아니, 그게 아니라…….

어?

잠깐만 있어 봐. 좀 있어 보라고.

"미, 미안해! 여, 여여여여, 옆에서 자는 줄 모르고——."

"후훗."

허둥대는 나를 쳐다보며 미소 짓는 아이의 표정은 열 살 어린애라는 게 믿기지 않을 만큼 어른스러워서…… 무심코 가슴이 뛰고 말았다.

나는 요즘 들어, 아이와 비슷한 표정을 짓고 있는 사람을 본 적이 있다.

그렇다.

이 표정은, 마치………… 긴코가 나를 쳐다볼 때와 똑같아서————.

"사부님. 어제는 매우 피곤했나 봐요."

© shirabii

"뭐?"
"그게…… 무슨 짓을 해도 깨어나지 않았거든요."
초등학생의 입에서 충격적인 말이 흘러나왔다.
잠깐만 있어 봐. 무슨 짓을 해도? 나는 대체 무슨 짓을 당했는데도 일어나지 않았다는 거야. 그리고 왜 아이는 왜 내 셔츠를 입고 내 침대에서 자는 건데? 언제부터 거기 있었던 거야. 이거 혹시 바람피운 게 되는 거 아냐? 그 이전에 체포당할까? 체포당하겠지. 내가 아깐 만진 데는 틀림없이, 어, 어, 엉덩———.
"세탁, 해 둘게요."
그렇게 말한 아이는 내 셔츠를 걸친 채 집안일을 하러 갔다. 셔츠에 남은 체취를 맡는 듯한 시늉을 하면서…….
"……………………."
대, 대체 나는………… 무슨 짓을 당한 걸까…………?

☗ 경계선

앞으로 어떻게 할지 고민하면서도, 내 발걸음은 자연스럽게 칸사이 장기회관으로 향했다.
딱히 볼일이 있는 건 아니다. 볼일은 없지만…… 예감이 들었다.
""아.""
엘리베이터 앞에서 얼굴을 마주한 순간, 나는 그 예감이 적중했다는 사실을 깨달았다.
소라 긴코.

내 사저이자, 3단 리그에서 싸우고 있는 사상 첫 여성. 여류 타이틀을 두 개 지녔으며, 여류기사 상대 전적은 무패.

1400년 장기 역사에서 가장 강한 여성이다.

은색 머리카락과 속이 비칠 듯 새하얀 피부, 그리고 때때로 푸르게 보이는 회색 눈동자 등, 요정 같은 외모에 《나니와의 백설공주》라는 별명이 있다. 그야말로 장기계를 대표하는 유명인이다.

그리고———.

나의…… 가장 소중한 사람이다.

“오, 오래간만이에요…… 사저.”

“응…….”

부끄러운 나머지 눈을 마주치지 못하는 우리는 멋쩍은 인사를 나눴다.

사저는 힐난하는 듯한 말투로 나에게 말했다.

“이……이런 타이밍에, 연맹에는 무슨 일로 온 거야?”

“저, 저는 그게 말이죠. 제위전 협의 일정을 확인하려고…… 사저는요?”

“나는…… 내일 3단 리그를 치르니까, 미리 대국실을 살펴볼까 해서…….”

사저가 시선을 피한 상태에서 우물쭈물 그렇게 말하자, 나는 바로 딴지를 날렸다.

“3단 리그 대실을 말이에요? 자주 이용하는 칸사이 장기 회관의 대국실을 미리 살펴볼 이유는 없잖아요?”

"그, 그러는 야이치도…… 협의하러 온 거라면 몰라도, 일정을 확인하는 건 전화 한 통으로 가능하잖아."

즉, 그렇게 된 것이다.

우리는 장기에 집중하기 위해, '만나지 말자' 고 약속했다.

서로의 마음은 『봉함수』로 해서, 사저가 3단 리그를 돌파해서 프로가 될 때까지 감춰두기로 한 것이다.

하지만 '우연히 마주쳤다' 면 어쩔 수 없다.

그래서 별다른 볼일이 없는데도, 연맹 내부를 어슬렁거리는 것이다.

연락을 취한 건 아니다.

상대를 생각하며 행동했을 뿐인데, 이렇게 마주치고 말았다. 즉, 서로가 서로를 생각하고 있었던 것이다.

위험하다.

이렇게 귀여운 애가 나를 좋아하는 거야? 서로 마음이 통해? 죽겠네.

내가, 저 입술을………… 꿀꺽.

"자꾸 쳐다보지 마. 바보. 색골……."

사저는 일부러 부채를 펼쳐서 입가를 감췄다. 그 모습이 거꾸로 나를 자극했다.

"사저. 이쪽으로 좀 와요."

나는 얼굴을 아는 경비원에게 인사한 후, 경비실 옆에 있는 야간 출입구 앞 으슥한 곳으로 이동했다.

"엘리베이터 앞에선 누가 볼지 몰라요. 여기서 이야기하죠."

"동보(同步)."

사저는 가능한 한 입술을 움직이지 않으며 짤막하게 답했다.

참고로 『동보』란 상대가 장기말을 둔 곳에 자신의 보(步)를 두겠다는 의미다.

그리고 장기계에서는 '동의'의 의미로 쓰이기도 한다.

YES이자 동의이며, '나도 그렇게 생각한다'라는 의미도 있기에, 매우 편리한 말이다.

"그런데 사저. 기왕 만난 김에 부탁하고 싶은 게 있는데요."

"뭐야? 일단 들어는 볼게."

"사저한테 생일 선물을 받고 싶어요."

"생일 축하해. 됐지?"

그 말을 남기고 가버리려 하는 사저의 손을 잡아당긴 나는 그녀의 허리에 손을 둘러 퇴로를 차단했다.

"자, 잠깐…… 가, 가깝잖아……!"

"아무도 안 봐요."

이 시간에는 다들 정면 현관을 이용한다.

서로의 코가 닿을락말락 할 만큼 몸을 밀착시킨 상태에서, 나는 속삭였다.

"나, 열여덟 살이 됐어요."

"동보."

"열여덟 살이면 이미 성인이에요. 법률도 그렇게 바뀐다고 하고요."

"동보."

"운전면허도 딸 수 있고."
"동보."
"결혼도 할 수 있고."
"동보……."
"장기를 둘 수 있게 자식은 두 명 두고 싶고."
"동…………?!"
"이제, 어른이라고요."
"그래……. 동보, 동보. 그래서?"
"그러니 선물로 사저에게 『어른의 봉함수』를 부탁하고 싶어요."
"동………… 뭐? 그게 어떤 봉함수인데?"
사저는 영문을 모르겠다는 투로 물었다. 너무 돌려 말한 바람에 잘 전해지지 않은 건가?
"그러니까…… 얽히게 하고 싶다는 거예요."
"키…… 봉함수에서 얽히게 한다고? 아, 손을 맞잡고, 손가락을 얽히게 한다는 거구나? 여, 연인처럼 깍지를 끼고…… 하자는 거야?"
이 아가씨는 대체 얼마나 순진한 거야.
"그게 아니라……."
듣는 사람이 없다고는 해도 큰 소리로 말하는 건 좀 그러니, 나는 사저를 끌어안듯 몸을 밀착시키면서 귓가에 입을 대고 설명했다.
"즉…………."(소곤소곤)

© shirabii

"윽?! 뭐어어……?"

"그리고, 혀와 혀를…………." (소곤소곤)

"뭐어?! 딥………… 어어어엇?!"

확! 소리가 난 것처럼, 사저의 목 윗부분이 전부 새빨개졌다.

《나니와의 백설공주》라 불리는 이유인 새하얀 피부가 사과처럼 빨개졌다.

그리고, 죽일 듯이 내 목을 졸라댔다.

"너, 너너너너, 너, 미친 거 아냐?! 이 쓰레기! 변태!! 그, 그그그그, 그딴 짓을 어떠케 해애애애!"

혀를 의식한 나머지 혀가 꼬인 사저는 이 세상에서 가장 귀엽다고 생각합니다.

"애초에 신성한 장기회관에서 키…… 봉함수를 하자는 걸로 모자라, 일문의 선배를 이름으로 함부로 불러?! 예절을 지키란 말이야! 예절을!!"

"그럼 연맹 밖에서는 『긴코』라고 불러도 돼?"

"으…… 뭐, 뭐어…… 정 부르고 싶으면, 그렇게 해……♡"

사저는 부끄러운지 손가락으로 머리카락을 만지작거리며 고개를 끄덕였다. 마치 그렇게 불러줬으면 하는 듯한 분위기였다.

나는 사저의 손을 잡아끌면서, 야간 출입구 밖의 주차장으로 향했다.

연맹에서 소유한 승용차와 자전거가 있지만, 사람도 없고, 여기는 으슥해서 주위의 시선을 의식할 필요도 없다.

"여기서는?"

"사저라고 불러."

나는 주차장 밖으로 한 걸음 나선 후, 물어보았다.

"여기서는?"

"기, 긴코라고…… 불러도 돼……."

아하. 한 걸음이라도 밖으로 나가면 괜찮은 거구나.

긴코의 손을 잡고 건물 정면으로 이동한 나는 현관에서 확인했다.

"그럼 여기서는?"

"사저……라고 불러."

"트웰브 안에서는?"

레스토랑은 칸사이 장기회관 정면 현관과 입구가 따로 있다. 여기를 어떻게 봐야 할지는 판단을 내리기 어렵다.

사저가 내린 결론은――.

"연맹 관계자가 있을 때는 사저, 없을 때는 긴코라고 불러……."

"그럼 관계자가 없을 때는 '앙~♡' 같은 걸 해도 돼?"

"그, 그건…… 아, 아무도 없고, 마스터도 보지 않는다면…… 동보……."

"그럼 매점은?"

"매점은 절대 안 돼! 내 굿즈도 판단 말이야!"

"그럼 정면 현관 앞의…… 여기는 어때요? 문밖이잖아요."

"여기서는…… 사저라고 불러."

"하지만 여기는 공공도로잖아? 긴코의 권세가 미치는 곳이 아닌데?"

"그럴지도 모르지만! 연맹 코앞이니까 안 돼! 이름으로 부르는 거 금지야! 안 된다면 안 되는 줄 알아! 바보바보바보!!"
"인정 못 해요~. 그러니까 긴코라고 부를 거야. 긴코, 긴코, 긴코~!"
"아, 안 된다고 했잖아, 바보 야이치! 안 된다니깐! 정말~!"
그렇게 칸사이 장기회관의 현관 앞에서 술래잡기 같은 짓을 하고 있을 때…….

"뭐 하는 거야?"

느닷없이 제삼자의 목소리가 들려오자, 나와 사저는 완전히 얼어붙었다.
그 목소리의 주인은 뜻밖의 인물이었다.
""사, 사카나시…… 씨?""
사카나시 스미토 3단.
칸토 측의 장려회 회원이며, 이번 3단 리그 순위 1위인 강호다. 연령 제한 때문에 이번 리그가 마지막 기회일 것이다.
나에게는 여러 의미로 잊을 수 없는 장려회 회원이다.
내일 예회를 위해 도쿄에서 이곳에 온 예정일 테고, 연맹에서 묵을 예정이리라.
사카나시 씨는 커다란 여행 가방을 든 채, 어처구니 없다는 표정으로 멍하니 서 있었다.
"어, 어버…… 어버버버…………."

신호기처럼 얼굴이 새빨개졌다 시퍼렇게 질리기를 반복 중인 사저는 말을 제대로 할 수 있는 상황이 아니기에, 내가 질문을 던졌다. 중요한 질문을 말이다.

"언제부터 보고 있었어요……?"

"한 5분 전부터……."

얼추 다 봤겠네…….

우리가 미묘하게 시선을 피하자, 사카나시 씨는 쓴소리를 입에 담았다.

"아니, 뭐………… 그런 걸 하지 말라는 건 아니지만, 사람들이 있는 곳에서는 자제하는 편이 좋지 않을까? 두 사람 다 유명인이잖아……."

지당하신 말씀입니다.

유명하고 말고는 떠나 자제하는 게 옳습니다. 완전 공해니까요. 바보 커플이에요. 돈사(頓死)할게요. 참고로 긴코는 제 등 뒤에 숨어서 죽어가고 있어요.

"실례했어요……. 자, 지나가세요."

너무 부끄러운 나머지 상대의 얼굴도 보지 못하고 고개를 숙인 나는 옆을 지나가려 하는 사카나시 씨에게 불쑥 물었다.

"그러고 보니 사카나시 씨는 내일 첫 대국에서 카라코 씨와 두고, 두 번째 대국은 카가미즈 씨와 두죠?"

"응? 그, 그래……."

"상위권과 붙는 중요한 대국 직전에 꼴사나운 모습을 보여 정말 죄송합니다. 진심으로 사과드려요."

"쿠즈류………… 선생님."

장려회 회원이기에 나에게 경칭을 쓰면서도, 사카나시 씨는 놀란 듯한 표정을 지었다.

"나를, 기억하는 거야……?"

"예? 그야 이틀 전 제 도전자 결정전에서 기록 담당을 맡아 주셨으니까요."

"아니…… 그게 아니라, 장려회에서 대국——."

"어떻게 잊겠어요. 4단 승단이 걸린 일전이었던 데다, 3단 리그가 시작되기 전부터 가장 무시무시한 상대일 것 같아서 대책을 세웠거든요."

"대책? ……나를 상대할?"

"예. 아유무에게 물어보기도 하면서요."

좀 거북하기는 했지만, 솔직하게 대답했다.

시기상으로도 사카나시 씨와의 대국이 승단이 걸린 중요한 일전이 되리라 생각했던 나는 수단 방법을 안 가리고 이기려 했다.

그렇게까지 했는데도 겨우겨우 이긴 것이다……. 저력의 차이를 실감하는 대국이었다.

지금도 때때로 꿈을 꾼다.

종반에 내가 실수해서, 아직도 장려회에 남아 있는 꿈을…….

"사카나시 씨와는 처음으로 대국하는 거라, 제 연구수가 운 좋게 먹혔죠. 정면승부를 벌였다면 아마 졌을 거예요. 세간과 장기계도 중학생 기사의 탄생을 지지하고 있어서, 사카나시 씨에게 역풍이 불고 있었고요. 진짜 운이 좋았다니까요."

"나는 평범하게 실력으로 이겼어."

사저가 작게 중얼거렸다. 그것도 사카나시 씨에게 들리게 말이다. 진짜 지는 걸 싫어한다니깐.

나는 쓴웃음을 흘리며…….

"긴…… 사저와는 이미 대국을 치렀죠? 그럼 제가 사카나시 씨를 피할 이유는 없어요."

사실 이 사람과는 한 번쯤 차분하게 이야기해 보고 싶었다.

장려회를 돌파한 후로도 계속 동향이 궁금했을 만큼, 사카나시 씨의 장기를 계속 주목해 왔다.

"맞아! 괜찮다면 밥이라도 같이 먹지 않을래요? 이 근처의 괜찮은 가게를 소개해드릴게요."

"사양하겠어."

주저 없는 대답이었다.

내가 그 말을 듣고 충격을 받은 것이 얼굴에 드러난 것일까. 사카나시 씨는 내 얼굴을 쳐다보며 난처한 듯한 표정을 짓더니, 변명하듯 이렇게 말했다.

"기분 상하지 마……. 선약이 있거든."

☖ 연애 상담

"기, 긴코, 무슨 일 있어? 왜 연락도 없이 갑자기 찾아온 거니?"

예쁘장하게 생긴 여자애가 어마어마하게 심각한 표정으로 찾아오더니, 나── 키요타키 케이카를 집으로 끌고 갔다.

나는 우리 집에서 경영하는 장기 도장 『노다 장기 센터』에서 가게를 보고 있었지만, 그쪽은 신뢰하는 단골에게 맡겼다.

어깨를 들썩이며 거친 숨을 내쉬는 긴코를 위해 시원한 보리차를 준비하며, 나는 투덜거리듯 말했다.

"무슨 일인지는 모르겠는데…… 아빠는 집에 없어. 자오 선생님과 술 마시러 갔으니까, 아마 내일 점심때는 되어야 돌아올 거야. 그것도 인사불성이 되어서 말이야——."

"괜찮아. 없는 편이 나아."

"어머, 그러니?"

내일 치를 3단 리그 관련으로 상의하러 온 건가 했더니, 장기와는 상관없는 일인가 보네.

그렇다면 다다미방이 아니라 부엌에서 이야기하는 편이 나을 것이다. 나는 보리차 두 잔을 준비한 후, 의자에 앉았다.

맞은편에 앉은 긴코는 바위처럼 침묵을 지키고 있었다.

"…………."

그건 그렇고…… 정말 예쁜 애구나…….

은색 머리카락은 찬란히 빛나고 있으며, 첫눈처럼 하얀 피부에는 잡티 하나 없었다.

그리고 눈동자는 얼음처럼 새파랬다. ……《나니와의 백설공주》란 별명이 정말 잘 어울린다니깐. 누가 지은 걸까?

어릴 적부터 예뻤지만, 요즘은 3단 리그에서 자신감이 붙어서 그런지 그 미모가 한층 더 빛나고 있었다. 마치 푸른 불꽃처럼…….

"왜 그래? 내가 해결해 줄 수 있을지는 모르지만…… 고민이 있으면 뭐든 말해 보렴."

"…………."

긴코는 차가운 보리차에 입도 대지 않은 채, 침묵을 지키고 있었다.

아무래도 정말 중요한 일을 상담하려는 것 같네. 나도 긴장이 되기 시작했어…….

곧 긴코는 머뭇거리는 듯한 시선으로 쳐다보며 물었다.

"아무한테도 말 안 할 거지……?"

"물론이야."

"정말? 진짜로 아무한테도 말하면 안 돼."

"내가 지금까지 긴코의 비밀을 남한테 말한 적, 있어?"

"……………………."

그래도 잠깐 망설인 후, 긴코는 그제야 무거운 입을 뗐다.

"이, 이건………… 내, 친구 이야기인데……."

긴코는 친구가 없잖아?

빙긋 웃으며 그렇게 말할 뻔했지만, 겨우겨우 참았다. 큰일 날 뻔했네.

"그래. 친구 일이구나. 그 친구한테 무슨 일이 생긴 거야~?"

"그, 그게………… 친구한테, 최근에………… 나, 남친…… 비슷한 게, 생겨서……."

왔다.

왔다, 왔다. 왔어요~. 드디어 와버렸다고요.

"잘됐네! 전부터 좋아했잖아? 축하해!"

"고, 고마………… 아, 아냐. 으음…… 확실히, 그 치, 친구는…… 쭉 좋아하던 상대에게 갑자기 고백을 받아서, 엄청 기뻤지만……."

"기뻤지만, 갑자기 불안을 느낀 거구나?"

"…………."(끄덕).

응. 이해해. 이해하고말고.

지금은 그런 시기지?

뭐라고 할까? 불안? 망설임?

지금까지 친구 이상 연인 미만의 남매처럼 지냈는데, 갑자기 가까워지면서 어떻게 상대방을 대하면 좋을지 모르는…… 크으으~! 새콤달콤하군요~!

게다가 야이치 군에게 좋아한다고 고백을 받은 것 같다. 그 아이도 참, 제법이잖아!

나는 다음에 만나면 칭찬해 줘야겠다고 생각했지만, 아무래도 벌써 이 두 사람한테 위기가 찾아온 것 같았다. 그럼 이 케이카 언니가 나서야겠네!

"그렇구나. 그 행복에 찬 긴코……의 친구는, 뭐 때문에 고민하는 거야?"

"엄청, 저기…… 하고 싶어 해."

"흠흠."

뭐, 흔한 문제네~.

하긴, 10대 남자애잖아~.

건강한 남자란 증거라고도 할 수 있지만, 상대방이 고백한 후로 계속 그런 것만 요구한다면 여자는 '내 몸만 원하는 거야?!' 같은 기분이 들 거야.

"그래. 즉, '사귀기 시작하고 몇 달 정도에 그런 걸 하면 좋을까?' 를 상담하고 싶은 거구나?"

"그, 그게 아니라………… 이미, 하긴 했어……."

"뭐?!"

나는 무심코 엉덩이를 의자에서 뗐다. 하마터면 컵에 담긴 보리차를 엎지를 뻔했다.

"그, 그래…………. 이미, 했구나……."

"따, 딱 한 번뿐이야. 딱 한 번, 저기………… 으으……."

긴코는 새빨개진 자신의 얼굴을 두 손으로 숨겼다. 귀 끝까지 새빨개졌다.

이, 이거………… 진짜로, 해버린 것 같네…….

야이치 군은 며칠 전, 열여덟 살이 됐다.

긴코도 한 달 정도 후면 열여섯 살이다.

첫 경험을 하기에 이른 나이라고는 할 수 없다. 오히려 10년도 더 전부터 서로를 의식해 왔던 두 사람이 드디어 맺어졌다는 느낌이 들었다.

하지만…… 말이야.

나도 전부터 두 사람을 계속 부추기기는 했거든?

하지만 그건 마음 한편으로 '아직 애잖아' 라는 생각이 있어서, 느닷없이 선을 넘지는 않을 거라고 안심하고 있었기 때문이야.

이렇게 갑자기 어른이 되어버리니………… 왠지, 쓸쓸하네.
게다가, 이렇게 되면 조심하라고 말해야 할 점이 있다. 차라리 빠른 단계에 이야기해 줄 기회가 생겨서 다행이었다. 아직 늦지 않았다면 좋겠지만…….
그래~. 진짜로 해버렸구나~.
"뭐, 한번 해버렸잖아? 그 후로 하자고 계속 매달리는 게 당연해. 참을 수 있을 리가 없거든. 긴코한테 완전히 빠졌으니 그런 것을 요구하는 거야."
"그건 그렇지만 말이야! 그래도 지금은 3단 리그에 집중…… 어험어험! 케, 케이카 언니?! 이건 내가 아니라 내 친구 이야기라고 말했지?!"
"아, 맞다. 그랬지. 그래서? 계속 말해 봐."
"지금은, 저기…… 수험 공부에 집중해야만 하는 시기야. 그러니 정식으로 연인 사이가 되는 건 4단이 되고 나…… 대, 대학에 들어간 후가 좋겠다고 말하며, 만나는 것도 자제하기로 약속했거든? 그런데 볼 때마다 '하고 싶다' 고 해서……."
"걔가 그렇게 하고 싶다며 매달리는 거야? 자기도 바쁘면서 되게 기운이 넘치네……. 긴코의 연구방에서 그런다면, 열쇠를 빼앗는다거나——."
"아냐. 이 근처의 으슥한 데서……."
"으, 으슥한 데서?!"
"입 안에 넣으려고도……."
"이 근처 으슥한 데서 입 안에 넣으려고 해?! 그 자식, 확 죽여

버릴 거야!!"

내가 부엌에 있던 날붙이를 쥐고 자리에서 벌떡 일어서자, 긴코는 허둥지둥 나를 말렸다.

"어?! 저기, 케이카 언니?! 그 가위로 뭘 어쩌려는 거야?!"

"뻔하잖아! 그 쓰레기의 드래곤을 절단해 줄 거야!!"

"그렇게까지 할 필요는 없거든?!"

게다가…… 하고 말한 긴코는 귀까지 새빨개진 상태에서…….

"나, 나도…… 싫은 게 아니라…… 좀 부끄러울, 뿐……."

"이 근처 으슥한 데서 남자애가 자기 물건을 네 입에 집어넣었는데 좀 부끄러울 뿐이라는 거니? 제정신이야?! 나는 너를 그런 밝히는 애로 키운 적 없어!!"

"그, 그게 그렇게 나쁜 짓이야?! 키스 같은 건, 해외에선 밖에서 아무나 하는데……."

"뭐? 응? ……긴코? 뭘 했다는 거야?"

"어? 그, 그게…… 그러니까………… 키스, 를……."

"키스……? 그게 다야……?"

"그, 그게 다는 무슨…… 혀, 혀까지 넣으려고 한단 말이야!"

긴코는 몸을 쑥 내밀며 호소했다.

이 반응은 아직 어른이 되지 않았다는 최고의 증거였다.

"뭐야~. 그런 거라면 으슥한 데서 얼마든지 쪽~쪽~하면 되잖아? 닳는 것도 아닌걸."

하아…… 괜히 걱정했네.

역시 이 두 사람은 아직 어린애야.

"그렇구나. 쪽~이구나. 안심했어. 뭐, 연애 경험이 전혀 없는 애한테는 쪽~도 큰 사건일 거야. 이렇게 난리를 피우는 것도 무리는 아니네."

"뿌우……."

"으슥한 곳이 아니라 성 같은 건물에 끌려갈 뻔하면, 나와 상의해줘."

내가 놀리듯 그렇게 말하자, 긴코는 볼을 부풀리며 딱딱한 목소리로 대꾸했다.

"그런 장소에는 몇 번이나 가봤거든? 사쿠라노미야에 있는 그런데 말이야."

"뭐?! 어, 어쩌다 그런 곳에 간 거야?"

"그건 상상에 맡길게."

"아, 아니, 상상에 맡기지 말아 줄래? 그건 중요한 일이거든? 그런 장소에 드나들다가 만에 하니…… 애라도 생기면 큰일이잖아. 만약 4단이 되더라도, 휴식기를 가질 수밖에 없을 거야."

"하지만 프로가 되면, 그 후에 결혼할 거니까………… 애, 애가 생겨도 문제없다고나 할까…… 하나다치 선생님도 임신 중에 타이틀전에 나왔는데, 오히려 전보다 더 강해졌——."

"어머~? 긴코의 『친구』는 혹시 장기 기사야?"

"으윽?! 으, 으음………… 취직!! 취직했다는 의미야! 돈을 벌게 되면 누구나 프로잖아? 안 그래?"

"그래. 그렇구나. 취직했구나. 뭐~. 아슬아슬하게 세이프라고 할 수 있겠네."

이걸로 숨겼다고 생각하는 걸 보면, 진짜 어린애라니깐. 아무래도 애들이 선을 넘으려면 한참 걸릴 것 같아. 한 100만 광년 후?

호텔에 갔다는 것도, 어쩌다 보니 우연히 들어간 것이다. 별일 없었을 게 틀림없다.

하아…… 괜히 걱정했네.

나는 보리차를 다시 따라서 완전히 마른 목을 축였다. 푸하~.

"……그런데 케이카 언니. 참고 삼아 묻는 건데……."

"뭔~데~?"

"케이카 언니는 장기 관계자와 연애해 본 적, 있어?"

"으음. 유감이지만, 나는 장기 관계자와 연애한 적이 없어~."

"그렇구나. ………… 물어보는 의미가 없겠네……."

"윽."

물어보는 의미가 없겠네…… 의미가 없겠네…… 없겠네…….

긴코가 무심코 흘린 본심이, 내 가슴을 후볐다.

네 살 때부터 쭉 돌봐왔던 어린애에게 무시당하는 굴욕…… 솔직히 말해 장기로 졌을 때보다 훨씬 괴롭다. 죽겠네…….

"그럼 학교나 아르바이트했던 곳에서는 어때?"

"뭐, 그런 데서라면 한 적 있어."

이래 봬도 남들만큼 연애를 해 봤다고 생각한다.

아니, 웬만한 사람들보다는 인기가 많다고 생각하거든?

"하지만 결혼까지 의식해 본 적은 없어. 유원지나 영화관에 몇 번 갔다가, 손만 잡고 끝났거든."

"……흣."

으음~?

얘 좀 보게. 방금 코웃음을 쳤어?

"아하~. 그럼 방금까지 이야기가 미묘하게 어긋난 것도 어쩔 수 없네. 좋아하는 사람이 한 직장에 있어서 그걸 숨겨야만 하는 고통을 경험해 본 적이 없다면, 이해가 안 될 테니 말이야."

아아아아앙~~~~~~?

좋아하는 사람이 한 직장에 있어서 힘들어~?

남친을 가진 자의 우월감 같은 거야? 그런 걸로 우위에 선 것처럼 으스대는 계집애는 20대 후반에 돌입한 독신 여성인 나를 연민에 찬 눈으로 보았다.

그리고 마지막으로——.

계집(긴코)애는 폭탄을 던졌다.

"케이카 언니는 장기에만 집중할 수 있는 환경이라 좋겠네."

"그러게…………."

그래.

알았어. 자아아아알 알았어.

이야기만 듣는데 왜 이렇게 짜증이 나는지, 완벽하게 이해했다.

이것은 『상담』이 아니다.

단순한 『자랑』이다.

"응. 나는 진짜로 축복받았다고 생각해. 오히려 긴코 너는 큰일이겠어. 그래도 대단하다니깐. 장기에 집중할 수 없는 환경에서 3단 리그를 치르고 있잖아. 진짜 존경스러워. 존경할 수밖에 없네요~."
"그, 그러니까 이건 내 이야기가 아니라, 친구――."
"확 담가버린다?"
"잠깐…… 케이카 언니. 그건 내가 자주 하는 말인데……."
"모처럼 상담을 부탁받았지만, 나도 조언해 줄 수 있을 만큼 연애 경험이 풍부하지 않거든? 장기를 잘 두는 것도 아니거든? 그러니까 다른 사람에게 물어봐 줄래? 이참에 칸사이 장기회관에서 설문 조사라도 하는 건 어때?"
"아, 안 돼! 아직 비밀이니까…… 케이카 언니도, 아무한테 말하지 마."
아까 그딴 말을 해놓고 이딴 소리를 늘어놓는 건가요.
게다가 이 말도 액면 그대로 받아들여선 안 된다.
『내가 알리는 건 부끄러우니까, 케이카 언니가 소문내 줘. 그래서 남들한테 '야이치 군과 사귀는 거야?' 같은 말을 듣고 싶어!』
그런 의도가 훤히 보였다. 뻔히 보인다고.
완전히 될 대로 되란 생각이 든 나는 냉장고에서 보리차 대신 캔 주류를 꺼낸 후, 주저 없이 뚜껑을 따고 벌컥벌컥 들이켰다.
맞아. 홧술이거든? 불만 있어?
한잔 안 하고는 못 버티겠단 말이야~!
"그렇게 남자 쪽에서 엉겨 붙어서 곤란하면 마스크라도 쓰는 건 어때~? 물리적으로 차단하면 되잖아."
"흐음…… 마스크를……."

긴코는 미지근해진 보리차를 들이켜더니…….
"뭐, 일단 친구에게 말해 둘게."
"응. 친구에게 전해 줘."
겸사겸사 이 말도 전해 줄래?
'돈사해버려, 리얼충. 확 담가버린다?' 라고 말이야.

♟ 사카나시 스미토

"안녕. 오래간만이야, 사카나시 군."
후쿠시마역 육교 아래.
그 끄트머리에 있는, 카운터밖에 없는 조그마한 초밥 가게.
『카랏카제』라고 하는 그 가게에 들어선 나를 맞이한 이는——내일 3단 리그에서 싸울 상대였다.
"오래간만입니다. 그리고…… 감사해요, 카가미즈 씨."
일주일 전. 나는 이 사람에게 문자 메시지를 한 통 보냈다.
『카가미즈 씨만 괜찮다면, 자주 가는 가게에서 만나지 않겠어요?』
답장은 없었으며, 솔직히 말해 기대도 하지 않았다. 오늘 이 자리에 이 사람이 올 가능성은 반반이라고 여겼다.
하지만 카가미즈 씨는 평소와 다름없는 모습으로 이 자리에 있었으며, 평소처럼 나를 바라보며 미소 지었다.
"슬슬 올 때가 됐다 싶어서 주문해 뒀어. 정어리, 좋아하지?"
"고마워요……."

약한(弱) 물고기라고(魚) 쓰고 정어리(鰯). 3단 리그 초반에 4연패를 한 나로서는 동족을 먹는 듯한 기분이지만, 대선배의 호의를 헛되이 할 수는 없다. 나는 잠자코 그것을 입에 넣었다.

카가미즈 씨는 흰살생선으로 만든 군함말이를 입에 넣으면서 말했다.

“참 기묘한 세상이야. 회초밥에 쓰인 생선마저 승부에 빗대서 『잡어』를 먹거나, 『출세어』인 방어나 농어를 골라서 먹어. 마작도 『빨리 오른다』는 이유로 항상 3인 마작을 두잖아.”

“처음에는 바보 같다고 생각했지만, 어느새 저도 그런 미신을 믿게 됐죠. 이런 걸 승부에 물든다고 하는 걸까요?”

“훗……. 글쎄.”

“하지만 카가미즈 씨는 장려회 회원답지 않다고 생각해요. 보통은 내일 맞붙을 상대와 이렇게 나란히 앉아 초밥을 먹지는 않을걸요?”

“뭐, 선두인 사람이 내일 리그에서 붙을 상대와 사이좋게 밥을 먹는 건 확실히 상상도 할 수 없는 일일지도 몰라.”

서로가 승단 혹은 장려회 탈퇴 및 강등의 우려가 없는 『종전』 상태라면 몰라도, 아무리 사이가 좋을지라도 대국 직전에는 피하는 게 당연했다.

“하지만 거절하지 않는 편이 나답지 않아? 사카나시 군도 그렇게 생각했으니 연락을 준 거지?”

“예…….”

소속이 다르기에, 나와 카가미즈 씨는 별로 친하지 않다.

우리가 이렇게 만나게 된 데는 어떤 계기가 있었다.
"아까 장기회관 앞에서 쿠즈류와 마주쳤어요. 소라 긴코와 술래잡기를 하고 있더군요."
"그 녀석들은 대체 뭐 하는 거야……."
"그 두 사람을 보면, 예회 전날에 대국 상대와 초밥을 먹는 건 아무 일도 아니라는 생각이 들어요. 역시 칸사이는 마계네요."
3년 전.
쿠즈류 야이치 4단을 탄생시킨 나는 그 후로 페이스가 무너졌다.
중학생 기사가 그 후로 선보인 활약은 아무리 관심을 꺼도 내 귀에 들어왔다. 사상 최연소 타이틀 도전, 그리고 탈취…… 그런 보도를 접할 때마다, 그 계기가 된 장기를 떠올렸다.
『그때, 이 수를 뒀다면…….』
패배한 장기에 계속 연연하면서 멀쩡히 지낼 수 있을 리 없다. 다음 3단 리그 성적은 처참했다.
벽에 부딪쳤을 때, 나는 이상한 행동을 취했다.
칸사이 장기회관에 가 보자고 생각한 것이다.
쿠즈류를 만나서 어떻게 할 생각은 아니었다. 문뜩 그런 생각이 들었고…… 정신을 차리고 보니 행동에 옮겼다.
야간 버스로 이른 아침에 오사카역에 도착한 나는 걸어서 후쿠시마에 있는 칸사이 장기회관에 가서, 기사실에 들어가…….
그때 나를 맞이해 준 사람이 바로 카가미즈 씨였다.
『사카나시 군이잖아. 괜찮다면 장기를 가르쳐 주지 않겠어?』
그리고 나는 카가미즈 씨에게 완벽하게 졌다. 전혀 상대가 되지 못했다.

그뿐만이 아니었다.

당시 아직 초단도 따지 않았던 쿠누기 소타라는 괴물과도 처음으로 장기를 뒀다. 칸토에서는 소문만 접했지만…… 헛웃음이 날 정도로 강한 소년에게, 빨리두기 장기로 10연패를 했다.

나보다 강한데…….

나보다 훨씬 오랫동안 고생을 했는데…….

그런데도 4단이 되지 못한 사람이 있다.

그것을 안 순간…… 하찮은 고민에 빠져 있던 자신이 보잘것없어진 나는 다시 장기와 제대로 마주할 수 있었다.

"그때…… 이른 아침에 기사실에 모여서 장기를 두는 카가미즈 씨와 이곳 사람들을 보고, 자신에게 부족한 게 뭔지 깨달았어요. 정말 감사합니다."

"사카나시 군은 강했거든. 장기를 보면 얼마나 열심히 공부했는지 알 수 있잖아? 내가 얻을 수 있는 게 없다면 장기를 두자는 말은 안 했을 거야."

그 말은 절반은 사실이고, 절반은 거짓일 것이다.

다시 일어선 지금이라면 몰라도, 완전히 썩어버렸던 나와 장기를 둬도 얻을 수 있는 게 있을 리 없다.

"그리고, 이번 기에도 감사했습니다."

"응?"

"개막 직후 4연패를 하고, 절망에 빠져 장기판 앞에서 일어설 수 없을 때…… 마침 칸토에 와 있던 카가미즈 씨가 '아직 끝난 건 아니잖아! 자, 힘내는 거야.' 하고 말해 준 덕분에, 어찌어찌 다시 일어설 수 있었죠. 고맙다는 말을 꼭 하고 싶었어요."

"어이, 갑자기 왜 그래? 그런 소리 해도, 밥값은 안 쏠 거라고."

"4연패를 하고, 운전면허를 따기로 했어요. 학력도 없는데 운전도 못 해서야, 취직이 어려울 테니까요."

"장기를 관둘 거야?"

카가미즈 씨는 놀란 표정으로 그렇게 말했다.

"과반수 승리 연장으로 장려회에 남을 수 있잖아? 나처럼."

"아뇨. 올해로 관둘 생각입니다."

"그래……."

다시 생각해 보라고, 카가미즈 씨는 말하지 않았다.

내가 식사나 같이하자고 연락했을 때, 짐작한 것이리라.

"사카나시 군은 대단한걸……."

"아뇨. 포기하지 않고 과반수 승리 연장을 이어온 카가미즈 씨가 더——."

"나는 그저 무서웠을 뿐이야."

카가미즈 씨는 내 말을 끊으며 그렇게 말했다. 나는 그 말에 어린 격렬한 감정을 느끼고 숨을 삼켰다.

"내 생활 전체가 장기에 물들어서, 바깥세상에 나가는 게 무서워졌어. 실은 한참 전부터 장기에서 마음이 떠났지. 관둔 거나 마찬가지인 거야."

"그럴 리가——."

"3단에 올라선 직후에 타이틀전 기록을 맡았어. 명인과 츠키미츠 선생님이란 골든 카드였지. 즐겁고, 너무 엄청나서, 영원토록 이 대국을 기록하고 싶다는 생각이 들었어…….”

카가미즈 씨는 뭔가를 토로하듯 그렇게 말했다.

나는 아무 말 없이 그 말에 귀를 기울였다.

“감상전에서 츠키미츠 선생님이 나에게 ‘혹시 의견이 있습니까?’ 하고 물었어. 기록하면서 생각했던 수를 말하자, 이번에는 명인께서 ‘그래요. 좋은 수군요.’ 하고 말해 줬지……. 그 말이 얼마나 위로가 됐던지…….”

그 심정은 뼈저리게 이해한다. 기록 담당이 얻는 가장 큰 포상이다.

“하지만 이번 3단 리그가 시작되기 전 기록 담당을 맡았을 때…… 첫날 점심부터 든 생각이 ‘정좌가 참 힘드네.’ 였지”

“……!”

“경악했어. 대체 언제부터 내 마음은 장기와 멀어진 걸까. 그게 언제인지 떠올리지 못한다는 사실에도…… 경악하고 말았지.”

“하지만 카가미즈 씨는 현재 선두잖아요! 장기도 엄청 매서운데…… 그런 사람의 마음이 장기와 멀어졌을 리 없어요!”

“뭐, 약속해 버렸거든.”

“약속……이라고요? 누구와? 어떤 약속을요?”

“…………………….”

카가미즈 씨는 대답하지 않았다.

아마 마음속의 부적 같은 것이리라. 그렇게 생각한 나는 캐묻지 않았다.

"그런데, 쿠누기 소타가 소라 긴코에게 졌다는 게 진짜인가요?"

"그래."

"이번 리그 첫 대국에서 소라에게 역전패를 한 제가 할 말은 아니지만…… 쿠누기가 진다는 게 말이 안 되잖아요. 대체 어떻게 된 거죠?"

"그 녀석은 어리숙한 면이 있거든. 아마 배려한 거겠지."

"뭘 말이죠? 3연패를 한 소라의 마음이나 건강을 말인가요?"

그렇게 사이가 좋아 보이지는 않았는데…….

하지만 쿠누기는 초등학생이다. 기력은 뛰어나더라도 정신적인 면이 미숙해서 4단에 오르지 못하는 경우는 부지기수이며, 만약 그렇다면 이대로 무너져버릴 가능성도——.

"어이, 스물다섯 살이나 먹은 사카나시 군. 열한 살 천재를 걱정하다니, 어느새 거물이 됐는걸?"

"윽……! 딱히 걱정하는 건……."

"내일 첫 대국의 상대는 카라코 씨지? 그 사람은 현재 칸사이 장려회의 초석을 만든 사람이지. 장기는 낡았지만, 마음은 강해. 얕보지 않는 편이 좋을 거야."

"『카라코 이론』 말이죠? 칸사이의 빌어먹게 끈질긴 장기에는 정말 번번이 고생했어요."

"훗. 그렇게 물러 터진 거라면 좋겠지만 말이야……."

물러? 어떤 의미지?

"주방장님. 마지막 초밥을 부탁해도 될까요?"

카가미즈 씨가 그렇게 말하자, 기다렸다는 듯이 카운터에 똑같은 초밥 두 개가 놓였다.

『계란말이』.

초밥 세계에서는 계란말이 초밥을 옥이라고도 부른다. 그래서 기사는 초밥을 먹을 때, 마지막으로 『옥을 잡는다』는 의미를 담아 초밥을 먹는다…… 좀 억지스러운 면도 있지만 말이다.

나는 그것을 한입에 먹었다.

카가미즈 씨는 맛을 즐기듯 천천히 먹었다.

"내일은 멋진 장기를 두자. 서로…… 후회하지 않게 말이야."

가게를 나설 때, 카가미즈 씨는 웃으며 그렇게 말했다. 그리고 악수한 후, 헤어졌다.

제2보
사카나시 스미토
카라코 쇼지
©shirabii

☖ 감정의 피크

“《나니와의 백설공주》와 대국을 하게 되어 영광입니다. 오늘 잘 부탁합니다!”

장기판 너머에서 상대가 내민 손을, 나는 깜짝 놀라며 멍하니 쳐다보았다.

칸토에서 원정을 온 카사스기 3단은 장기판 위에 있는 오른손을 더욱 내밀면서 악수를 청했다.

“소라 양?”

“저기…… 죄송해요. 이제부터 싸울 상대와 악수하는 건…….”

“그것도 그러네요! 개의치 마세요.”

환하게 웃으며 손을 거둔 카사스기 3단은 그제야 장기말을 배치하기 시작했다.

——이 사람이 그 소문 자자한 《스포츠맨》인가. 시원시원한 사람이지만…….

솔직히 말해 좀 거북한 타입이다.

카사스기 3단은 20대 초반에 고참 격인 3단이며, 체육대학을 졸업한 이색적인 인물이다. 교원 자격도 있다고 한다.

——이번 기에는 이제까지 2승밖에 하지 못했다. 그런데도 이렇게 밝은 건…… 운동부 타입이라서 그럴까?

나는 칸사이 장기회관에서 3단 리그 제13, 14회전을 맞이했다.

반년 동안 이어진 리그전도, 오늘을 포함해 겨우 세 번 남았다.
게다가 마지막 날에는 모든 3단이 칸토에서 대국하니, 익숙한 이 장소에서 대국을 하는 건 앞으로 두 번뿐이다.
——4단으로 올라가려면 한 번도 져선 안 돼. 전부 이기는 거야!
그렇게 생각하며 결의를 굳힌 사람은 나만이 아니다.
대국장 안의 공기는 이제까지의 3단 리그와 명백하게 달랐다.
선두 집단은 『지지 않는 것』을 목표로 삼으며 침울할 정도로 냉정함을 유지하고 있었다.
나를 비롯한 제2집단은 『반드시 이긴다』는 심정으로 투지를 불태우고 있다.
하지만 누구보다 이질적인 분위기를 발산하는 건…… 이제까지 승리를 못 따서 탈퇴 또는 강등이 우려되는 사람들이다.
현실적인 『죽음』을 직시해야 하는 하위권 3단들은 목에 걸린 밧줄이 조여진 상태에서…… 산소 결핍과 절망 탓에 패닉 상태에 빠진 채로 장기를 둘 수밖에 없다.
그리고 그들을 상대해야 하는 우리는 각오를 해야만 한다. 그들의 숨통을 끊을 각오를 말이다.
『감정의 피크』.
평범한 삶을 사는 이들이라면 경험할 수 없다. 그런 극한 상태의 장기가 펼쳐지는 건, 지구 전체를 통틀어도 3단 리그뿐일 것이다.
가슴속에서 폭발하는 여러 마음을 예절이란 껍질 안에 가두며, 나는 고개를 숙였다.

"……잘 부탁드려요!"

"저야말로! 잘 부탁드립니다!!"

큰 목소리로 대답한 카사스기 3단은 능숙한 손놀림으로 템포 좋게 공격을 펼쳤다.

마라톤에 비유하자면 초반에 전력을 다해 뛰는 타입일 것이다.

서반에서 리드를 잡고 끝까지 밀고 가려는 속셈이다.

후수인 나는 뒤처지지 않도록, 상대의 등 뒤에 바짝 붙어 쫓아가면서 버텼다.

——지금은 버틸 수 있다. 지금은…….

소타와의 일전을 통해, 내 장기는 몇 단계나 레벨이 올랐다. 스스로도 『강해졌다』는 것을 느낄 만큼 컨디션이 좋았다.

인터넷 연습 장기에서도 거의 진 적이 없다.

종반에 수가 보이기 시작한 것은 물론이고…… 가장 돋보이는 부분은 중반과 종반의 전환이다.

——여기!! 기어를 올려서 단숨에 몰아붙이겠어!!

이제까지 상대의 페이스에 맞추기만 했던 나는 상대의 공세가 끊기는 순간에 속도를 냈다. 수비에서 공격으로 전환하며, 카운터를 꽂았다.

그것이 나 자신도 놀랄 만큼 절묘하게 먹히는 것이다.

"큭! …………강한걸…… 이 정도일 줄이야……."

카사스기 3단은 그렇게 중얼거리면서, 내 표정을 힐끔 살폈다. 그리고 조바심이 난 것처럼 대국시계로 시간을 확인했다. 제한 시간은 서서히 줄어가고 있었다.

힘차게 공세를 펼칠 때는 신경 쓰이지 않지만, 버텨야 하는 상황이 펼쳐지면 기묘하게도 시간이 빨리 줄어드는 느낌이 든다.

곧 카사스기 3단은 1분 장기에 돌입했다. 나는 아직 30분 넘게 남아 있다.

——게다가 국면은 이미 내가 우세…… 아니, 승세에 접어들었다.

나는 냉정하게 형세 판단을 했지만, 곧 마음을 굳혔다.

예전에 야이치에게서 이런 말을 들은 적이 있다.

『3단 리그의 종반에는 뒤지고 있는 사람일수록 강해져요.』

이미 잔류가 확정된 사람에게는 의미 없는 시합이다.

하지만 이기지를 못해서 탈퇴 또는 강등 위기에 처한 인간은, 사력을 다해 저항한다.

——궁지에 몰린 쥐가 고양이를 물듯이.

이 카사스기 3단도 이번 기에는 『쥐』로 분류되는 성적이다. 승산이 없더라도 끝까지 저항할 것이다. 그런 상대를 해치우는 건 쉽지 않다.

——방심은 금물! 상대가 투료할 때까지 장기판에만 의식을 집중해!

"크…… 시간이………… 이익, 이 수밖에 없나!!"

이윽고 카사스기 3단은 시간에 쫓기듯 급하게 수를 뒀다.

그리고 내가 마음을 진정시키며 마지막 수읽기를 하려던, 바로 그 순간이었다.

"시, 실례하겠습니다!!"

다급하게 그렇게 말하며 일어선 카사스기 3단이 허둥지둥 대국실을 나갔다.

무슨 일이 벌어진 건지 이해할 수 없었다.

"어? …………어엇?!"

설마………….

1분 장기를 두고 있는데………… 화장실에 간 거야?

"…………말도 안 돼."

옆에서 대국을 하던 다른 3단들도 대국을 멈추며 놀란 눈길로 이쪽을 쳐다보았다.

순간적으로 이렇게 생각했다.

——수를 두면 타임아웃으로 이길 수 있어!

내가 바로 수를 두면, 상대에게 남는 시간은 고작 1분.

화장실에 갔다가 돌아오기에는 아슬아슬한 시간이다.

게다가 카사스기 3단은 돌아와서 수를 둬야만 한다. 기보를 기록하지 않는 3단 리그에서는 어떤 수를 뒀는지 바로 파악할 수 없으니까——.

——이 상황에서 말도 안 되는 수를 두면 상대를 혼란에 빠뜨릴 수 있어! 이길 수 있는 거야!!

대국의 흐름에 맞는 수를 둔다면, 상대방도 바로 눈치챌 것이다.

하지만 의표를 찌르는 『의미 없는 수』를 둔다면 혼란에 빠뜨릴 수 있다. 이길 수 있다!

——하지만…… 만약 이런 상황에서 그런 수를 둔다면, 소문이 금방 퍼질 것이다…….

『그 녀석의 1승은 시간제한으로 이긴 거지?』
『진짜 프로가 아니네.』
평생 그런 말을 듣게 될 것이 뻔했다. 비겁한 방법으로 승리한, 가짜 4단이라며 손가락질당할 것이다.
——이 국면에서는 그러지 않아도 이길 수 있다. 그렇다면…….
하지만…… 설령 수를 두지 않는다면 어떻게 될까?
『소라는 의외로 상냥하네.』
『화장실에 간 상대를 기다려 주잖아. 그럼 1분 장기로 붙게 되어도 전혀 무섭지 않겠어.』
그건 한 사람의 인간으로서는 긍정적인 평가가 될지도 모르지만, 승부사에게는 불리하게 작용할 것이다. 게다가 지금 승부를 마무리하면, 다음 대국을 위해서 쓸 귀중한 체력을 온존할 수 있다.
——뭐가 정답이야?! 뭐가……?
이 순간, 내 머릿속에서는 장기 형세에 관한 생각이 전부 사라졌다.
방금까지만 해도 승세를 점하고 있었는데, 순식간에 『감정의 피크』를 맞이한 것이다.
그 상태에서 결단을 내렸다.
——망설이는 시간 자체가 아까워! 어떤 수든 일단 두고 보자!!
허둥지둥 장기판을 향해 손을 뻗으려던 나는………… 불현듯 시선을 느끼고, 움직임을 멈췄다.
그리고, 눈치챘다.

화장실에 간다던 카사스기 3단이 장지문 너머에 서서, 나를 뚫어지게 쳐다보고 있다는 것을…….

"윽……?!"

약간…… 아주 약간 벌어진 장지문의 틈으로, 이쪽을 쳐다보고 있는 카사스기 3단의 눈은 비정상적으로 번들거리고 있었다.

그리고 그 눈은 이렇게 외치고 있었다.

『둬! 빨리 둬! 빨리 악수를 두라고!!』

그 순간, 나는 거꾸로 냉정해질 수 있었다. 그리고 뻗었던 손을 거뒀다.

――……그래. 그런 『수순』이었구나.

차분하게 생각해 보니, 상대방의 술책을 바로 파악할 수 있었다.

여기서 내가 급하게 수를 둔다면, 제한 시간이 남아 있는데도 그것을 포기한 셈이 된다.

그리고 형세를 고려할 여유를 잃은 상태에서 수를 둔다면, 평범하게 두는 것보다 악수를 둘 확률이 비약적으로 크다.

――위험했어. 하마터면 잘못 선택했을 거야…….

"스으으읍~………… 후우……."

심호흡을 통해 진정한 나는 마음속 빈틈에 스며든 사념을 떨쳐낸 후, 차분하게 수읽기를 했다.

그리고 냉정하게, 정정당당하게, 이 흐름에 맞는 수를 뒀다.

돌아온 카사스기 3단은 "쳇." 하고 혀를 찬 후, 언짢은 듯이 장기말을 내던졌다. 그 모습에서는 시원시원한 《스포츠맨》 다운 모습은 찾아볼 수 없었다.

"……감사합니다."

이번에는 『저야말로 감사합니다』라는 말을 듣지 못했다.

그렇게 갈망하던 승리를 손에 넣었는데도, 달성감을 느낄 수 없었다.

자신이 갈구하던 소중한 것이 더럽혀진 느낌이 들었다.

——제대로 싸웠으면 이길 수 있을지도 모르는데…… 왜 이런 짓을 한 거지?

그런 판단력과 인간이 지녀야 할 최소한의 예절조차도 앗아가는 것이 3단 리그라면, 그런 짓이 장기와 어떤 관련이 있느냐는 의문이 느껴졌다.

——여기는, 이기든 지든…… 지옥이네.

베테랑 3단이 감정의 피크에서 보여준 그 표정을 보고…… 나는 마음에 깊은 상처를 받았다.

결국 오늘, 나는 연승을 거뒀다. 제2집단은 선두 집단과 달리 승리만을 갈구하면 되니, 심정적으로는 가장 편할지도 모른다.

하지만 그런 물러터진 생각은 곧 산산히 부서졌다.

"또 연승했구나. 강한걸."

간사에게 보고를 하러 가자, 항상 무뚝뚝하던 그 사람이 웬일인지 칭찬해 줬다.

"감사합니다."

나는 순순히 고개를 숙였다.

"……하지만 이미 세 번이나 졌으니, 운이 따르지 않아선 승단은 어려울 거예요."

"그렇지도 않아."

"예?"

"상위진이 서로 잡아먹기 시작했거든."

간사가 승패가 표시된 3단 리그 표를 보여주면서 한 말은, 장기를 둘 때는 유지됐던 내 평정심을 너무나도 간단히 무너뜨렸다.

"읏…………!! …………아………… 아, 아…………."

심장이 격렬하게 뛰더니, 숨이 턱까지 찼다.

지금까지 느낀 적이 없는 격렬한 압박감 때문에 호흡 곤란 상태에 빠진 나는 가슴을 쥐어뜯으며 그 자리에서 몸을 웅크렸다.

——지, 질 수 없어……. 이겨야만 해……. 무슨 수를 써서라도……!

카사스기 3단처럼 장지문 밖에서 숨을 죽이고 있는 자신의 모습을 떠올린 나는 허둥지둥 그 망상을 떨쳐냈다.

진정한 감정의 피크에 처한 자신이 어떤 얼굴을 보여줄지…… 그것이 너무나도 무서웠다.

☗ 승패의 이해득실

"안녕하십니꺼! 오늘 잘 부탁합니대이!"

이제부터 사투를 벌여야 할 상대가 이렇게 힘찬 목소리로 인사하자, 사카나시 스미토는 그 사람을 멍하니 쳐다보았다.

카라코 쇼지 3단.

나이는 40대.

오늘 첫 대국의 상대인 그 남자는 3단 편입 시험을 통해 칸사이 장려회에서 부활했다.

그런 카라코는 바로 하석에 앉더니, 스무 살가량 어린 사카나시를 향해 미소를 지으며 상석을 권했다.

"자아, 상석에 앉으이소. 사카나시 선배."

"아뇨. 그럴 수는――."

"사양할 필요 없습니대이! 저는 나갔다가 다시 들어온 사람 아닙니꺼. 자아! 빨리 앉으이소!"

과할 정도로 힘찬 인사. 지나칠 정도로 상석을 양보하는 태도. 사무적이고 매몰찬 느낌인 칸토에는 존재하지 않는, 칸사이의 독자적인 풍습이었다.

"그럼…… 실례하겠습니다."

대국 전의 귀찮은 의식을, 사카나시는 상대의 요구를 전부 받아들인다는 형식으로 생략했다.

――승단 가능성이 있다면 거부했겠지만…….

자신은 이미 네 번이나 졌다. 다 죽어가는 몸이다.

하지만 카라코는 카가미즈와 함께 1패로 선두를 달리고 있었다.

그런 카라코와 대국을 마친 칸토 지방의 3단은 그를 이렇게 평가했다.

『금은이 여섯 개는 되는 듯한 장기.』

자기 진영을 장기말로 채워 두터운 방어벽을 만드는 그 기풍은 칸사이 장려회에서 흔히 볼 수 있는, 필승이 아니라 불패가 목표인 장기였다.

——카라코 이론…… 설마 그 창시자와 장려회에서 장기를 두게 될 줄이야.

최정상 아마추어의 장기는 기보로 기록된다. 사카나시는 3단 리그가 시작되기 전에 카라코를 경계했고, 그 기보를 연구하며 대책을 세웠다.

——3단 리그가 시작되기 전에 해 두기 잘했어…….

서반에 그 대책을 선보인 사카나시는 쓴웃음을 지었다. 4연패 직후라면 연구를 할 마음조차 들지 않았을 것이다. 운전면허 필기시험 공부를 우선시했을 정도다.

그런 연구의 성과 덕분에, 대국은 서반부터 사카나시의 페이스로 진행됐다.

——하지만, 이제부터가 끈질긴 면모를 보일 것이다.

책상다리를 정좌로 돌린 후, 사카나시는 기나긴 중반의 갉아먹기와 끝없이 이어질 종반전에 대비해 마음을 단단히 먹었다.

아무리 이미 죽은 거나 다름없다 할지라도, 일단 장기판 앞에 앉았다면 사력을 다해야 장려회 회원이라 할 수 있다.

그 긍지를 가슴에 품으며, 사카나시는 카라코가 둘 다음 수에 대비했지만——.

"으음. 졌습니대이."

"어?"

사카나시는 무심코 그렇게 외쳤다.

카라코의 다음 수는…… 투료였다.

대국은 놀라울 정도로 허무하게 막을 내렸다. 다른 대국은 아직 중반에 접어든 시점이었다. 종반에 뒤집히지 않게, 사카나시는 제한 시간을 거의 쓰지 않았는데…….

"역시 순위 1위! 강합니대이. 이렇게 강할 줄은 몰랐습니더."

카라코는 부채까지 펼쳐가며 사카나시를 추켜세웠다.

"이야~. 제 완패입니대이. 서반에 작전으로 진 상황에서 그대로 압도당하고 말았지예. 감상전을 할 것도 없습니더. 이대로 끝내삐지요."

"아, 예……."

"그러고 보니 사카나시 선배의 다음 상대는 카가미즈 군이지예? 힘내이소!"

카라코가 환하게 웃으며 격려해 주자, 사카나시는 멋쩍은 기분을 맛보며 대국실을 나섰다. 강호에게 자기 작전이 완벽하게 먹히니 기분이 좋았다.

평소 남들이 고르고 남은 도시락을 먹었지만, 대국이 빨리 끝난 오늘은 가장 인기 있는 닭튀김 도시락을 고를 수 있었다.

그리고 두 번째 대국은, 아까 대국과는 비교도 안 될 만큼 격전을 치렀다.

"…………졌습니다."

몇 번에 걸쳐 엎치락뒤치락 한 끝에, 마지막으로 실수한 사람은—— 카가미즈 히우마였다.

"가…………감사, 합니다…………."

사카나시는 어깨를 들썩일 만큼 거친 숨을 내쉬며 고개를 숙였다. 숙인 고개를 한동안 들지 못할 만큼 지쳤다.

하지만 그와 동시에, 두 사람에게 있어 최고의 기보를 남겼다는 충실감도 있었다…….

"사카나시 군은 역시 강하네……."

카가미즈는 아쉬움과 개운함이 뒤섞인 표정으로 말했다.

"아뇨…… 체력 차이로 이겼을 뿐이죠. 카가미즈 씨는 첫 대국에서 천일수였죠? 점심도 못 먹었잖아요?"

"그래. 역시 선두라 그런지 쉽게 이기게 해 주지 않아……. 오늘은 특히 피곤한 장기였어……."

카가미즈는 천장을 올려다보며 "피곤하네……." 하고 중얼거린 후…….

"최근 몇 년은 선두에 선 적이 거의 없기든. 승단 가능성이 있는 상태가 반년이나 이어지니, 이렇게 피곤하네……."

"훗. 저도 작년에는 그랬어요. 초반에 승단 가능성이 없어진 올해와는 비교도 안 될 만큼, 피곤——."

말하던 도중 사카나시는 등골이 얼어붙는 듯한 오한을 느꼈다.

"피곤……?"

사카나시의 시야에, 아직 진행 중인 마지막 대국이 들어왔다.

그 대국자는, 첫 대국 때와는 달리 귀신 같은 형상으로 장기판을 바라보고 있는 카라코.

그리고 그 상대는, 이 3단 리그에 있는 게 이상할 정도로 어린 소년이었다.
그런 소년을 향해, 마흔이 넘은 어른이 고함을 질렀다.
"좋았으으으으읏!! 이걸로 끝이대이이이이이잇————!!!!"
따아아아아아아악————!!!!
양손으로 장기말을 쥐고 도끼처럼 휘두른 카라코가 절규를 토하자, 맞은편에 앉아 있던 대국자의 조그마한 어깨가 흠칫했다.
마치 꾸중을 들은 어린애처럼. 그리고——.
"졌습니다……."
울고 있는 게 아닐까 싶을 만큼 기어 들어가는 목소리로, 쿠누기 소타는 투료했다.
그 순간, 관전하고 있던 3단들이 술렁였다.
"쿠누기가 또 졌어……!"
"카라코 씨가 천재에게 두 번째 패배를 안겨줬다고!"
"노멀 삼간비차로 버티고 또 버틴 끝에 역전했어……. 대단한 장기였다고……."
지난 예회까지는 무패로 선두를 달리던 천재 소년이 연령 제한으로 탈퇴했다 돌아온 중년에게 지고 말았다.
타인의 불행은 꿀맛과도 같다. 그것이 눈부신 재능을 지닌 천재의 불행이라면, 더욱 그러할 것이다.
아무리 포장하더라도, 장려회의 본질은 『탈락』에 있다.
프로 기사의 인원이 지나치게 늘어나지 않도록 만든 출산 제한이자, 앞날이 창창한 재능을 지닌 사람을 썩게 하는 시스템……
사카나시는 그렇게 생각하고 있었다.

지금, 장기계에 충만한 분위기가 그렇게 말하고 있으니까.

『쿠누기, 져라.』

장려회 회원도, 프로 기사도…… 말은 하지 않지만, 그렇게 생각하고 있다.

——쿠누기가 4단이 되어도 아무렇지 않은 건, 이미 승단을 포기한 나뿐이리라.

오히려 사카나시는 쿠누기가 압도적인 재능으로 현재의 장기계를 깨부숴 줬으면 했다.

"여기서, 실수했는걸."

"어?"

술렁이고 있는 어상단의 방에서 유일하게, 카가미즈만이 장기판에 의식을 집중하고 있었다.

"내가 둔 이 수 말이야. 마지막까지 지켜낼 생각이었는데, 그러지 못했어."

"아, 으음…… 그러네요. 만약 이랬다면——."

사카나시도 허둥지둥 장기판에 집중했다.

하지만 두 사람이 감상전을 하는 동안에도, 3단들의 목소리가 계속 들려왔다.

"순위는 어떻게 됐어?"

"선두는 여전히 카가미즈 씨지만…… 1패 세력이 사이좋게 한 번씩 져서 2패가 됐으니까——."

"지난 기 순위 차이를 고려하면 카가미즈, 카라코, 쿠누기네."

"이대로 가면 카가미즈 씨와 카라코 씨가 승단하겠어. 쿠누기와의 직접 대결에서 이겼으니 당연하려나."

"역시 저 아저씨는 강하네."

"아냐. 쿠누기가 실은 별 볼 일 없는 거 아냐?"

"의외로 약해 빠졌는걸. 하지만 이렇게 되면, 3패한 사람들한테도 기회가——."

패배한 소타가 입은 마음의 상처에 독을 바르려는 것처럼, 장려회 회원들이 그렇게 중얼거렸다.

그리고 카라코의 큰 목소리가 들렸다.

"이야~! 첫 대국에서 사카나시 선배에게 졌을 때는 다 틀렸다고 생각했지만, 오히려 그게 도움이 됐대이! 이길 수밖에 없다는 각오로 죽자사자 달려들었재! 내 같은 평범한 놈이 천재한테 이기려면 그 방법밖에 없다 아이가! 눈앞의 대국에 모든 것을 걸고 싸우는 게 장려회원이재?! 그걸 잊으면 안 되는 기다."

듣고 있던 장려회 회원들은 감탄한 듯 고개를 끄덕이지만…….

"눈앞의 대국에………… 모든 것을……?"

그 순간, 사카나시는 오늘 일어난 모든 일을 이해할 수 있었다.

——만약 첫 번째 대국에서 나와 카라코 씨가 전력을 다해 싸웠다면…… 어떻게 됐을까?

카라코는 사카나시에게 이겼을지도 모르지만, 피폐해진 상태에서는 소타에게 이기지 못할 것이다.

사카나시도, 지친 상태에서 카가미즈에게 이길 수 있을 리가 없다. 첫 번째 대국에서 카가미즈 씨가 피폐해진 덕분에, 체력 차이로 겨우겨우 이긴 것이다.

결과적으로…… 카라코는 지난 기 1위인 사카나시, 천재 쿠누기 소타와의 2연전을, 1승 1패로 돌파했다. 그리고 경쟁 상대에게 패배를 주는 데도 성공했다.

도출된 결론은 하나다.

『카라코 쇼지는 일부러 사카나시에게 졌다.』

토너먼트에서는 전승을 거둬야만 한다.

하지만 리그전은 승패의 이해득실에 따라 갈린다.

카라코는 자기도 1패를 하면서, 카가미즈와 쿠누기에게도 패배를 안겼다. 그것이 자신에게 가장 이익이 된다는 것을 이해하고 있는 것이다.

——그것도 모르면서 나는 바보같이 기뻐하기나 했어……. 게다가 은인의 발목을 잡고 만 거냐!

바보 같은 자기 자신에게 화가 났다.

하지만 사카나시의 마음속에서는 다른 감정도 싹텄다.

지칠 대로 지친 상태에서도 진지하게 감상전을 이어가는 카가미즈에게 어울려 주며, 사카나시는 아무에게도 들리지 않을 목소리로 이렇게 중얼거렸다.

"이러니 승단하지를 못하는 거야………… 나도, 카가미즈 씨도 너무 물러 터졌어……."

☖ 캡슐 뽑기

"다녀왔습니다~!! 휴우, 예상보다 늦어졌네~."

제위전 전망 기사를 위해 우메다에서 인터뷰와 사진 촬영을 마치고 집에 돌아와 보니, 어느새 저녁때가 되었다.

"좀 이야기에 열중해버렸네. 뭐, 됐어! 사저도 연승했잖아!"

돌아오는 길에 간사한테 연락을 받고 기분이 좋아진 나는, 오늘 연구회를 위해 집에 모여 있을 여초연 멤버에게 줄 요즘 화제인 후르츠 타르트를 간식 삼아 왕창 사서 돌아왔는데…….

뭔가, 분위기가 이상했다.

"어라? 장기 두는 소리도, 목소리도 들리지 않네………. 하지만, 다들 있긴 한 거지?"

현관에 신발은 있었다.

여자 초등학생 특유의 조그마한 신발 네 켤레가 단정하게 놓여 있었다. 귀엽다.

하지만…… 너무 조용했다.

초등학생만이 뿜는, 그 기운찬 시끌벅적함. 설령 '조용히 해!' 라는 말을 들어도 조용히 하지 못하는, 그 무질서하게 뿜어져 나오는 여초딩 파워가 느껴지지 않았다.

"내가, 초등학생의 기운을 느끼지 못하는…… 건가?"

말도 안 돼!

"장기를 너무 열심히 두느라 지친 나머지, 다들 잠든 걸까?"

그렇다면 깨우는 것도 좀 그렇다고 생각한 나는 조용히 신발을 벗고 방 안으로 들어갔다.

그러자 그곳에는――――뜻밖의 광경이 펼쳐져 있었다.

네 사람 다 다다미방이 아니라 부엌 테이블에 앉아, 묵묵히 뭔가를 적고 있었다.

"다들 장기를 안 두고 뭐 하는 거야? 여름 방학 숙제?"

"부업이야!"

미오 양만 고개를 들며 힘차게 답했다. 다른 애들은 집중하고 있는 건지, 손을 멈추지 않았다.

특히 아이한테는 귀기마저 어려 있었다. 마치 종이에 자신의 염을 담듯, 묵묵히 글자를 적고 있었다. 왠지 무서워.

"부, 부업?"

"예. 여름 축제에서 판매하는 캡슐 뽑기에 넣을 경품을 집필하고 있어요."

자기 할 일을 마친 듯한 아야노 양은 쥐고 있던 컬러풀한 펜에 뚜껑을 끼우더니, 다 쓴 종이를 정성 들여 접었다.

"으응~? 뭘 하는………… 앗!!"

종이접기처럼 깨끗하게 접힌 그것은 왠지 눈에 익었다.

"그건…… 학교에서 여자애들이 수업 시간에 쓰는 편지?!"

남자는 절대로 내용을 보지 못하고, '저 애한테 전해 줘.' 란 말에 따라 릴레이 달리기의 바톤처럼 전달만 해야 했던 그 편지다! 반갑네!!

미오 양이 말했다.

"요즘 캡슐에 여자애가 직접 쓴 편지를 넣어서 파는 게 화제래! 그러면 돈도 안 드니까, 다 같이 편지를 잔뜩 쓰기로 한 거야~. 아야농, 내 말 맞지~?"

"예. 저희가 문장과 필적에 각자의 개성을 남겨서, 무심코 뽑고 싶어질 듯한 매력적인 편지를 양산하고 있어요."

"샤우도 해써~! 샤우, 깹슐 조아하니까, 마니마니 써 봐써~."

"그런 걸 캡슐에 넣어서 파는 거야?!"

요새는 캡슐 토이로 별별 걸 다 판다고 생각했지만, 손글씨 편지까지 파는 줄은 몰랐다!

"그런데 대체 누가 사는 거야? 뭐, 남자한테는 신기한 거니까 흥미가 없지는 않겠지만, 일부러 돈까지 내며 뽑으려고는——."

"싸뿌…… 샤우가 쓴 거, 안 가지고 시퍼……?"

"가지고 싶어. 10만 엔이면 돼?"

나는 반사적으로 만 엔짜리 지폐 열 장을 꺼내서 샤를 양에게 내밀었다.

"사네! 쿠즈뉴 선생님, 바로 사네~!"

"헉?! 아, 아차………… 무심코……."

참고로 장기계에는 선배가 후배에게 밥을 사 주는 풍습이 있기 때문에 '타이틀 보유자는 항상 현금을 10만 엔 정도 가지고 다녀라' 라는 가르침이 있다.

특히 나를 뜯어먹으려는 사람이 많거든……. 츠키요미자카 씨라든가, 쿠구이 씨라든가, 츠키요미자카 씨라든가, 쿠구이 씨라든가…….

"10만 엔은 너무 많아요. 캡슐은 한 번 뽑을 때 200엔이거든요. 경비를 빼더라도, 이 정도면 충분히 이익이 남을 거예요."

아야노 양이 스마트폰의 계산기 기능으로 계산한 이익을 보여줬다.

흠. 확실히 이 정도의 이익에 지도 대국으로 버는 비용을 더하면 충분히 수지가 맞을 것이며, 내년 준비 자금까지 확보할 수 있으리라.

"뭐, 뭐어…… 확실히 매력적인 상품이라는 건 인정할 수밖에 없으려나? 1회 200엔이라면 재미 삼아 한번 뽑아 볼까 싶은 생각도 들 거야."

네 사람의 쓴 편지를 전부 구하려면, 최소 800엔이 든다. 캡슐을 뽑아서 같은 사람의 편지가 나올 가능성을 고려하면, 1000엔이 넘게 필요할 것이다.

수요와 공급을 매치시킨 멋진 전략! 초등학생이 생각한 것 같지 않다. 프로의 수완이다.

"그건 그렇고, 이 장사는 누가 가르쳐 준 거야?"

"""아키라 씨."""

주폭들 방식이잖아~.

미오 양과 아야노 양이 상세한 경위를 알려줬다.

"축제 때 노점에서 뭘 팔지 연맹 도장에서 상의하고 있을 때, 마침 혼자서 도장에 온 아키라 씨가 조언해 줬어. 엄청 적절한 의견이라 도움이 많이 됐어!"

뭐, 원래 조폭은 돈을 뜯어내는 쪽으로는 전문가거든…….

"답례로 『도깨비 죽이기』를 가르쳐 줬어."

트릭 전법이잖아.

"맞다! 쿠즈류 선생님, 미오가 쓴 편지를 읽어 봐! 그리고 감상을 말해 주면 좋겠네~!"

“좋은 생각이에요. 타깃인 로리콤…… 어험. 남성의 의견은 귀중하니까요.”

아야노 양, 방금 나를 로리콤이라고 부르지 않았어?

“어디어디…….”

뭐, 사소한 건 넘어가자.

나는 가슴이 약간 뛰는 가운데, 곱게 접은 편지를 펼쳤다. 연필로 글씨를 먼저 썼던 건지, 향기 나는 지우개의 달콤한 냄새가 주위에 퍼졌다.

거기에는 여자 초등학생 특유의 동글동글한 글씨체로, 이런 글이 적혀 있었다.

오빠에게.

항상 미오를 소중히 여겨줘서 고마워!

저기, 전에 상의했던 거…… 기억해?

응. 미오가 같은 반 남자애한테 고백받은 거 말이야.

미오, 생각 좀 해 봤는데…… 역시 거절하기로 했어.

왜냐면, 미오한테는 더 소중한 사람이 있다는 걸, 깨달았으니까…….

언젠가 용기를 내서, 미오가 고백할 테니까…… 그때까지 기다려 줄 거지?

사랑해! 오빠~♡♡♡

“나도 사랑해!!!”

“어?! 까, 깜짝 놀랐네…….”

내가 편지를 움켜쥐며 절규를 토하자, 미오 양은 물리적으로

거리를 두고 말았다. 세 걸음 정도 물러났다.

“진짜로 고백하는 편지는 아니야. 그래도 가슴이 뛰지?”

“하마터면 미오 양에게 고백받기 전에 내가 고백할 뻔했어.”

아직도 가슴이 뛰고 있는 나에게, 아야노 양이 차분한 목소리로 설명했다.

“나고야의 캡슐 뽑기에는 정해진 예문을 현역 여고생이 직접 써서 만든 편지를 넣었는데, 그게 엄청 히트했다고 해요. 참고로 그 예문을 고안한 건 남자래요.”

“필적이 여자애라는 것만으로 이렇게 현실미를 띠다니…….”

이제 좀 이해가 됐다.

“복사한 게 아니라 손으로 쓴 글씨라는 게 포인트구나. 온기가 느껴지는 것 같달까…… 마음이 강하게 전해지는 것 같아.”

장기 면허장에도 용왕과 명인의 친필 사인이 들어가는데, 역시 글씨를 잘 쓰고 못 쓰고를 떠나 친필에는 가치가 있다. 면허장과 마찬가지로 여자 초등학생의 손글씨도 누구든 한 장 정도는 가지고 싶을 것이다!

요즘은 스마트폰으로 간편하게 메시지를 주고받을 수 있어서, 편지의 가치가 더 커진 것이다.

“여름 축제를 위해 이렇게 애써 줘서 고마워. 편지를 많이 쓰느라 피곤하지? 간식으로 타르트를 사 왔으니까, 이거라도 먹으며 잠시 쉬도록 해.”

“““와아~!”””

초등학생은 단것을 매우 좋아한다. 피로한 여자 초등학생의 뇌와 몸에는 설탕과 과일이 잔뜩 들어간 타르트가 최고…… 일 것이다.

하지만, 아이는 타르트에 눈길도 주지 않으며 묵묵히 편지를 쓰고 있었다. 집중력이 엄청나네…….

"어이쿠. 아이, 편지 한 장이 바닥에 떨어졌어."

나는 몸을 숙여서 제자가 쓴 편지를 주운 후, 겸사겸사 내용을 확인했다.

안녕하세요.

항상 우리 사부님이 신세를 지고 있죠? 사부님의 첫 번째 제자, 히나츠루 아이예요.

대국 중에는 사적인 이야기를 할 수 없으니, 이렇게 편지를 쓸게요.

딱 잘라 말씀드릴게요.

사부님한테 찝쩍대지 말아 줄래요?

선배라는 입장을 이용해 연구회니, VS니, 툭하면 불러내기는…….

그냥 단둘이서 있고 싶을 뿐이죠?

그런 건 직장 내 성희롱이나 다름없지 않나요?

사부님도 실은 엄청 성가실 거예요!

이젠 그게 착한 사부님에게 매달리는 거라고 아시는 게 어때요?

사부님은 아이를 최우선으로 생각해 주고 있고, 아이도 사부님에게 장기를 더 배우고 싶어요. 장기 말고도, 많은 걸, 배우고 싶다고요…….

우리 마음은 하나같아서, 당신이 끼어들 틈은 1밀리미터도 없어요.

저희의 소중한 시간을 더는 빼앗지 말아 주세요!

그리고 이 편지를 사부님에게 알렸다간…… 인생 망칠 줄 알아요.

어……?

"으음. 저기…… 아이? 이, 이 편지는, 불특정 다수한테 주는 게 아니라…… 특정 인물한테 보내는…… 것, 같은데……."

"…………."

형광펜을 쥔 아이는 묵묵히 놀리던 손을 멈추더니, 어른스러운 미소를 머금으며 상냥한 목소리로 말했다.

"짚이는 구석이 있나요?"

"뭐?! 아, 아니…… 딱히…… 그런 건…………."

"그럼 문제없겠네요?"

"아……………… 예…………."

아이는 편지 양산 체제를 다시 시작했다. 타르트에는 눈길도 주지 않으면서 말이다.

호, 혹시…… 나와 사저의 관계를 눈치챈 건가……? 하지만 아이는 사저를 상대로 항상 이런 태도니까…… 그것보다 만약 이 편지를 사저가 본다면, 내가 아이한테 아무 설명도 하지 않은 걸 알고 나를 죽이려고 할 거야…….

괘, 괜찮아!

사저의 눈에 들어가기 전에 내가 전부 회수하면 아무 문제 없다. 즉, 내가 전부 사들이는 것이다. 어, 얼마면 될까요……?

산더미처럼 쌓인 아이의 편지를 보며 내가 부들부들 떨자, 나이프와 포크로 타르트를 자르던 아야노 양이 설명해 줬다.

"그건 스승과 제자 패턴 같아요. 장기 노점에서 판매할 거니까, 그런 게 있는 것도 자연스러울 거예요."

"자연스러워??? 정말로???"

애초에 제자는 스승의 연애에 참견하지 않을 것 같은데…….

"기본적으로 나이 차이가 있는 남녀의 스토리가 먹혀요. 메인 타깃은 로리콤…… 어험. 나이 좀 있는 오빠들이니까 당연할 거예요."

호쾌하게 손으로 타르트를 움켜쥔 미오 양도 의기양양하게 가슴을 폈다.

"다양한 배리에이션이 있어! 학교 선생님과 학생, 특별활동 선배와 후배 같은 거!"

"전부 여덟 종류예요."

"그렇구나~. 그럼 궁금해서 전부 모으고 싶어질지도 몰라."

그렇다면 진짜로 수백 번은 뽑아야 할지도 모르겠네요……?

내가 식겁한 표정을 짓고 있을 때, 입가가 타르트로 범벅이 된 샤를 양이 편지를 들고 내 품에 안겼다.

"싸쑤~! 샤우 꺼도 일거봐~."

"어디어디~."

실패한 종이학 같은 샤를 양의 편지를 펼쳐서, 내용을 봤다.

『설날 샤우』

……이건 편지가 아니라, 그냥 제목을 쓴 게 아닐까?

하지만 설날 같은 말도 아는 건 참 대단합니다. 좋아~, 이 쿠즈류 선생님이 축제 때 캡슐을 팍팍 뽑아 주겠어!!

☗ 장려회 동기

"넌…… 뭐 하러 온 거냐?"

쿄바시에 있는 대중 목욕탕 『싱글벙글탕』.

카운터에 서서 잔돈을 채우던 오이시 미츠루는 입구의 천막을 걷으며 들어온 남자를 보고 무심코 그렇게 말했다.

"뻔하다 아이가. 목욕하러 온 거대이."

피에로 같은 미소를 지은 그 남자── 카라코 쇼지는 이마를 오른손으로 닦으며 말했다.

"오늘 3단 리그에서 천재 초등학생을 쓰러뜨리느라 식은땀 좀 흘리끼든! 빨리 뜨거운 물에 몸 좀 씻고 개운해지고 싶대이."

"쿠누기 소타에게 이긴 거냐?! 네가?!"

"와 그렇게 놀라는디. 긴코 양도 이깃다 아이가."

"믿기지 않는걸……. 끈질기게 버티는 것 말고는 할 줄 아는 게 없는 네 장기가 승단 후보인 루키한테 통했을 리가 없는데 말이야."

"그 소프트 발상의, 금을 방석처럼 옥 엉덩이 밑에 까는 괴상한 싸기를 쓰긴 했는디, 그래도 어찌어찌 됐대이."

"읏! ……그건가……. 후타츠즈카인가 하는, 오키토의 신봉자 같은 녀석이 쓴다던……."

『소프트하고만 둬서 장려회를 통과했다』고 떠들며, 장려회 시절부터 《소프트 번역가》, 《트랜슬레이터》란 별명으로 불렸던 칸토의 젊은 기사가 선보였던 새로운 전법이다.

몰이비차 파가 쓰는 미노 싸기처럼 재빠르게 싸기를 완성할 뿐만 아니라, 튼튼하다. 그래서 앉은비차 측이 휘젓기로 이긴다고 하는 역전 현상이 일어난다. 『장기말의 득실로 손해를 보더라도, 대마로 휘저을 수 있다면 나쁘지 않다』는 몰이비차의 가치관이 전혀 통하지 않는, 새로운 시대의 싸기였다.

——그것 때문에 나는 오키토와의 승부에서 몰이비차를 버렸어. 그런데……!

"뭐, 아무리 재능이 있든, 컴퓨터를 잘 다루든, 결국 아직 꼬맹이다 아이가. 파고들 틈이라면 얼마든지 있대이."

"틈……이라고?"

긴코의 주치의이기도 한 아카시 키요시를 포함해 셋이서 『칸사이 장려회의 삼거두』라 불렸던 카라코와 오이시는 동기이기는 해도 물과 기름 같은 사이였다.

재능으로는 오이시가 압도적으로 뛰어났다.

그렇게 평가되는데도, 직접 대결에서는 카라코에게 자주 졌다. 천적이라 해도 과언이 아니다.

——왠지 몰라도, 이 녀석한테는 내 휘젓기가 안 통했지…….

예술로 평가받는 《휘젓기의 거장(마에스트로)》의 화려한 기술로 앞서 나가더라도, 종반에 끈질기게 버티는 카라코에게 지기 일쑤였다.

오이시와의 연구회에서 휘젓기를 배운 긴코가, 그런 카라코와 붙는다면 어떻게 될까……. 꺼림칙한 불안이 마음의 틈새로 스며들었다.

——그걸 노리는 건가? 주위에서 긴코를 흔들려고…….

너무 빙 돌아가는 것 같지만…… 유효한 수단일지도 모른다.

카라코는 경계하더라도, 신뢰하고 있는 오이시의 말이라면 긴코의 마음을 흔들 수 있을 것이다. 게다가 분하게도, 카라코가 갑작스럽게 찾아온 바람에 동요한 것을 부정할 수는 없었다.

오이시는 그 동요가 겉으로 드러나는 것을 주의하며 물었다.

"너, 대체 뭘 하러 온 거야? 천재 초등학생한테 이긴 것을 보고하러 올 만큼 우리가 가까운 사이는 아닐 텐데? 타이틀을 빼앗긴 나를 비웃으러 온 거냐?"

"무슨 소리를 하는 기고, 미츠루! 너무하대이! 내만 장려회에서 영감탱이다 아이가. 이야기 상대도 없어서, 이렇게 장려회 동기의 집을 찾아온 기다."

"그래. 3단 리그의 결과는 연맹 홈페이지에서 확인할 수 있으니까, 네 보고는 필요 없어. 목욕하고 나면 빨리 돌아가라고."

"그럴기대이! 빨리 돌아가서 다음 예회에 대비해 연구할 끼다. 아, 맞다."

카라코는 일부러 부자연스러운 어조로 말했다. 충격적인 사실을 말이다.

"마지막 날 대국은 인터넷과 TV를 통해 대대적으로 중계될 예정이대이. TV 앞에서 내를 응원해도!"

"뭐, 라고……?"

오이시는 극도로 동요했다. 목소리가 떨릴 정도로…….

"긴코 양은 여고생. 소타 군은 초등학생. 학생이라 취재 제한이란 정론에는 아무도 반론할 수 없을기다. 그치만 내는 말이재? 아저씨다 아이가! 그러니 취재 오케이입니대이~. 3단 리그 마지막 날에도 카메라 든 기자들이 왕창 와줄 겁니더~."

"3단 리그에…… 그것도 마지막 날 특별 대국실에, 카메라가 들어온다는 거냐? 그런 걸 츠키미츠 회장이 허락할 리——."

"마지막 날은 칸토에 전원이 모여서 일제 대국이대이. 내 새로운 스승님이 되어주신, 칸토에서 선출된 이사가 이미 취재 허가를 내줬다 아닙니꺼~. 전례도 있다 아이가. 참, 칸토 하니까 생각났대이. 미츠루가 고등학생 때 3단 리그 최종국에서 동률인데 순위 차로 승단 못 해서 엉엉 울었던 그 벤치, 아직 남아 있다 아이가."

"나도 알아."

그곳은 오이시가 칸토에서 대국이 있을 때 담배를 피우는 지정석이었다. 지금은 흡연소가 설치되어서 이용하지 않지만 말이다.

"니 친구인 아카시한테도 전해 주그라. 소중한 긴코 양이 걱정되면, 마지막 날에도 도쿄의 장기회관에 오라고 말이대이. 어차피 보도진이 우글거릴 테니 사람 한 명 들어와 봤자 아무도 눈치 못 챌 거대이."

"윽?! 카라코, 너——."

어디까지 알고 있지? 하고 물으려던 오이시는 말을 삼켰다. 쓸

데없이 긴코의 정보를 입에 담았다간, 긁어 부스럼이 될지도 모른다.

그 대신, 이렇게 물었다.

"너…… 장려회를 관둔 후로 어떤 인생을 살았지? 어째서 그렇게까지 장기 기사의 자존심을 버리게 된 거지?"

변해버린 장려회 동기에게 《휘젓기의 마에스트로》가 물었다. 분노보다 쓸쓸함이 묻어나는 목소리로…….

"어째서 그렇게까지…… 장기를 증오하는 거지?"

오이시가 기억하는 카라코는 촌스럽고 재능이 없지만, 그래서 누구보다 장기에 성실한 남자였다.

칸사이 장려회 회원이라는 사실에 누구보다 긍지를 가졌던 남자다. 답답할 정도로 말이다. 취재진이 3단 리그 대국장에 들어온다면 가장 먼저 반발하는, 그런 낡은 타입의 장려회 회원…….

"어떤 인생……."

카라코는 말했다. 피에로 같은 미소를 머금으며 말이다.

"처음에는, 어느 시설의 청소원."

중졸에, 자격증도 없고, 장기 말고는 할 줄 아는 게 없는 스물여섯의 남자가 할 수 있는 일이라고는, 하나같이 저임금의 단순 노동이었다.

"그 후로는 음식점 아르바이트, 운송업, 경비원, 간병인, 전화영업, 양배추 수확기에는 밭에서 먹고 자며 파트타임으로 일했대이. 아, 어선도 타 봤다 아이가. 장기 말고는 웬만한 일을 다해 봤을 기다. 범죄나 다름없는 짓도, 먹고 살기 위해 했대이."

"……."

"어떤 일이 가장 힘들었는지 아나?"

"글쎄. 육체 노동?"

"장기를 아는 사람이 있는 직장이대이."

"윽……!"

"장려회를 관뒀을 때, 내는 다시는 장기를 두지 않기로 결심했대이. 장기계의 인간과 연락도 안 하기로 결심한 기다. 그른디 장기를 아는 인간이 있는 직장에 가면, 장기가 눈에 들어온 대이. 프로 기사 이야기를 나눌 때도 있다 아이가. 그때마다…… 또 상처가 욱신거리는 기다. 장려회 시절이 꿈에 나온대이."

입술을 깨문 카라코가 피를 토하는 듯한 심정으로 말했다.

미소를 머금은 채 말이다.

"장기는 사람을 살리기도, 죽이기도 한대이. 한번 죽었던 내는 장기가 미운 기다. 너무 미워서 미치삐깃다. ……그치만, 역시 내한테는 장기밖에 없대이. 장기 손에 죽었는데도 그건 변함이 없는 기다."

지옥에서 되살아난 이 남자는 피에로 같은 미소를 머금은 채, 장기를 향한 사랑과 증오를 털어놓았다.

"다시 태어나도 기사가 되고 싶다. 그렇게 생각했기 때문에 장려회에 들어갔대이. 아무리 무시당하고, 욕을 듣더라도, 장기를 둘 수 있으면 그걸로 된 기다. 다른 걸 쥐어봤기 때문에…… 다시 한번, 이 손으로 장기말을 쥐는 행복을 깨달은 거대이."

입욕료인 동전을 쥔 카라코의 손이, 떨렸다.
오이시는 눈치챘다.
장기판을 사이에 두고 앉았을 때는 매끈했던 동기의 손이…… 지금은 상처투성이라는 사실을 말이다.
"지금 내한테 이길 수 있는 건, 나보다도 장기를 두는 기쁨을 알고 있는 사람이제. 아무리 괴로운 국면에서도 포기하지 않고 싸워갈 수 있는 자 뿐인 기다."
그 말의 어디부터가 진실이며, 어디까지가 거짓인지는 오이시도 알 수 없었다. 그저…… 상처와 얼룩으로 범벅이 된 그 손만은 틀림없는 진실이었다.
무심코 압도당한 오이시에게, 카라코는 가벼운 어조로 말했다.
"하지만 그건 두 번째로 힘든 일이대이. 가장 힘든 건 따로 있다 아이가. 그게 뭔지 알긋나?"
"몰라."
"카겠지. 미츠루는 알 리가 없대이."
카라코 쇼지는 잔돈을 카운터에 둔 후, 콧노래를 부르며 탈의실로 들어갔다.

☖ 기사실

"어라……? 소타밖에 없어?"
제위전 협의(이번에는 진짜)를 위해 연맹 3층에 있는 사무국을 방문한 나는 오래간만에 그 옆에 있는 기사실에 얼굴을 비췄다.

항상 연구회 중인 이들로 북적대던 이 길쭉한 방은 한산했으며, 구석에 홀로 앉아서 기보를 살피고 있던 소타가 장기판에서 눈길을 떼지 않으며 말했다.

"예, 저뿐이에요. 오늘은 공식전도 없고, 요즘은 인간과의 연구회나 VS도 한물갔거든요."

"그래……. 뭐, 그런 시기이긴 해."

지금은 여름 방학이다. 장기 이벤트 때문에 프로와 장려회 회원도 바쁘다.

게다가 3단 리그도 막바지에 이르렀다.

기사실의 주인이던 카가미즈 씨가 오지 않으니, 그를 따르는 후배들의 발길도 뜸해진 것이다.

"『키요타키 도장』도 중지 상태야?"

"급위인 사람들은 여전히 하는 것 같아요. 야이치 씨야말로 키요타키 선생님을 만나지 않은 거예요? 제위전 도전자가 된 걸 보고하러 안 간 거예요?"

"응? 아, 그게…… 바빠서. 케이카 씨를 통해 연락했어."

실은 사저와의 일 때문에 거북해서 만나러 가지 않았다.

무, 물론 정식으로 사귀게 된다면 사부님께 알려야겠지만…… 사저가 4단이 될 거라는 보증도 없는 데다, 나와 사저를 진짜 남매처럼 길러준 사부님에게 우리 관계를 밝히면 반대할지도 모르는 것이다. 그렇게 되면 또 사랑의 도피행을――.

"야이치 씨? 왜 괴상한 표정을 짓는 거예요?"

"뭐?! 내, 내가 괴상한 표정을 지었어?!"

“예. 뭐랄까, 입가를 타고 침이 질질 흘러내릴 것처럼 음흉한…… 불결해요.”

부, 불결하다고?!

내가 남자 초등학생에게서 뜻밖의 말을 듣고 동요했을 때였다.

“……야이치 씨.”

“응?”

“저………… 아직 재능이 있죠?”

언제나 자신이 넘치던 천재 소년답지 않게, 목소리가 떨리고 있었다.

“사저와 카라코 씨에게 한 방 먹었다면서?”

“……페이스가 흐트러져요. 『금은 여섯 개면 우세』 같은 소리를 하며, 숨통을 끊을 때 쓸 금을 자기 진영에 올려놓더라고요……. 장기판을 경작하듯, 몇 번이나, 몇 번이나, 몇 번이나! 그런 건 장기가 아니에요! 자기가 무슨 농부냐고요!”

응수 장기란, 재능이 없는 인간의 발버둥처럼 보이기 십상이다.

역시, 장기의 꽃은 종반력이다.

누구도 읽지 못할 복잡한 국면을 일직선의 빛줄기처럼 읽어내 상대의 장군을 잡는다. 인간은 그런 수순에서 재능을 느낀다.

아이와 츠키미츠 회장의 장기가 그러하다. 소타는…… 따지자면 명인과 같은 타입이며, 직선보다는 곡선에 가까운 종반을 선보인다.

물론, 어떤 장기를 두는데도 재능이 필요하지만…….

“그런 건 장기가 아니에요! 저는 장기를 두고 싶어서 프로가 되려는 거예요! 전승으로 마지막 날을 맞이할 생각이었다고요! 그러면…… 그러면…….”

터엉!! 하고 손 언저리에 있던 파일을 주먹으로 때린 소타는 이를 악물었다.

그 파일에 들어있는 기보를 본 순간…… 나는 소타가 왜 이렇게 언짢은 건지, 왜 전승으로 마지막 날을 맞이하고 싶어 했던 건지 이해했다.

“재능이란 뭐죠?”

“소타…….”

“장려회는 재능을 시험하는 장소죠? 그렇다면…… 처음부터 재능을 숫자로 표시해 주면 되잖아요. 그러면――.”

이 세상에서 누구보다 빨리 장려회 3단이 된 열한 살 소년은, 괴로운 듯이 신음을 흘렸다.

“그러면, 진심으로 사투를 벌일 필요가 없는데…….”

제 3 보
칸나베 마리아
미즈코시 미오
©shirabii

☗ 장로석

"좋은 아침, 긴코 양! 빨리 왔네."

8월 15일. 3단 리그 15, 16회전이 치러지는 아침.

당번인 내가 장기말과 장기판을 준비하기 위해 칸사이 장기회관의 대국실에 가보니, 먼저 온 사람이 포개진 장기판을 비틀거리며 옮기고 있었다.

머리가 백발인 그 사람을 본 나는 깜짝 놀랐다. 장려회 회원이 아니라, 직원인――.

"미네 씨? 조, 좋은 아침이에요…… 어, 뭐 하는 거예요?!"

"오늘은 4층에서 장려회 시험 1차를 하니까, 예회는 3단 리그뿐이잖아? 인생을 건 대국을 치르는데 장기 준비까지 하게 하는 건 좀 그래서 말이지. 대신해 줄까 해서, 어어어?!"

"읏?! 위험해요!!"

머리보다 먼저 몸이 반응한 나는 균형을 잃고 낙하하는 장기판으로부터 미네 씨를 지켰다.

"미안해, 긴코 양! 손은…… 손은 괜찮니?!"

"……안심하세요. 그런 실수는 안 해요."

오른손은 무슨 일이 있어도 감싸는 버릇이 있다. 그것보다――.

"뭐 하는 거야, 선생님! 자기 나이 좀 생각해!"

"하하하. 반가운걸……. 긴코 양한테 선생님이라고 불린 게, 대체 몇 년 만이지?"

"정말……. 반성하는 거 맞아?"

한때 도장에서 심판을 맡았던 미네 씨는 금방 말다툼을 벌이거나 투닥거리는 나와 야이치를 친절하게 타일러 주었고…… 그보다 몇백 배는 칭찬해 주었다.

예전에 미네 씨가 장기 도장에서 심판을 하던 시절에는 이《교장 선생님》에게 칭찬을 받고 싶다는 것이 강해지고 싶은 이유 중 하나였다. 그 시절로 돌아가고 싶다는 생각을 한 적도 있지만, 지금은 그런 생각을 하지 않는다.

둘이서 준비를 마친 후, 미네 씨는 방구석을 쳐다보며 불쑥 말했다.

"긴코 양. 아직『장로석』은 있니?"

"장로석……이라고요?"

"응. 어상단의 방, 족자 앞…… 가장 안쪽 구석 말이야. 가장 고참에, 다들『강하다』고 인정하는 3단만이 거기 앉을 수 있어."

"지금 거기는 카가미즈 씨의 지정석인데……."

"그래, 아직 있구나. 그리운걸."

장려회 준비를 능숙하게 하는 미네 씨를 보고 감이 온 나는 물었다.

"혹시 미네 씨…… 장려회 회원이었어요?"

"응. 칸토 소속이었지만 말이야."

예전에 내 마음이 꺾였을 때, 야이치에게 들은 이야기가 있다.

진짜로 죽으려고 한 장려회 회원의 이야기다. 내가 잘 아는 사람이라고 야이치가 말했는데——.

"설마…… 장기회관에서 뛰어내려서 다리가 부러졌다는 장려회 회원이……."

"그런 이야기까지 전해진 거야? 부끄러운걸."

"어째서 저한테는 가르쳐 주지 않은 거예요?"

"어째서……라."

미네 씨는 쓸쓸한 표정을 지었다.

"긴코 양. 장려회를 관둔 인간이 연맹에 취직해서, 직원으로 사는 건 말이지……. 참 괴로운 일이야."

"죄송해요……. 미네 씨의 심정은 생각하지도 않고……."

"아, 그런 게 아니야."

"예?"

"관두는 애들을 가까이에서 보며, 보내는 게 참 괴롭단다."

"아……."

"나는 아무래도 상관없어. 뭐, 처음에는 이런저런 일이 있긴 했지. 프로가 된 장려회 후배가 턱짓으로 나를 부려대기도 했거든. 하지만 그런 일에는 금방 익숙해졌어. 정말 힘든 건……."

아아…… 그렇구나…… 이 사람은.

수십 년 동안, 관두는 장려회 회원과 자신을 겹쳐서 본 것이다.

프로가 될 재능을 지닌 인간이라면, 4단이 된 이들과 순수하게 기쁨을 나눌 수 있을 것이다.

하지만 나와 미네 씨처럼 재능이 없는 자신에게 콤플렉스를 지닌 인간은, 관두는 인간에게 공감하고 만다.

"장려회에 들어갈 때만 해도 장기를 좋아했던 애들이, 관둘 때는 두 번 다시 장기말을 보고 싶지 않다고 생각할 만큼 괴로워한단다. 모처럼 실력이 늘었는데, 그 실력마저 증오하게 되지."

7년 전 오늘, 내가 이곳에서 시험을 치렀던 것처럼, 오늘도 장기를 좋아하는 아이들이 장려회 문을 두들길 것이다.

그리고 그중에서 9할 이상이 관둔다.

5년 후, 10년 후, 혹은 15년 후…… 장기에 쏟은 시간과 노력을 저주하면서.

"그런 모습을 보는 게 괴로워서, 너무 괴로워서…… 장려회를 나와서 연맹에 취직한 친구들은 전부 이곳을 관뒀어……."

——미네 씨는…… 나를 자기 자신과 겹쳐 보고 있었어…….

그래서 말해 주지 않은 것이다.

자신의 모습을 보고 장려회를 관두는 미래를 내가 현실적으로 상상하지 않도록 말이다. 그리고 그것은 장려회 회원을 계속 지켜봐 온 미네 씨가 보기에도, 나는 이곳을 관둘 수준의 재능밖에 없다는 것을 뜻했다. 상냥하지만, 한편으로 잔혹한 시선이다.

——만약 프로가 못 된다면, 나는 어떻게 될까?

야이치와의 봉함수를 영원토록 열지 못한다면…… 분명 나는 모든 이들의 기억에서 지워지기를 바라리라.

그리고 다시는 장기에…… 장기계에 관심을 가지지 않으리라.

야이치가 나 이외의 누군가와, 그날 밤 같은 일을 한다…… 갑자기 그런 광경이 눈앞에 어른거렸다. 그 상대가 나보다 어리고 순종적이며 장기에 재능이 넘치는, 바로 그…….

——싫어!! 그것만은 절대로……!!

인어공주처럼 물거품이 되어 사라진다면 차라리 행복할 것이다. 하지만 현실은 그렇지 않다. 좌절을 품은 채, 살아가기 위해서 다른 길을 나아가야만 한다.

그것은 분명…… 죽는 게 차라리 나을 만큼 생지옥일 것이다.

"그래도 쇼지처럼 돌아오는 애도 있단다. 정말 놀랐다니깐!"

"쇼지? 카라코…… 쇼지 씨?"

"응. 그도 장로석에 앉을 정도의 강호였지. 촌스럽고 끈질긴 칸사이 장기의 화신 같은 남자였어. 다른 장려회 회원에게 많은 영향을 줬단다."

미네는 "그만큼 적도 많았지만 말이야."라며 그 시절을 그리워하듯 말하며 웃었다.

"장려회를 관둔 후로는 여러 직업을 전전하다…… 연락이 끊기고 얼마 후, 갑자기 아마추어 타이틀을 휩쓸었지. 그리고 결국 연맹을 움직여서 편입 시험을 실현한 거야. 정말 끈질긴 남자야."

"그건…… 장기를 두면서도 느꼈어요."

"긴코 양, 또 붙지?"

"예. 마지막 날 첫 대국이에요."

"두 사람 다 프로가 됐으면 좋겠구나! 카가미즈 군도, 소타 군도, 칸토의 장려회 회원도, 전부 프로가 되면 좋겠지만………… 역시 보내는 건 힘들어."

"미네 씨……."

"하지만 그것도 곧 끝난단다. 올해로 정년이거든."

"그렇군요……. 이제까지 정말 감사했어요……."

"실은 말이지? 좀 더 일찍 관둘 생각이었단다. 하지만——."

그리고 미네 씨는 자신만이 정년까지 연맹 직원으로 남아 있었던 이유를 입에 담았다.

"누구보다 괴로울 텐데도 언제나 진지하게 장기에 임하는 긴코 양이 있었기 때문에, 지금까지 계속할 수 있었던 거야. 고맙구나."

"아……! 미네…… 선생님……."

"그러니까 우리 둘 다…… 힘내라는 말은 좋아하지 않으니까, 끝까지 서로의 본분을 다하자꾸나."

모처럼 미네 씨가 준비를 도와줬는데, 오늘의 3단 리그에서 나는 고전했다.

대국 후에 눈물을 참은 건 셀 수도 없이 많다.

하지만…… 대국 전에 눈물을 참은 건, 이번이 처음이었다.

☖ 축제 직전

꺄아꺄아~! 우후후후~!

커튼 틈새로 스며든 빛과 함께, 새의 지저귐처럼 맑고 즐거운 어린 소녀들의 목소리가 들려왔다.

"응……? 벌써 아침인가……."

나 정도 되면 아침에는 참새가 아니라 여자 초등학생이 지저귀는 소리를 들으며 잠에서 깨어난다. 아, 그러세요? 로리왕이 맞는데, 무슨 문제라도?

"으음~~~! 여름 방학이니까~, 다들 매일 모일 수 있어서 참 좋겠네~."

크게 기지개를 켜고 있을 때, 책상에 둔 스마트폰에서 진동음이 흘러나왔다.

"누구지? ……어? 아유무?"

표시된 상대의 이름을 보고 놀란 나는 통화 버튼을 터치했다. 그러자 노 타임으로 절친(라이벌)의 연극 톤 목소리가 방 전체에 울려 퍼졌다.

『크크큭…… 이 시간에 일어나 있을 줄이야. 어둠의 권속답지 않게 아침형 인간이구나! 그래야 나의 영원한 적수(라이벌)이지!!』

"아침 기상이 이른 두부집 아들내미께서 칭찬해 주시니 몸 둘 바를 모르겠네. 확 끊는다?"

별다른 용건이 없어 보이니 빨리 전화를 끊을까 했더니, 아유무 이외의…… 나를 상냥히 깨워준 어린 소녀의 기분 좋은 목소리가 폰에서도 흘러나왔다.

『훗! 드래곤 킹, 이 어리석은 자여. 이 몸께서 직접 연락해 준다고 하는 슈퍼 울트라 레어 찬스를 그냥 버리려는 게냐!』

"이 목소리…… 할배 말투의 로리?! 할배 로리잖아!!"

나는 즉시 화면을 조작해서 영상 통신으로 전환했다. 아유무를 쏙 빼닮은 옷차림을 한 어린 소녀가 오빠와 마찬가지로 한 손으로 얼굴을 반쯤 가리며 허세 넘치는 표정을 짓고 있었다. 더블 허세 포즈. 그야말로 약빤 모습이다.

아유무의 여동생인 칸나베 마리아(초5)다.

히나츠루 아이와 같은 학년이며, 머리카락을 짐승 귀 모양으로 말아서 묶은 개성 넘치는 여자애다.

나니와 왕장전에서 미오 양에게 지기는 했지만, 그 울분을 씻어내기 위해 샤칸도 일문으로 올해 장려회 시험에 도전…… 아, 그랬지.

그러고 보니 오늘은 장려회 시험 날이다. 초등학생 명인을 딴 마리아 양은 내일 치러지는 2차 시험부터——.

"알겠다. 장려회 시험이 내일로 닥쳐와서 영 불안하니까, 아이나 미오 양과 장기를 두거나 이야기를 나누며 격려를 받고 싶은 거지?"

『아, 아니니라!!』

"그럼 끊는다?"

『씸쑬뿌리찌 마라~!』

짐승귀 여자애는 울상을 지으면서 화면에 고양이 펀치를 날렸다. 귀엽네.

아유무가 그런 여동생을 화면에서 떼어내며 말했다.

『뭐, 너무 그러지 마라, 드래곤킹. 합격하고 남을 실력을 지니긴 했지만, 장려회 시험 전에는 떨리는 법이지.』

물론 진짜로 끊을 생각이었던 것은 아니다. 재미있어서 좀 놀려 줬을 뿐이다.

『그건 그렇고 제위전 말이다. 개막국은 나도 부입회인으로 참가하게 된 것은 알고 있겠지?』

"들었어. 용케도 맡았네."

이 녀석이라면 '네놈의 타이틀전에 임하는 건 대국자로 임할 때뿐이니라, 후하하하!' 같은 소리를 할 거라고 생각했는데.

『내가 대국자가 아니라는 사실에 분하기는 하다. 하지만 그것보다도, 이 대국만큼은 현지에서 관전해야 한다고…… 내 고스트가 외쳐서 말이지!』

"오키토 씨가 나와 어떤 장기를 두는 게 궁금하구나."

『그렇다.』

"AI만으로 연구하는 기사와 스무 살도 안 먹은 기사의 첫 타이틀전인가…… 하아."

『대책을 세우는 게 쉽지는 않을 거다.』

"그래…… 아마 오키토 씨는 누구보다도 소프트를 잘 활용할 테고, 의도적으로 소프트 이외의 감각을 배제하고 있을 거야. 평범한 기사는 상상하는 것보다 훨씬 깊은 레벨로 말이지."

오키토 씨와 대국한 적은 없지만, 그래도 느껴지는 것이 있다.

프로 기사로서 처음 소프트에 패배한 그 순간부터…… 그리고 스스로 목숨을 끊으려 한 그 날부터, 오키토 요우는 인간을 포기했다.

"저기…… 아유무."

『왜 그러지?』

"넌 컴퓨터가 되고 싶다고 생각해 본 적 있어?"

내 질문에 아유무는 명쾌하게 답했다. 노타임으로 말이다.

『그 질문은 무의미하구나.』

"응. 무의미해."

그리고 당연하다는 듯이 나는 대답했다.

"인간은, 기계가 될 수 없어."

그 당연한 사실을, 다들 착각하고 있다.

"인류가 아직 소프트와 싸우고 있던 시절에 말이야. 어떻게 하면 소프트에게 이길 수 있다고 생각했어?"

『소프트는 종반이 정확하기 그지없다. 그러니 서반에 따돌리는 것 말고는 이길 수단이 없었지.』

"그럼 소프트에 인류가 완전히 패배한 후, 어떻게 하면 소프트의 강점을 자신의 장기에 활용할 수 있다고 생각했어?"

『소프트의 종반은 인간이 흉내 낼 수 없다. 그러니 서반을 흉내내면 되지.』

"그래. 아마 대부분의 기사는 그렇게 생각할 거야."

명인과의 용왕전이 끝난 후, 나는 일시적으로 컨디션이 매우 나빠졌다.

그것은 명인이라는 사상 최강의 기사와 장시간 대국을 치른 탓이라고…… 생각했지만, 그것은 방아쇠에 지나지 않는다.

같은 시기에 도입한 장기 소프트.

명인과 같은 리듬으로 장기를 두는 것에 익숙해진 나는, 소프트도 당연히 그게 가능할 것이라고 여겼다. 그러니 익숙해지면 소프트의 서반도 내 것으로 만들 수 있으리라고 생각한 것이다.

계마 단기 돌격처럼 흔치 않은 첫수를 두거나, 소프트가 펼치는 묘한 싸기도 둘 수 있을 거라 여겼다. 실제로 그것으로 승리를 거두기도 했다.

"하지만 그건 착각이었어."

서반에서 소프트를 흉내 내더라도, 그것은 말 그대로 흉내에 지나지 않는다.

"소프트의 강점이 발휘되는 건, 인류와의 판단력 차이가 부각되는 건, 오히려 좁힐 수 없는 국면…… 즉, 서중반이야."

인류를 아득히 뛰어넘는 계산력.

그리고 압도적인 계산 자원으로 생산하는 새로운 정석과, 그것을 절대 잊지 않는 기억력.

그런 것을 지닌 인간은 존재하지 않는다.

아무리 오키토 씨가 소프트에 정통해서 그 감각을 자기 것으로 만들지라도, 신체적으로 인류를 초월하는 건 불가능하다. 인간은 기계가 될 수 없다.

그러니――.

"오키토 2관이라도 소프트 같은 시빈을 둘 수는 없고, 흉내를 낸다면 그게 빈틈이 될 거야."

이것이 현시점에서 내가 내린 결론이다.

"머리에 전극이라도 꽂지 않는 한, 나는 놀라지 않을 거야. 뭐, 오키토 씨도 그 정도는 이해하고 있을 테니 아마 꽤 정통파적인 전법을 쓰겠지. 전야제의 전법 예상 때는 너무 고민하지 않아도 될걸?"

전야제에서는 두 대국자가 퇴장한 후에 관계자들이 다음 날 대국의 전법 예상을 하는 것이 정석이다.

『얕보지 마라, 드래곤 킹. 그 정도는 이 몸도 알고 있다.』

하지만 아유무는 화난 듯한 어조로 말을 이었다.

『문제는 그 정통파적인 전법을 소프트의 수읽기로 보강한 경우다! 아무리 둬도 평가치가 하락하지 않는, 영원히 최선수만을 두는 철벽의 연구지! 《휘젓기의 마에스트로》와의 옥장전은 실제로 그렇게 되었지 않느냐!』

"거기까지 읽었구나……. 역시 내 라이벌이야."

『놀리지 마라! 아무리 좋은 수를 두더라도 그 끝에 존재하는 건 천일수 혹은 지장기! 대체 어떻게 할 생각이냐?!』

아유무는 내 연구를 알아내려고 이런 말을 하는 것이 아니다.

절친인 나를 순수하게 걱정하는 것이다.

그것을 알기에 나도…… 연구의 핵심으로 이어지는 해답을 입에 담았다.

"예상되는 방법은 두 가지야."

그리고 아마 오키토 씨는 그 둘 중 하나를 시험할 것이다.

인류가 발전시킨 전법을 소프트로 보강한다는 방법을, 더욱 추구한다. 인간이 바뀔 수가 없다면——.

하지만 나는 다른 길을 선택했다. 더 인간다운 방법을 말이다.

"실은 흥미로운 기보를 발견했거든. 최근에는 그것만 해석하고 있어."

『기보? 설마…… 소프트 대 소프트의 기보인 것이냐? 그런다면 소프트의 약점을 찾아낼 수 있겠지만——.』

"아냐. 그건 각 소프트의 버릇을 찾는 것밖에 안 되는 데다, 인간은 둘 수가 없어."

용왕전을 치르고 여덟 달이 지났다. 소프트를 접한 나는 순위전에서 은퇴를 결정한 자오 선생님을 상대로 뼈아픈 패배를 경험하는 등, 몇 번이나 벼랑에서 떨어지는 실패를 되풀이했다.

어떻게 하면 더 강해질 수 있을까?

인류 최강의 명인을 꺾었으니…… 그 해답은 소프트 안에만 존재한다고 생각했다.

하지만 나는 이미 그 답을 손에 넣었다.

작년 봄, 내 방에 조그마한 천사가 강림한, 그 순간――.

"해석하고 있는 건, 소프트의 기보나 프로의 기보가 아니야. 나에게 힌트를 준 건 양쪽 다 아니거든."

『그럼 누구의 기보지?』

"AI."

『음? 하지만 네놈은 방금――.』

아유무가 말을 이으려다, 마리아 양에게 옆으로 밀려났다.

『어려운 이야기 좀 작작 하거라! 이 몸은 빨리 잡초들과 즐겁게 수다를 떨거나, 장기를 두며 내일의 불안을 떨치고 싶으니라~!!』

"그래그래. 그럼 애들이 있는 방으로 이동할 테니까, 전화 끊지 마."

나는 방을 나선 후, 소녀들이 지저귀는 소리에 이끌리듯 다다미방으로 향했다.

어라? 평소 활짝 열려 있는 장지문이 닫혀 있는걸.

아마 잠든 나를 배려해서 닫아둔 것이리라.

목소리로 볼 때, 세 사람 이상 안에 있는 것 같았다. 장기 두는 소리가 안 들리는걸. 축제 준비를 하는 걸까?
"좋은 아침~. 다들 온 거야?"
그렇게 말하면서 다다미방의 장지문을 열었다.
확실히 다들 오기는 했지만…… 입지는 않았다.
여초연 멤버는 전원 집합해 있었다. 와 있었다.
하지만 모두 다 아무것도 입지 않았다. 알몸이었다.
"""꺄아――――――!! 변태――――――!!"""
얼굴을 새빨갛게 붉힌 아이와 아야노 양이 몸을 웅크렸다.
미오 양은 다다미 위에 놓인 컬러풀한 천으로 다른 애들을 가려 주려고 했다.
그리고 샤를 양만은 "싸뿌~♡" 하고 환한 목소리로 말하며 나에게 안겨들었다. 물론 알몸으로 말이다.
나도 초등학생들 못지않게 절규를 토했사옵니다.
"어라아아아아아아아아, 알몸?!! 대체 왜 누드?!"
앗! 바닥에 펼쳐져 있는 저 천은…… 유카타?! 그럼 다들 유카타를 입어 보고 있었던 건가?!
하지만 스마트폰에서는 유카타까지 보이지 않는 것 같았다.
『또, 또 알몸인 게냐?! 게다가 아침부터 다수의 여아들과…… 역시 로리왕은 무시무시하구나! 이렇게 많은 여아를 성욕의 배출구로 쓰고 있을 줄이야……! 이것도 다수 타이틀 보유의 포석인 게냐?!』
"내가 대체 무슨 타이틀을 노린다는 건데?!"
여동생뿐만 아니라, 오빠 쪽도 나를 오해했다.

『크……! 드래곤 킹, 네 이놈…… 드디어 인간의 길을 벗어나고 만 게냐! 악마적인 기풍만이 아니라, 혼마저도 어둠에 물들고 만 건가!!!』

“아, 아니거든?! 이건 오늘 밤 축제 준비를 하는 거야!!”

『파티? 그래, 여름 방학을 맞이한 초등학생들을 자기 방에 불러서, 아침부터 이렇게 음란한 교배 파티를 벌일 줄이야……. 역시 네놈의 혼은 어둠에 물들었구나!! 여보세요? 폴리스맨?』

“하지 마아아아아!! 경찰은 안 돼애애애애!!”

그 후, 비교적 냉정을 유지하고 있던 미오 양이 대처해 준 덕분에, 타이틀전 직전에 대국자가 체포당하는 사태만은 모면했다.

마리아 양도 저 애들과 이야기를 나눠서 기뻐 보이는걸! 장려회에 꼭 합격하라고, 젠장!!!

☗ 구사일생

타들어가는 것처럼 몸이 뜨겁다.

“하아…… 하아…… 하아…… 크으윽!!”

삣. 삣. 삣. 삐――――――――――.

1분 장기를 알리는 대국시계의 전자음이, 마치 심전도처럼 내 남은 시간(수명)을 알리고 있다.

“커억!!”

타앙!! 쓰러지듯 주먹으로 시계의 스위치를 눌러서, 남은 시간을 소생시켰다.

삐————……….

삐——————…………….

삐————————………………….

금방이라도 멎을 듯한 심장을 마사지하듯, 나는 몇 번이고 몇 번이고 몇 번이고 스위치를 주먹으로 눌렀다.

이제 자기가 뭘 하고 있는지, 어느 말을 어디로 옮겼는지도 잘 생각나지 않았다.

지금은…… 3단 리그의, 몇 회전?

두 번째 대국? 의? 종반? 상대는 누구? 내 우세? 아니면 열세?

모르겠다. 그런 걸 생각하면 시간(수명)이 다한다. 아무튼 장기말을 옮기고, 스위치를 누른다. 심장 마사지를 계속한다.

시야가 어지럽게 흔들렸다. 양손으로 바닥을 짚고 있지만, 그래도 흔들렸다. 뜨겁다. 목이 마르다. 가슴이…… 가슴이, 아파……!

사부님의 얼굴이 보인다. 기둥 뒤편에서 울 것 같은 표정으로 이쪽을 쳐다보고 있다.

그렇다면…… 이건 꿈일까? 그렇다면 관둬도 되지 않을까? 주먹이 부어서 아파. 숨쉬기 괴로워. 몸이 뜨거워.

심장이…… 멎을 것만 같아.

"아아아아아아아아아아아아앗!!!!"

탕!!! 그래도 나는 대국시계의 스위치를 눌렀다. 그대로 계속 두드리라고 본능이 외치고 있다. 절대로 멈추지 말라고…….

영원히 이어지는 꿈이라고 여겼던 그것은 느닷없이 끝을 맞이했다.

"졌습니다."

아…….

그 목소리를 들은 순간, 나는 실이 끊긴 것처럼 앞으로 엎어졌다. 상대방의 투료. 그래. 이건 꿈이 아니구나. 도중에 관두지 않아서 다행이야. 스위치를 계속 눌러서 다행이야.

심장이…… 멈추지 않아서 다행이야.

"소, 소라 양? 괜찮나요?"

걱정 어린 목소리가 들렸다. 자신이 쓰러뜨린 상대에게 이런 말을 듣다니, 기사로서 실격…… 사부님이 화낼 거야…….

"괜찮……아요……."

"그럼 다행이지만…… 마지막 날도 힘내세요. 승단하길 빌겠습니다."

"…………."

고개를 숙이는 게 한계였다. 미안한 마음에 가슴이 아팠다.

——연승…… 오늘도, 연승……했어……. 3패……를……유지…….

기쁨과 안도감이 가슴속에 퍼져 나갔다.

하지만 그것은 한순간에 불과했으며, 목을 조이는 밧줄을 의식하게 됐다. 까치발로 겨우 버티고 있을 뿐, 편해진 것은 아니다.

그뿐만 아니라…… 오늘 펼쳐진 다른 대국의 결과에 따라서는, 이 밧줄이 자신의 목을 더욱 옥죌지도 모른다…….

"3패…… 아직, 3패…… 연승…… 연, 승……."

"소라."

누군가가 내 어깨에 손을 얹었다.

걱정스러운 어조로 나에게 말을 건 사람은 장려회 간사인 프로 기사다.

"아………… 죄, 죄송해요. 미팅 중에——."

"이미 다들 돌아갔어. 오늘은 3단뿐이라 대국이 끝나면 그대로 해산이지. 아침에도 말했을 텐데?"

고개를 들어서 주위를 둘러보니, 넓은 대국실에서 나 혼자 몸을 웅크리고 있었다.

얼마나 이러고 있었을까? 그것도 모르겠다.

내 얼굴을 들여다본 간사는 걱정스러운 어조로 말했다.

"소라, 괜찮아?"

"중………… 난제키, 선생님……."

"중이라고 불러도 돼. 이제 아무도 없거든."

칸사이 장려회 간사인 난제키 5단과 나는 7년 전 오늘, 장려회 시험에 임했다.

그날 일은 지금도 선명히 기억한다. 백중이었던 그날은 정말 더웠다.

당시 그는 중학교 2학년, 나는 초등학교 2학년이었다. 그 대국에서 나는 장려회 회원 특유의 끈질긴 종반전에 휘말리면서, 다 이긴 장기를 졌다. 투료가 아니라, 시간이 바닥나서 말이다.

한 수만 더 두면 이길 수 있었는데, 심장 발작이 일어나서 쓰러졌다.

당연히, 시험은 불합격이었다.

다음 해 시험에서 합격해서 장려회에 들어간 나는…… 그 후로 난제키 씨를 『중2(중이)』라 부르며 노리게 됐다. 그의 승단이 걸린 대국에 항상 자원해서 발목을 잡으려 했다. 지금 생각해 보면 부끄러운 일이다.

그가 이례적일 만큼 젊은 나이에 간사가 된 건, 아마 나한테 미안했기 때문일 테니까…….

"중이…… 오늘 결과는……?"

"쿠누기와 카라코 씨가 3패를 했어. 카가미즈 씨와 너만 연승이야."

"소타와 카라코 씨가……?! 잠깐만. 그럼, 나…… 나, 는――."

심장이 또, 두근! 두근! 하며 격렬하게 뛰기 시작했다.

안 돼……. 머리가 전혀 돌아가지 않아.

"카가미즈가 2패. 3패인 사람은 카라코, 소라, 쿠누기. 즉, 너는 3위로 올라섰어. 게다가 마지막 날에 네 상대는 상위인 두 사람이지. 해냈구나!"

난제키 5단은 내 어깨에 얹은 손에 힘을 주며, 미소를 지었다.

해냈어……? 뭘? 똑바로 말해줘야 알아들을 거 아냐.

"『자력』으로 승단할 수 있게 됐어, 소라."

"읏……!!"

나는 무심코 난제키 5단의 팔을 움켜잡았다. 손톱이 살점에 파고들 정도로 세게 말이다. 안개가 낀 것 같던 머릿속이 갑자기 맑아졌다.

자력.

타인의 결과에 따라 승단이 좌우되는 『타력』이 아니다. 내가 이기면 반드시 올라갈 수 있다.

내 힘만으로…… 프로가, 될 수 있어!!

"하지만 지금 몸 상태로 용케 이겼는걸. 승단과 탈퇴가 걸리지 않는 상대와 붙기는 했지만, 둘 다 칸토의 강호잖아? 너, 정말 강해졌네. 대체 어떤 마법을 쓴 거야?"

"아니야…… 위험했어……. 대국 도중에, 사부님의 환각까지 보일 정도로……."

"키요타키 선생님이라면 아래층에 계셔."

"뭐?"

"오늘 열리는 장려회 1차 시험의 시험관으로 오셨지. 몰랐어?"

"사부님……이……."

그러고 보니 내가 쓰러졌던 그날도, 아무 볼 일이 없던 사부님이 연맹에 계셨고, 가장 먼저 뛰어 오셨다.

두꺼운 눈썹을 팔자로 만들며, 불안한 표정으로 나를 쳐다볼 뿐인 사부님. 그런 표정으로 지켜보고 있었으면서, 집에 돌아가니 그 말은 언급조차 하지 않았다. 요즘 들어 나를 피하는 듯한 기색마저 보이고 있으며, 집에도 잘 있지 않았다. 그런, 겁 많고 상냥한…… 나의 스승.

——항상 묵묵히 지켜봐 주셔……. 내 입회를 그렇게 반대하셨으면서…….

사부님답다는 생각이 들었다. 눈물 한 방울이 흘러내리더니,

바닥에 떨어졌다.

"괴로운 거야? 키요타키 선생님에게 와달라고 할까?"

"괜찮아."

움켜쥐고 있던 난제키 5단의 팔을 놓은 후, 나는 무릎에 힘을 주며 혼자서 일어섰다.

"괜찮아. 혼자 걸을 수 있어."

이제 그 시절의 약해 빠진 내가 아니다. 그것을 증명하고 싶다.

걱정만 끼쳤던 사부님이…… 그리고 다른 사람들이, 안심해줬으면 한다.

엘리베이터에서 내리자, 1층 로비에서 기다리고 있던 인물이 있었다.

"이야! 연승 축하한대이!"

내 다음 상대이자…… 나보다 순위가 위인, 3패 세력.

"마지막 날 첫 대국, 서로에게 있어 질 수 없는 장기가 되었다 아이가. 정정당당히 멋진 장기를 두재이. 선전포고 삼아 이 말이 하고 싶어서 기다리고 있었던 기다."

카라코 쇼지 3단은 내가 말할 틈이 없을 정도로 쉴새 없이 주절댔다.

예민해진 신경과 지칠 대로 지친 몸에, 그 목소리는 매우 거슬렸다……. 하지만 도망칠 수는 없다. 약한 모습을 보일 수는 없는 것이다.

"그건 그렇고 소라 양은 참말로 세졌다 아이가! 내 편입 시험에서 붙었을 때도 진짜 강한 여자애라고 생각했는디, 설마 그 천재 초등학생을 이길 줄은 몰랐대이! 내는 그날 칸토 원정이라 기보를 못 봤지만, 엄청 강력한 장기를 뒀다매? 무시무시하대이."

"카라코 씨도 소타를 이겼잖아요?"

"그 잘나신 콧대를 소라 양이 부러뜨려준 덕분에, 내는 쉽기 이긴 기다. 가는 오늘도 졌다 아이가. 순위로도 소라 양한테 추월당했으니, 아마 이번에 승단하긴 어려울 거대이."

"카라코 씨도 졌다고 들었는데요."

"응. 선두인 카가미즈 군한테 졌대이."

마치 질 것을 처음부터 예상했다는 듯이, 카라코 씨는 카가미즈 씨의 실력을 입에 침이 마르도록 칭찬했다.

"카가미즈 군은 억수로 강하드라. 기백 자체가 다르대이! 장로석도 연상인 내한테 즐대로 양보 안 한다 아이가! 뭐, 내는 2년 정도 수명이 남았지만, 그는 이번 기가 라스트 찬스재? 그 차이가 드러난 거 아니긋나?"

"……."

——이건 보험이네.

카라코 씨가 노리는 건 2위로 승단하는 것이다. 그러기 위해서는 나와의 대결에서 이기는 게 가장 좋지만, 만약 졌을 경우에는 내가 최종국에서 지는 것이 절대 조건이 된다.

내가 최종국 상대에게—— 카가미즈 히우마 3단에게 지는 것이 말이다.

그러기 위해 카가미즈 씨가 강하다는 인식을 내 마음에 새겨넣으려고 하는 것이다.

——하지만, 아저씨? 유감이지만 나한테는 전혀 안 통해.

그딴 소리 안 해도, 카가미즈 씨가 얼마나 강한지는 내가 누구보다 잘 알거든. 11년 전에 처음으로 만났던 3단이…… 장려회 회원이 얼마나 대단한지 알려준 사람이 카가미즈 씨야.

불쌍한 피에로는 그것도 모르면서 헛소리만 늘어놓고 있다.

"긴코 양은 아직 열다섯 살이재? 연령 제한인 스물여섯 살까지 11년이나 남은 기가. 여유로울 기다…… 아, 딱히 여유롭지도 않을지도 모르겠대이."

카라코 씨는 뻔뻔하게 나를 이름으로 부르더니———— 믿기지 않는 한마디를 입에 담았다.

"또 심장이 멎을지도 모른다 아이가."

"윽?!"

내장이 옥죄어든 것처럼, 나는 숨을 쉬지 못했다.

어째서?

어째서………… 알고…………?

"진짜로 나은 글까? 아카시는 너무 낙관적이라고 내는 생각한대이. 오늘 대국에서도 가슴이 아파 보였다 아이가. 병원에 가서 진찰이라도 받아보그라. 아, 닥터스톱이 되면 부전패가 되긋재. 뭐, 내는 그편이 좋을 기다!"

"아카시 선생님한테서 들은 건가요……?"

"아니대이! 그는 어엿한 의사다 아이가. 비밀은 잘 지킨대이. 내는 한 10년 동안 가를 만난 즉 읎다."

이 사람의 말은 거짓말이 무성해서, 뭐가 참말인지 알 수 없다.
말만이 아니다.
피에로처럼 얼굴에 붙어 있는 저 미소조차도, 가짜다.
——이 사람은………… 누구지?
피에로 분장 아래에 있는 본성을 알고 싶다는 생각이 들었다.
대국 도중에 그런 생각에 빠진다면 최악이다. 하지만…….
생각하면 할수록 저 사람의 술수에 빠져드는 거라는 사실을 알지만, 내 몸속에는 저 사람의 폭탄이 심어졌다. 마지막 날에 터질지도 모르는, 폭탄이 말이다.
"아, 맞대이!"
카라코 씨는 나를 더욱 몰아넣으려는 듯이, 내 심장에 박힌 불발탄을 파냈다.
"소라 양과 같은 병동에서 같이 장기를 뒀던 애들이 어떻게 됐는지 아나?"
그 애들은 퇴원했다. 나는 그렇게 들었다.
지금은 나처럼 완치되어서, 행복하게 살고——.
"죽었대이. 전부 죽은 기다."
그 말을 남긴 후, 피에로는 내 옆을 지나쳐서 연맹을 나섰다.
그렇게 뜨겁던 몸이, 지금은 차갑게 식었다.
분명 에어컨 바람이 너무 세기 때문이다. 이상하네. 1층 로비에는 에어컨이 없는데. 하지만 에어컨 바람을 쐬고 있는 게 틀림없어.
왜냐하면…… 서 있을 수 없을 정도로 몸이 떨리는걸.

☖ 여름 축제

딸깍, 딸깍. 딸깍, 딸깍.

유카타 차림의 여자 초등학생들이 나막신 소리를 내며 상점가를 활보했다.

"장기 두는 애들이구나! 힘내렴!"

"기대할게!"

"해지면 놀러 가꾸마~."

축제 준비를 하던 상점가 사람들이 그렇게 말하자, 여초연 멤버들은 손을 흔들며 화답했다.

특히 아이는 한 걸음 내디딜 때마다 사람들이 말을 걸 정도로 유명인이었다. 스승이자 용왕인 나는 2년 동안 여기서 살았는데도 말을 거는 사람이 없는데……

"아이는 굉장하네! 인기도 많고, 장기도 잘 두고, 게다가 유카타 입는 법도 잘 알잖아~!"

"역시 온천여관집 딸다워요!"

유카타가 호평이라 기분이 좋아 보이는 미오 양과 아야노 양이 벤치 위에 깐 비닐판에 플라스틱 장기말을 깔면서 아이를 칭찬했다.

"유카타는 허리띠만 어려우니까…… 아, 사부님."

"응?"

"옷깃이 약간 흐트러졌어요. 몸 좀 숙여 보세요."

"아, 응……."

내가 그 말을 듣고 몸을 웅크리자, 아이는 내 유카타의 옷깃을 재빨리 고쳐 줬다.

어, 얼굴이 가까워…….

"휘유~ 휘유~!"

"마치 신혼부부 같아요!"

미오 양과 아야노 양이 놀렸지만, 아이는 예전과 달리 "후훗." 하고 어른스러운 미소를 지을 뿐이었다.

성장한 걸까? 아니면…….

"샤우도~! 샤우도, 싸뿌와 씬온뿌뿌 가튼 고 할꼬야~!"

동물 장기의 장기말을 쌓으며 놀던 샤를 양이 그렇게 말하며 달려왔지만, 아이는 차분했다.

"하지만 샤를은 사부님의 제자가 될 예정이지? 아내와 제자 중에 어느 쪽이 될 거야?"

"오~? 으음…… 뚈 다~!!"

엄청난 대답이다. 미오 양도 그 말을 듣고 눈을 동그랗게 떴다.

"일타 쌍피야!!"

"안 돼, 샤를. 장기에선 한 번에 하나만 잡을 수 있어."

아이는 귀신 같은 수를 제시한 샤를 양을 달랜 후, 내 옷깃을 다듬어주는 손에 힘을 주며 말했다.

"그렇죠? 사부님."

"응?! 그, 그게 말이야. '쌍잡기를 놓치지 마라.' 라는 격언도 있잖아……."

"그건 '어차피 하나밖에 못 잡으니까 허둥대지 마.' 라는 의미야. 쓰레기 사부님."

이, 이 건방진 말투는——!!

"""텐짱?!"""

"흥! 이 상점가는 뭐야? 처음 와 봤는데, 정말 빈티가 풀풀 나네!"

검고 긴 머리카락을 날개 느낌으로 묶은 검은색 유카타 차림의 미소녀가, 자신과 마찬가지로 검은색 유카타를 입은 장신의 여성을 거느리고 나타났다.

내 두 번째 제자인 야샤진 아이, 그리고 그녀의 보디가드인 이케다 아키라 씨다.

히나츠루 아이는 정말 기뻐하며 야샤진 아이의 손을 꼬옥 잡았다.

"텐짱, 어쩐 일이야?! 그렇게 권해도 '흥미 없다' 고만 해서, 절대로 안 올 줄 알았는데——."

"차, 착각하지 마! 아키라가 이상한 조언을 한 것 같으니까…… 주인으로서 책임을 지러 왔을 뿐이야!"

얼굴이 새빨갛게 붉히며 그렇게 말하는 야샤진 아이 아가씨를, 다들 환하게 웃으며 맞이했다.

"장기 부스예요~ 구경하고 가세요!"

저녁이 되면서 손님이 늘자, 장기 부스도 본격적으로 운영을 시작했다.

아이는 직접 만든 장기 룰과 자작 장기 묘수풀이 프린트를 길가는 사람들에게 나눠주면서 힘찬 목소리로 그렇게 외쳤다.

"멋진 경품이 들어 있는 캡슐 뽑기도 있어요~. 장기를 몰라도 즐길 수 있어요~."

"지도 대국 접수는 이쪽에서 해요~! 싸요, 싸~!"

"동물 짱끼는, 여기써 해~!"

아야노 양은 장기 팬이 아닌 이들을 노렸고, 미오 양과 샤를 양은 호객 행위를 맡았다. 야샤진 아이는 지도 대국 부스에서 대기하고 있었다. 그리고 아키라 씨는 이 지역 아이들 사이에 섞여서 공 건지기를 즐기고 있었다. 저 사람은 참 자유분방하네.

여류기사인 두 제자와 두는 장기는 1회 1500엔. 연수생인 미오 양과 아야노 양과는 500엔, 그리고 샤를 양과의 동물 장기는 파격가인 100엔에 즐길 수 있다.

미오 양은 이 싼 가격을 주로 홍보했다.

"사상 최연소 초등학생 여류기사와는, 1회 1500엔! 1500엔에 장기를 둘 수 있어요! 프로는 1500엔이지만 아마추어 여자 초등학생과는 겨우 500엔이에요! 저학년과는 대박 가격인 100엔이고요~!!"

왠지 음란하게 들리지 않아~? 변태가 몰려오면 어떨지 걱정하며 지갑에서 1만 엔 지폐를 꺼낸 나는 그것을 아야노 양에게 건네며 주문했다.

"동물 장기 100회. 영수증에는 『오빠』라고 써 줘."

변태가 몰려오면 위험할 테니, 오늘 밤에는 내가 샤를 양을 독

점해야지!

곧 히나츠루 아이가 다가오더니, 아까도 본 미소를 머금으며 말했다.

"사부님? 놀지 말고 일하세요."

"타이틀 보유자는 함부로 지도 대국을 하면 안 되는데 말이야."

하지 말라는 건 아니지만, 이렇게 싼값에 해 주는 건 좀…….

"상점가 여름 축제에서 그런다고 눈총을 사지는 않을 거야. 그리고 이건 연맹에서 의뢰한 일이라며?"

야샤진 아이까지 완곡하게 『일하라』고 말하자, 나는 축제 가격으로 지도 대국을 하게 됐다.

그러자 바로 손님이 찾아왔다.

"비각과 향차 두 개를 뗀 접장기로 부탁해요."

"아, 예………… 어, 카네가사카 선생님?!"

아이와 미오 양의 담임인 카네가사카 미사오 선생님은 이 상점가에 있는 초등학교의 교사다. 나도 수업에서 장기를 가르친 적이 있다.

"와 주셨군요. 사적인 시간인가요?"

"업무 중이에요. 교직원은 여름 방학 기간에도 일하거든요."

여름 휴가 시즌의 저녁에도 일한다니…… 초등학교 선생님은 참 바쁘네!

"야간에 사람이 모이는 이벤트에서는 슈퍼볼이나 금붕어가 아니라 초등학생을 푼돈으로 낚아서 데려가려고 하는 변태가 많이 모이죠. 그러니 교사들이 살펴야 해요."

"아하! 정말 괘씸한 놈들이네요!"

나는 장기말을 옮기면서 분통을 터뜨렸다. 무심코 장기말을 세게 두고 말았다.

"그러면 지도 대국을 둘 때가 아니잖아요? 순찰을 해야……."

"위험 인물을 곁에서 감시하는 게 효율적이잖아요?"

어?! 이 부스에 초등학생을 노리는 위험인물이 있다는 건가?!

"어디 있죠?! 제가 잡아 올게요!"

"그럼 여기서 꼼짝도 하지 마세요."

이상한 부탁을 받았지만, 지도 대국만 하면 된다면 오히려 간단하다. 좋아~. 범죄 예방을 위해 힘내자!

40분 만에 카네가사키 선생님과의 지도 대국이 끝나자, 곧 다른 손님이 찾아왔다.

"저, 저기…… 비, 비, 비차 떼…… 역시 비각 떼기로……."

"아스카 양! 그리고 마에스트로?!"

《휘젓기의 마에스트로》 오이시 미츠루 9단, 그 딸이자 나와 동갑인 오이시 아스카 양이었다.

"아, 안녕……. 머, 먹을 걸 싸 왔어……."

"와아, 톤페이야키다! 고마워요, 아스카 씨!"

아스카 양 특제 톤페이야키를 본 아이는 기뻐했다. 지도 대국을 하느라 전혀 먹을 수 없으니, 간단히 먹을 수 있는 음식을 매우 반기는 것 같았다.

아스카 양이 아이와 즐겁게 이야기를 나누자, 나는 옆에서 뚱한 표정을 짓고 있는 그 아버지에게 말을 걸었다.

"오이시 씨가 이렇게 사람들로 북적이는 곳에 오다니, 희한한 일도 다 있네요."

"흥. 백중에는 집에서 느긋하게 지내고 싶었지만, 아스카가 꼭 가고 싶대서 말이지……."

오이시 씨는 주위를 두리번거리며 물었다.

"그런데 야이치. 긴코는 안 온 거냐?"

"사저 말인가요? 오늘은 3단 리그 날이었으니까요. 집에 돌아가서 쉬고 있을 것 같은데…… 혹시 볼일이라도 있어요?"

"아, 별건 아냐. 별건 아닌데……."

거기까지 말한 마에스트로는 부자연스럽게 화제를 바꿨다.

"그러고 보니 네가 제위전 도전자였지? 일단 축하한다고 말해 두지."

"감사합니다."

'오이시 씨의 원수는 제가 갚겠어요!' 같은 소리를 했다간 싸움이 날 것이다.

이럴 때, 후배는 그저 입을 다물고 있으면 된다. 그리고 나는 오이시 씨가 왜 이곳에 온 것인지 짐작이 됐다.

"일단 조언 비슷한 걸 하나 해 주지."

"예."

"오키토 자식은 후수일 때는 처음부터 천일수를 노리는 분위기가 있어. 뭐, 후수라면 그것도 전술이라 할 수 있겠지만…… 그 녀석의 전술은 기묘해."

오이시 씨의 말투에는 분노나 공포가 아니라 당혹이 있었다.

"선택지 중 하나로 보는 게 아니야. 무슨 수를 써서라도 천일수로 만들겠다는 의지가 느껴진다고나 할까…… 이해가 돼?"

"감사합니다. 정말…… 정말 귀중한 정보예요."

소프트의 평가치는 후수일 경우 약간 마이너스가 된다. 이것은 장기라는 게임에서 선수가 약간 유리하다고 소프트가 평가하고 있다는 의미다.

그래서 후수가 된 소프트는 우선 마이너스를 없애려고 한다.

그것은 즉, 천일수를 말한다.

서로가 최선의 수를 계속 두는 소프트 대 소프트의 대국에서, 첫 평가치의 차이가 메워지지 않은 채로 계속 수를 두게 된다.

그 결과, 천일수와 지장기가 급증했다.

소프트 대회에서는 룰을 개정해야 할 정도로 말이다.

"오이시 씨와의 타이틀전에서 이미 그랬다면…… 역시 오키토 씨는…… 아니야. 하지만 아직……."

"여보세요~?"

생각에 잠겨 있을 때, 갑자기 여자 목소리가 들려왔다.

"거기 시원시원한 미남, 지도 대국을 부탁해도 될까~?"

"아, 예~! 시원시원한 미남, 대령했습니다! 어라? 케이카 씨잖아!"

눈앞에 서 있는 사람은 유카타 차림의 케이카 씨였다.

물론 목소리를 듣고 눈치챘지만…… 설마 유카타를 입고 왔을 줄은 몰랐기에, 그 요염함에 압도되고 말았다.

트, 특히…… 약간 흐트러진 앞섶이이이이이이……!!

"야이치 군, 심각한 얼굴로 무슨 생각을 하고 있었던 거야?"

"찌찌…… 아니지, 오이시 씨한테서 마음에 걸리는 정보를 들었거든."

조언을 들은 후로 나는 혼자 생각의 바다에 잠겨 있었던 것 같았다. 그사이 마에스트로는 담배를 피우러 사라진 것 같고, 아스카 양은 아이에게 지도 대국을 받고 있었다.

"그런데 케이카 씨. 진짜로 나한테 지도 대국을 받으려는 건 아니지?"

"미안해, 야이치 군. 지도 대국을 받을 사람은 내가 아니야."

그렇게 말하며 케이카 씨가 옆으로 물러서니…… 그 뒤에 있던, 꽃의 정령이 모습을 드러냈다.

"어라? 사저……?"

오늘은 3단 리그가 있는 날이었잖아? 끝내고 온 건가? 머리까지 세팅하고?

참고로 결과는 간사한테서 바로 연락을 받았기에, 연승했다는 건 알고 있다. 하지만 몰래 연락을 받고 있다는 건 비밀이기에 들키지 않도록 태연한 척하면서, 단정하게 묶은 머리에 꽃을 꽂은 사저에게 말을 건넸다.

"무슨 일이래요? 연맹에서 아무리 요청해도 이벤트에는 절대 협력하지 않았으면서, 이런 상점가 축제에 얼굴을——."

"뭐? 바람도 쐴 겸 집 근처 축제에 오면 안 돼? 3단 리그에 출전한 장려회 회원은 집에 틀어박혀 장기나 둬야 한다는 법이라도 있어? 확 담가버린다?"

"잠깐…… 아, 안 된다고는 한마디도……."
느닷없이 발끈한 사저의 팔을 잡아당긴 케이카 씨가 말했다.
"둘이서 뭐 하는 거야. 할 말은 따로 있지 않아?"
""………….""
말을 멈추자, 우리 둘 다 감정이 폭발했다. 그 감정이 하나로 응집되더니…… 가슴속이 뜨거워지고…….
부끄러운 나머지 고개를 돌린 내가 본심을 털어놨다.
"…………얼굴을 봐서 기뻐요."
"………………동보……."
사저는 그 말만 했다. 그것만으로도…… 가슴이 뜨거워졌다.
시간이 없었으리라. 교복 차림인데도, 조금이라도 축제에 어울리게 머리에 꽃을 꽂고, 장식하고 왔다. 나에게 보여주려고 예쁘게 단장했다고 여기는 건, 오만한 생각일까?
——하지만…… 그렇게 생각해도 되죠?
확 끌어안고 싶은 충동을 필사적으로 억누른 나는 이 미소녀의 모습을 눈에 새기려 했다. 곧 시작될 싸움에서 마음이 꺾이려 할 때, 떠올릴 수 있도록…….
"앗! 소라 선생님이다~!"
"빽썰꽁쭈님~!"
사저를 본 미오 양과 샤를 양이 쪼르르 뛰어왔다. 그러고 보니 여초연에서 처음 만난 후로, 이 초등학생들도 사저와 꽤 친해졌다.
처음에는 긴장한 채, 동경에 찬 눈으로 봤을 뿐인데…….

지금은, 저렇게 친근하게 말을 걸——.
"소라 선생님~! 캡슐 뽑기 하고 가요~!"
"한 번에 200엔이에요."
안 돼애애애애애! 그건 하면 안 된다고오오오오오오오오오!!!!!
"사저! 캐, 캡슐 뽑기는, 저기…… 애들! 애들을 위한 거예요! 다 큰 어른인 사저가 돌리는 건 자제해 주시옵소서! 사저는 이제 어른이잖아요?!"
"왠지 수상한걸……."
머리는 어른, 가슴은 어린애인 사저는 민감하게 뭔가를 눈치채더니, 온갖 의미에서 어른인 여자에게 돈을 달라고 했다.
"케이카 씨. 용돈 줘."
"안 돼~. 긴코가 나보다 더 잘 벌잖아?"
케이카 씨는 사저의 요구를 거절하고, 나에게 눈짓을 보냈다.
『빚 한 번 진 거다?』
『예. 평생을 들여서라도 갚겠사옵니다.』
만약 정식으로 사저와 사귀게 된다면, 나는 영원토록 케이카 씨 앞에서는 고개도 들지 못하겠지……. 뭐, 지금도 마찬가지지만 말이야.
화제를 돌릴 겸, 나는 케이카 씨에게 궁금한 점을 물어봤다.
"그런데, 사부님은요?"
"오늘은 장려회 시험 날이잖아? 세이이치 오빠의 부탁으로 시험관을 맡으셨어."
"사부님이 시험관? 올해 수험생이 불쌍하네……."

내가 무심코 그렇게 중얼거리자, 사저도 고개를 끄덕였다.

"동보. 야이치 말이 맞아. 안 그래도 여름이라 후덥지근한데, 그 수염 중년이 눈앞에 있으면 숨 막혀서 죽을 거야."

"나는 그 정도로 심하게 말하지는 않았거든요?!"

오래간만에 부부 만담을 하고 있을 때였다.

"사부님. 대화 도중에 방해해서 죄송해요."

히나츠루 아이가 어른스러운 어조로 나에게 말을 걸었다. 사저도 표정을 굳히더니, 아이와 시선을 마주하지 않았다…… 어버버버버…….

"미 미안해, 아이! 지도 대국 말이지?! 지금 바로 할게. 뭐하면 한 번에 네 명, 아니 열 명도——."

"그 정도로도 부족해요."

"뭐?"

"큰일이 났어요."

"어어어어어?! 이, 이 인파는 뭐야?!"

이야기에 정신이 팔려 눈치채지 못했는데…… 어느새 장기 부스에는 엄청난 숫자의 사람들이 몰려와 있었다.

그들이 보러 온 사람은 물론 내……가, 아니었다.

"재…… 《나니와의 백설공주》 맞지?"

"맙소사! 진짜 본인이야?!"

"저렇게 귀여운 애가 이 세상에 또 있을 리 없잖아! 머리카락도 진짜 은색이라고!!"

"꺄아아아아! 나, 완전 팬이야!!"

장기 팬만이 아니다. 오히려 장기 팬은 극소수다.

스마트폰을 든 남녀노소가 점점 불어나더니, 상점가의 길이 막힐 지경이다.

연예인급의 관객 동원력……. 아니, 요즘은 TV 방송국에서도 사저를 보도하고 있으니 그 이상일 것이다.

몰려든 손님들은 《나니와의 백설공주》와 악수 혹은 사진을 찍을 수 있을 줄 알고 줄을 서기 시작했다. 이, 이대로 있다간 장기 부스가 무너지고 말아……!

"어쩔 수 없네. 야이치, 좀 비켜."

"""어?!"""

나, 아이, 케이카 씨가 한목소리로 그렇게 외쳤다.

장기 축제 관련 이벤트에 얼굴을 내미는 것만도 드문 일인데…… 팬서비스까지 해 주려는 건가?! 이 정도면 뉴스 특보감 아닐까?!

"기, 긴코가 이만큼 해 주다니…… 대체 무슨 바람이 분 걸까?"

"하하하. 비가 내리는 거 아닌가 모르겠네."

내가 웃으면서 그런 농담을 입에 담았을 때였다.

뚝…… 뚝…….

"어?"

쏴아아아아아아아아아아——————………………!!

"우와아아아아! 폭우다!"

"꺄아——!!"

"버, 번개가 쳤어! 가까워! 다들 건물 안으로 피난해!"

“우박까지 내리네?! 뭐가 어떻게 된 거야?!”

줄 서 있던 손님들이 비명을 지르며 도망쳤다.

볼에 물방울이 닿은 느낌이 든 순간, 마치 물통이 뒤집힌 것처럼 폭우가 내렸다!

게다가 번개와 우박까지 내렸다! 한여름인데 말이다! 상점가 전체가 패닉에 빠졌다.

장기 부스에도 엄청난 혼란이 발생했으며, 다들 급히 처마 밑으로 피난했다.

히나츠루 아이는 사저를 향해 분노를 터뜨렸다.

“어떻게 책임질 거예요~?! 모처럼 다 같이 준비한 부스가 성공할 뻔했는데…… 여름 방학의 절반을 투자했단 말이에요!”

“이, 이건 내 탓이 아니야! ……아니지?”

사저가 불안 섞인 눈길로 나를 응시했다. 도, 동……보?

“우와~. 한동안 안 그치겠네…….”

“장기판과 말이 나무로 된 게 아니라서 다행이에요…….”

미오 양과 아야노 양은 동물 장기 세트만 재빨리 회수했다. 종이로 된 건 비에 젖으면 못 쓰게 될 테니까……. 비닐 보드와 플라스틱 장기판은 비를 맞고 있지만, 그건 어쩔 수 없다.

행사를 계속할 만한 장소는――.

“사저. 3단 리그는 이미 끝났죠? 그럼 연맹의 대국실과 다목적룸이 비어 있겠네요?”

“하지만 어떻게 손님들을 거기로 이동시킬 거야? 폭포처럼 비가 쏟아지고 있잖아.”

"……그것도 그러네요."

확 우리 집으로 피난할까? 하지만 나만이라면 몰라도 초등학생 제자와 같이 사는 집의 주소를 손님에게 알려주는 건 위험할까……. 애초에 이 많은 인원이 다 들어가진 못할 테고…….

그런 생각을 하고 있을 때였다.

다시 나타난 카네가사카 선생님이 해결책을 제시해 줬다.

"허가를 받았어요. 여러분, 초등학교로 가죠."

다시 한번

쏴아아아. 비가 쏟아지는 초등학교.

다들 지도 대국과 동물 장기에 열중한 사이, 히나츠루 아이는 현관에서 조금 떨어진 장소에 홀로 앉아 있었다.

새로운 손님이 찾아오면 안내하는 역할을 맡은 것이다.

——그것 때문만이, 아니지만…….

벤치 위에 직접 만든 프린트를 두고, 접이식 의자에 앉아서 두 발을 흔들어대던 아이는 최대한 다른 사람들 쪽을 쳐다보지 않으려 했다.

그곳에서는 보기 싫은 광경이 펼쳐지고 있다.

그런데 꼴보기 싫은 사람이 자기 발로 다가와 말까지 걸었다.

"여기, 앉아도 돼?"

"안 돼요."

"고마워."

소라 긴코는 대수롭지 않게 고맙다고 말한 후, 아이의 옆에 다짜고짜 앉았다.

아이는 옆쪽으로 고개를 돌리며 불평을 늘어놨다.

"안 된다고 했는데……."

"무슨 말 했어? 빗소리 때문에 안 들리니까, 할 말 있으면 큰 소리로 말해."

"모지리……."

"그 말의 의미를 모르니까, 칭찬으로 알게."

그리고 긴코는 이번 축제에 관해 거만한 태도로 평가했다.

"꼬맹이의 기획치고는 제법 애썼네. 뭐, 60점 정도일까?"

"누구누구 씨가 비구름과 함께 등장하지 않았다면 100점 만점의 대성공을 거뒀겠지만요~."

"…………."

"…………."

눈을 마주하지 않은 두 사람 사이에서 불똥이 튀었다.

『『역시 이 인간과는 안 맞아!』』

그 의견만은 일치했다. 그 의견만 말이다.

"흥……."

아이가 만든 장기 묘수풀이 프린트를 본 긴코는 집안일을 못 하는 며느리를 괴롭히는 시누이처럼 코웃음을 쳤다.

"이 장기 묘수풀이는 뭐야? 장기를 모르는 사람을 위한 프린트에 이렇게 어려운 걸 실어? 너, 장기 팬을 줄이고 싶어 환장했지? 애초에 복잡한 장기 묘수풀이에 무슨 의미가 있는데?"

"장기 묘수풀이는 옛날부터 최고의 장기 숙달법으로 여겨졌어요. 소라 선생님은 3단 리그에서 고전하고 있는 것 같은데, 『장기무쌍』과 『장기기교』를 빌려드릴까요? 저는 다 풀었을 뿐만 아니라, 전부 외웠거든요!"

"승부의 혹독함을 모르는 어린애의 헛소리네. 이딴 장기 묘수풀이를 아무리 풀어 봤자, 장기로 강해지지 않아."

"풀지 못한다고 허세 부리지 않아도 되거든요?"

"두고 봐."

긴코는 프린트를 쥐고 수읽기에 들어갔다.

"『역장군』과 『멍군 끼우기』네. 재미있지만, 역시 실전에선 이런 경우는 발생하지 않아."

"윽?!"

순식간에 제작 의도를 간파당한 아이는 아연실색했다.

『역장군』은 장군을 당했을 때, 도망치거나 회피하는 수를 써서 역으로 상대에게 장군을 거는 것이다.

『멍군 끼우기』는 수중에 있는 딴 말을 올려서 장군을 막는 게 아니라, 장기판에 있는 말을 옮겨 멍군을 하는 것이다.

양쪽 다 실전에서는 거의 일어나지 않는다.

그만큼 맹점이 되기 쉬우며, 장기 묘수풀이에서 흔히 쓰인다.

하지만 이 문제는 100수가 넘는 수읽기를 거쳐야 겨우 그 제작 의도를 파악할 수 있게끔 만들었다.

즉, 긴코는 슬쩍 보기만 하고 문제를 풀었다. 아이가 만든 혼신의 장기 묘수풀이를.

——이게…… 장려회 3단의 실력…….

아이는 압도당할 것 같았지만, 자기 자신을 북돋우며 말했다.

"흐, 흥이에요! 이건 완전 쉬운 건데요?! 아이가 마음 먹고 어렵게 만든 장기 묘수풀이도 있다고요!"

그리고 프린트를 뒤집어, 다른 문제를 적기 시작했다.

"참고로 이건 아이가 실전에서 수읽기를 하다 발견한 수순이니까, 이걸 못 푼다면 실전에서도 약하다는 소리거든요?! 쌍옥 문제로, 수중에 있는 말은——."

한동안 그 모습을 지켜보던 긴코가, 불쑥 말했다.

"야이치를, 잘 부탁해."

"예?"

"걔는 장기에 집중하면 주위를 안 살펴. 특히 타이틀전 동안에는 몸 관리도 제대로 하지 않고 장기에 빠져들어……."

긴코는 추어이란 이름의 상자를 뒤지며, 옛 기억을 이야기했다.

"옛날부터 그랬어. 좋은 수가 생각나서 겨울에도 목욕 직후에 알몸으로 장기판 앞에 앉아 있다가 폐렴에 걸릴 뻔한 적도 한두 번이 아냐. 진짜로 장기만 보이는 거야. 걷다가 구멍에 빠지거나, 전철을 내리는 걸 깜빡해서 큰일이 나거나…… 그때마다 내가 데리러 갔어. 그 녀석이 저쪽으로 가지 않도록 말이야."

"그게 무슨 소리예요……."

아이는 온몸을 떨며 반발했다.

"자기가 사부님과 더 옛날부터 알고 지냈다는 소리를 하고 싶은 거예요?! 아이도 당신이 모르는 사부님을 잔뜩 알거든?! 같이 사니까 모르는 게 없단 말이야!!"

"미안하지만 그건 양보 못 해. 야이치에 관해선 내가 누구보다 잘 알아."

긴코는 딱 잘라서 그렇게 말했다.

"하지만, 부탁할게. 야이치가 잘못된 방향으로 가려고 하면, 네가 막아 줘. 그 녀석의 손을 잡아 당겨줬으면 해."

"정 그렇게 걱정되면——."

직접 하면 되잖아요!!

아이는 그 말을 하려다 겨우겨우 참았다. '그렇게 하겠어.' 라고 딱 잘라 대답할까 싶어 무서웠다.

어렴풋이 눈치는 챘다.

하지만…… 확인하는 것이 무서웠다.

"…………………….."

아이는 침묵했다. 패배가 확실시된 장기에선, 그 어떤 수를 두더라도 상황이 나빠진다.

하지만…… 투료는 절대로 하고 싶지 않다. 스스로 포기해버리는 것만큼은…….

"네 장기는, 지금 이대로도 충분해."

긴코는 아이가 새롭게 쓴 묘수풀이 문제를 곱게 접어서 호주머니에 넣더니, 자리에서 일어났다.

"이대로 올곧게 성장하는 거야. 나에게는 필요 없는 복잡한 장기 묘수풀이도, 너한테는 필요할지도 몰라. 나는 전부 흡수하지 못한 야이치의 발상도, 너라면 흡수할 수 있을지도 몰라. 태어난 순간부터 장기별 사람이었던, 너라면 말이야."

장기별?

아이는 긴코가 한 말의 의미를 이해하지 못했다.

방금, 자신을 격려해 준 것일까? 아니면――.

"강해진 히나츠루 아이와, 다시 한번…… 대국하고 싶었어."

"어……?"

――방금, 처음으로 아이의 이름을 불러줬어……?! 그, 그것보다! 방금 한 말은…….

하지만 그 말의 진의를 파악할 틈도 두지 않으려는 듯이 긴코는 우산을 펼치더니, 빗속을 걸어갔다.

그리고 폭우의 커튼 너머로 사라졌다.

홀로. 어둠 속으로.

"방금 무슨 뜻으로 한 말이죠……."

냉기조차 감도는 은빛 등이 사라진 방향을 쳐다보며, 아이는 중얼거렸다.

왠지, 온몸이 사시나무처럼 떨렸다.

☖ 쿠즈류 일문 회의

여름 축제도 무사히 끝난 후의 어느 날 오후.

칸사이 장기회관 1층의 『트웰브』에서, 어린 소녀 세 명이 모여서 참 귀여운 회의를 개최했어요.

"제2회! 쿠즈류 일문 회의~!!"

"짝짝짝짝~! 이야~."

"…………."

세 사람의 표정은 제각각 달랐어요.

첫 번째 제자인 히나츠루 아이 양(의장)은 기운이 넘쳤어요.

두 번째 제자인 야샤진 아이 양은 그 페이스에 따라가지 못했어요. 아이 양은 요즘 묘하게 기운이 넘치네요. 여름이라 그럴까요?

"은밀히 할 이야기가 있대서 일부러 오긴 했는데, 이런 데서 이야기해도 괜찮은 거야? 손님이 오는 거 아니야?"

"점심시간 이후부터 야간 영업 시작 전까지는, 여기를 우리끼리 써도 된대. 아! 마스터는 집에서 쉬고 있으니까, 비밀 이야기를 해도 괜찮아!"

"그건 그냥 빈 가게를 보는 일이나 다름없잖아……."

여름 축제 실행위원을 맡은 덕분에, 히나츠루 아이 양은 이곳, 후쿠시마의 간판 같은 존재가 됐어요. 그래서 사람들이 편의를 봐준답니다.

"참고로 일전에 텐짱이 내 관전기를 칭찬해 줬을 때가 제1회 회의였어! 그때처럼 서로의 생각을 솔직하게 이야기하자!"

"그건 좋은데 말이야?"

"무슨 문제 있어?"

"왜 이…… 금색 꼬맹이도 있는 거야?"

텐짱은 당연하다는 듯이 이 자리에 동석한 샤를 양을 손가락으로 가리켰어요.

"어어~?"

샤를 양은 이제부터 뭐가 시작되는지 전혀 이해하지 못했어요. 유일하게 이해하고 있는 건, 좋아하는 저 두 사람과 같이 있어서 기쁘다는 것뿐이에요.

아이 양은 이유를 설명했어요.

"샤를도 제자 후보잖아. 맞지?"

"응~!"

세 번째 제자(후보), 샤를 양이 환한 표정으로 테이블을 두 손으로 내려치면서 고개를 끄덕였어요.

"싸뿌, 샤우를, 쩨자로 쌈아준대써~."

"뭐? 언제?"

"나니와 왕장전 때야. 저학년부에서 샤를이 엄청 열심히 대국하다 쓰러졌거든. 그때 사부님이 감격해서 그런 소리를……."

"샤우, 엄쩡 열씨미 해떠니, 싸뿌가 쌍을 줘써~!"

샤를 양은 방긋방긋 웃으면서 그렇게 말했지만, 이야기를 듣고 있던 텐짱의 이마에는 핏대가 섰어요.

"그 쓰레기! 또 새로운 여자를 만든 거구나……. 진짜, 못 말린다니깐!"

"뗀짱…… 샤우가 쩨자 되는 게, 씨러~?"

샤를 양은 쓸쓸한 표정으로 사저(예정)를 올려다봤어요.

버림받은 강아지 같은 눈에는 텐짱도 저항할 수 없나 봐요.

"뭐…… 원래부터 쓰레기가 얘를 마음에 들어 했지? '아내로 삼아 줄게.' 같은 헛소리를 하는 것보다는 나아."

"와아! 샤우, 텐짱 싸랑애~!!"
"그 대신 나를 사저로 모시며 공경할 것! 제대로 『야샤진 양』이라고 불러!"
"야쨔씬~?"
"야! 샤! 진! 그리고 '씨'를 붙여, 꼬맹이!"
"야쨔씬씨~?"
"또 틀렸잖아! 야쨔…… 아니, 야샤진 양!!"
"야쨔…………찐?"
"찐이 아냐! 찐이라고 부르지 마~!!"
텐짱이 테이블을 치며 화내자, 아이 양이 웃으면서 말렸어요.
"아하하. 샤를한테는 아직 무리야~."
"무리는 무슨. 일문의 서열도 못 지키는 애가 제자로 들어오는 건 인정 못 해!"
"그럼 텐짱도 아이를 사저로 공경해 줄 거지?"
"윽……."
"그것보다 회의하자, 회의! 엄청 중요한 의제가 있어!"
이번에는 아이 양이 테이블을 두드릴 차례예요.
텐짱은 이미 지친 표정으로…….
"소라 긴코한테서 이상한 말을 들었다며? 신경이 쓰이기는 하는데, 구체적으로 어떤 말을 들은 거야?"
"그게 말이야——."
아이 양은 여름 축제 날에 소라 선생님과 나눈 대화를 텐짱에게 알려줬어요.

나름 길고 어려운 이야기라, 샤를 양은 전혀 알아듣지 못했죠.
하지만 텐짱은 열화와 같이 화를 냈어요.
"뭐? 자기는 프로 기사가 될 테니, 다시는 너와 대국할 기회가 없을 거라는 소리야?"
"역시 그런 뜻일까?"
"다른 뜻이 있을 리 없잖아. 정말! 벌써 3단 리그를 돌파한 줄 아는 거 아니야? 쿠누기 소타한테 이겼다고 나대지 말란 말이야!"
"하지만 선두인 카가미즈 씨와는 1승 차이만 나는 거지? 프로가 될 자신이 있는 게 아닐까?"
"그래도 순위는 끝에서 두 번째잖아. 승수가 같으면 순위가 위인 3단이 승단해. 게다가 3단 리그를 1기 만에 돌파하는 건 우리 스승도 무리였어."
"아줌마가 만약 프로가 된다면…… 여류 타이틀은 어떻게 될까?"
"너는 정말……. 그 정도는 조사해 둬."
텐짱은 어이없다는 표정을 지었지만, 그래도 친절하게 설명해 줬어요.
"현행 규정상 프로 기사의 여류기전 출전은 허락되지 않아. 즉, 소라 긴코가 지닌 여왕과 여류옥좌는 반납해야 해."
"그때는 도전자 결정전이 타이틀전이 되는 거야?"
"맞아. 기전 창설 때와 마찬가지야."
텐짱은 고개를 끄덕이더니, 의미심장한 어조로 말했어요.

"뭐, 나는 장기 연맹이나 스폰서가 그렇게 간단히 소라 긴코가 여류 타이틀을 그만두게 하지 않을 거라고 보지만 말이야."

"뭐……?"

"아무튼!"

타앙!! 큰 소리가 나게 테이블을 내려친 텐짱이 본론에 들어갔어요.

이 쿠즈류 일문 회의에서 가장 중요한 의제. 그것은 바로――.

"사부님과 소라 긴코의 관계야. 두 사람이 수상하다는 게 사실이야?"

"응……."

"어느 정도까지 진도를 뺀 것 같아?"

"아마…… 4단…………."

"4단…… 큰일이네."

두 사람은 연애 또한 장기용어로 표현했어요. 느림보인 보(步)도, 한 칸만 더 가면 『토금(と金)』으로 승격해요.

아이 양도, 텐짱도, 상당한 위기감을 가지고 있지만…….

"너는 두 사람이 그렇게 되어도 괜찮아?"

"아니! 절대로 싫어!!"

아이 양은 노타임으로 그렇게 외쳤지만, 갑자기 괴로운 듯이 고개를 숙였어요.

"하지만…… 아이는 사부님과 같이 살면서, 쭉 사부님을 지켜봤어……. 그래서 사부님에 관한 거라면, 뭐든 알아…………

그러니까――."

"뭐야? 이 상황에서 자랑하는 거야?"

"그러니까…… 사부님의 마음이 누구를 향하고 있는지도, 아는 거야……."

"………………."

쓸쓸하면서도 괴로운 듯한 어조로 그렇게 말하는 아이 양을, 텐짱은 아무 말 없이 응시했어요.

딱 한 번, 아이 양이 목소리를 쥐어짜는 것을 본 적이 있어요.

두 사람이 처음으로 대국을 했을 때예요.

일곱 수 외통수를 놓친 아이 양이 투료한, 그 순간과 똑같아요…….

이윽고 텐짱이 조용한 어조로 이렇게 말했어요.

"쿠즈류 야이치가 제자를 받았다는 걸 안 내가 어떤 느낌을 받았는지, 너는 알아?"

"응……?"

"'당했다!', '빌어먹을!' 같은 수준의 감정이 아니었어. 지금까지 믿던 세계가 전부 무너지는 듯한 절망감을 맛봤다니깐. 쿠즈류 야이치의 첫 번째 제자가 되라는 말을 생전의 부모님에게 수도 없이 들었던 나는, 언젠가 그 사람이 나를 맞이하러 올 거라고 믿어 의심치 않았어."

"텐…… 야…………."

"그때까지 나는, 이대로 저택에서 혼자 장기를 두며 기다리면 왕자님이 나를 찾아올 거라고 믿었어. 웃기지?! 세상이 나한테 유리하게 굴러갈 리가 없는데 말이야."

텐짱은 "훗……." 하고 비웃었어요. 과거의 자신을 말이죠.

"현실에선, 그 사람 집에 자기 발로 쳐들어간 초짜가 제자가 됐어. 그리고 쭉 장기를 공부해온 나라는 존재를, 그 사람은 인식조차 하지 못한 거야……."

"그래서…… 장기 연맹에 교사 역할을 해 줄 기사를 파견해달라고 몇 번이나 연락한 거야? 사부님을 지명하지 않고?"

"그래. 상황이 그렇게 됐는데도, 나는 그 사람에게 제자로 삼아달라는 말을 솔직하게 하지 못했어. 인정하고 싶지 않았던 거야. 내가 훨씬 예전부터 쿠즈류 야이치의 제자가 될 생각이었는데…… 장기를 익힌 지 반년도 안 된 동갑내기 여자애한테, 추월당한 것을……."

"텐짱…… 나, 그런 줄은 꿈에도 모르고――."

"네가 가르쳐 준 거야."

그러니 이번에는 내가 가르쳐 주겠어.

감정표현이 서툰 텐짱은, 장기를 통해 맺어진 자매와 처음으로 뭔가를 공유하려고, 열심히 말을 자아냈어요.

"혼자서 그냥 마음속에 품고 있어도, 그 마음을 안 전하면 의미가 없어."

"읏……!"

텐짱은 딱 잘라 말했어요.

주저 없는 표정으로 말이에요.

"아무리 숭고한 목표를 가지고 있더라도, 아무리 완벽한 계획을 세웠더라도, 첫걸음을 내딛지 않으면…… 내디딜 용기가 없으면, 절대로 실현되지 않아. 뻔한 말이지만, 그러지 못한다면, 아무런 의미도 없어."

"내디딜…… 용기……."

아이 양은 부채를 꼭 쥐었어요.

그것은 항상 소중히 간직하고 있는, 가장 소중한, 사부님에게 받은 선물.

"나는 한번, 소라 긴코와 싸워서 졌어. 완패한 거야. 진심으로 한계까지 노력했는데도, 이기지 못했어."

텐짱은 말을 이어갔어요.

하지만 그 말은 아이 양에게 말하는 것이 아니라, 자기 자신을 향한 말 같았어요.

"이 이상은 무리라는 생각이 들 정도로 노력했는데도 진 거야……. 그 정도로 마음이 꺾인 건, 태어나서 처음이야. 여유도, 긍지도, 자존심도, 전부 가루가 되면서, 다시 일어설 수 없을 거라 여겼어. 박살이 나기 전에는 말이지."

"……!"

"변명의 여지가 없을 만큼 완벽하게 져 봤기 때문에, 나는 이제 지는 것이 두렵지 않아. 밑바닥까지 떨어졌다면, 이제 거기서 기어 올라가기만 하면 되거든. 그것도 꽤 기분 좋아."

그렇게 말한 텐짱은 웃었어요.

검은 머리카락을 날개처럼 펄럭이며…….

"나는 이제 싸울 결의를 다졌어. 아무리 상처 입더라도, 또 마음이 산산이 부서지더라도, 개의치 않아!"

"텐짱……."

"너한테는 고맙게 생각해. 네 덕분에 나는 그 사람의 첫 번째 제자가 되지 못했어. 나를 첫 번째로 선택해 주지 않았다는 경험이, 지금은 나를 강하게 만들어주고 있어."

텐짱은 허공을 향해 손을 뻗었어요.

"그러니까 꼴사납게 발버둥 칠 수 있어. 여름 축제 때도 유카타를 입고 대시할 수 있었던 거야. 이기기 위해 뻔뻔하게 굴 수 있게 된 나는, 그것만으로도 과거의 나보다 강해. 기다리기만 하던 나보다는 말이야."

뻗었던 손을 말아쥔 텐짱이 힘찬 어조로 말했어요.

"스스로 선택해서, 스스로 거머쥐는 거야. 그것 말고는 아무런 가치도 없다는 걸, 이제 알거든."

그리고 아이 양에게 물었어요.

"히나츠루 아이. 너는 어때?"

"나는…………."

양손으로 부채를 쭉 움켜쥐고 있던 아이 양은 다른 것을 움켜쥐지 못했어요.

"…………어쩌면 좋을지, 모르겠어……."

용기 같은 건…… 가질 수 없어…….

소중한 사람이 직접 『용기』라고 적어준 부채를 꾹 움켜쥔 아이 양이 울상을 짓자, 샤를 양이 "어디 아빠?", "아이, 괜짜나~?" 하고 묻는 목소리만이 가게 안에 울려 퍼졌어요.

제4보
야샤진 아이
오키토 요우
©shirabii

☗ 파티

“잠깐. 선생님, 넥타이가 삐뚤어졌어.”

“응?! 아…… 미안해.”

허둥지둥 넥타이의 위치를 바로잡은 나는 여덟 살이나 어린 소녀에게 사과했다.

이 넥타이를 선물해 준 소녀―― 아름다운 드레스를 걸친 야샤진 아이에게서는 노기가 흐르고 있었다.

어째선지 화를 낼수록 아름다워 보이는 소녀다.

그런 제자에게 압도당한 나는 변명을 늘어놓았다.

“새 넥타이는 참 매기 어렵다니까……. 좋은 넥타이일수록 미끌미끌하고, 길이를 조절하는 것도 어려워. 게다가 오늘은 옷도――.”

“됐으니까 나한테 맡겨. 자! 몸을 숙이고. 이쪽으로 고개를 내밀어 봐.”

“미안해……. 모처럼 선물해 줬는데…….”

여름 축제가 끝나고 집에 돌아가는 길의 일이다.

야샤진 아이는 이 비싼 넥타이를 나에게 선물해 줬다.

『생일과 타이틀 도전자가 된 걸 축하하는 의미에서 주는 거니까, 착각하지 마. 내 스승이 꼴사나운 모습으로 사람들 앞에 서는 걸 참을 수 없는 것뿐이거든.』

선물을 줄 거라고는 생각도 못 했고, 이렇게 간직할 수 있는 물건을 제자에게 받았다는 사실에 나 자신도 깜짝 놀랄 만큼 감격했다.

『고마워! 대국 때는 기모노를 입으니까, 전야제나 취재 때 쓸게.』

『그럴 필요 없어. 그러라고 주는 게 아니거든.』

『뭐? 그럼…… 어쩌라고 주는 거야?』

『다음 레슨은 드레스 코드가 필요한 장소에서 부탁할 거니까, 그때 이걸 매.』

『무, 무슨 소리야?』

『넥타이에 어울리는 정장을 하고 와.』

뭐, 그런 경위로 지금에 이르렀다.

가장 고급스러운 정장을 걸친 나는 바다가 보이는 테라스 자리에서 두 시간 동안 야샤진 아이에게 장기 레슨을 해 준 후, 같은 건물의 다른 장소에 식사하러 가는 길이었다.

그리고 이동 도중에 의복이 흐트러진 점을 지적받았다.

결국, 야샤진 아이는 내 넥타이를 풀고, 익숙한 손놀림으로 다시 매줬 다.

"이 정장, 꽤 괜찮네. 입은 모습을 처음 보는데, 대국 때 입는 거야?"

"정장을 입고 대국하면 말이지? 바지만 금방 주름투성이가 돼. 그래서 대국 때는 비싼 정장을 입지 않아."

대국에서 쓰는 건 바지만 잔뜩 살 수 있는 기성품 정장, 혹은 낡아도 전혀 신경쓰이지 않은 싸구려 정장이다.

"그럼 이건 어떤 때 입는 거야?"

"장기를 두지 않는 이벤트 때 입는 거야. 다른 사람의 취임식 같을 때 말이야. 그리고 4단 승단식 때도 입었지. 이건 내가 프로가 됐을 때 맞춘 정장이야."

"흐음…… 추억이 어린 정장이네."

"응. 사저가 골라 준 거야."

"그래서 센스가 별로구나."

"끄윽?! 저, 저기, 아이! 지, 질식하겠어……!"

넥타이를 쥔 손에 갑자기 힘이 들어간 느낌이 들지만, 아이는 내 항의를 무시했다.

"자아, 다 됐어."

"고마워……."

잠시 생명의 위기를 느꼈지만, 넥타이의 모양새는 완벽했다.

"그건 그렇고 초등학생인데도 넥타이를 맬 줄 아는구나. 대단한걸! 언제 연습한 거야?"

"아키라도 넥타이를 매는 게 서툴거든."

"아하."

야샤진 아이의 전속 보디가드인 이케다 아키라 씨의 모습은 보이지 않았다. 오늘은 아이의 이동만 담당하고 있는 것 같았다.

"쿠즈류 님, 야샤진 님. 자리로 안내하겠습니다."

우리의 준비가 끝날 때까지 기다린 것처럼, 가게 직원이 우리에게 말을 건넸다.

그 뒤를 따라가려고 하자——.

"저기, 선생님. 혼자 가려는 거야?"

아이가 눈을 살짝 부라리며 나를 불러세웠다.

"에스코트 정도는 해 주는 게 어때? 여자에게 창피를 주지 마."

"아, 으음…… 미안해. 자."

"좋아."

내가 팔을 내밀자, 아이는 만족한 듯이 팔짱을 꼈다.

아직 열 살밖에 안 됐는데도 나보다 훨씬 당당한 그 걸음걸이를 보니, 왠지 갑자기 어른이 된 것처럼…… 응? 어라라?

"아이, 혹시 키 컸어?"

"오늘은 힐을 신었어, 바보 사부님."

심플한 검은색 드레스 차림인 아이는 밤에 춤추는 요정처럼 가련하고, 눈부셨다.

그리고 우리는 반가운 장소에 도착했다.

『생 앙젤리크 KOBE』.

아이가 여왕전 제3국을 뒀던, 코베의 전경을 한눈에 볼 수 있는 결혼식장이다.

그때 대국장이 됐던 전망실에는, 당연하겠지만 오늘은 다다미와 장기판이 존재하지 않았다. 그 대신 꽃과 테이블과 식기가 놓여 있었다. 이것이 원래 모습일 것이다.

야경을 한눈에 볼 수 있는 창가 특등석으로 안내된 나와 아이는 우선 논알코올 음료로 건배를 했다.

"생일 축하해, 사부님."

"고마워. 이렇게 제대로 축하해 주니 기쁘네."

"신경 쓰지 마. 답례로 나를 타이틀 2관왕의 제자로 만들어 줄 거잖아?"

"뭐어?! 그, 그런 약속은 못 해."

"후후……. 그럼 다른 형태로 답례를 받아야겠네."

그리고 화려한 코스 요리가 나왔다.

자. 그 맛은――.

"맛있……겠지만, 긴장한 탓에 맛이 느껴지지 않네……."

"타이틀전을 치르다 보면, 드레스 코드가 있는 가게에서 코스 요리를 즐길 일도 많지 않아?"

"일로 왔을 때와 사적으로 왔을 때는 엄연히 다르거든. 전야제나 뒤풀이 식사 자리에는 장기 관계자뿐이라 체면 차릴 필요도 없고……."

많지는 않지만, 오늘은 손님이 꽤 있었다.

여기는…… 결혼식장이지?

"결혼식장 중에는 말이지? 식이 열리지 않는 평일에 이런 식으로 레스토랑으로 운영하는 곳도 있어."

"흐음. 뭐, 그것도 그러네."

전속 셰프와 파티셰를 평일에 그냥 놀리는 건 아까울 테니까.

"여기서 식을 올린 부부를 기념일에 초대하기도 해. 그래서 나한테도 초대장이 왔는데――."

"결혼한 것도 아니라서 딱히 상대가 없다. 그래서 나를 부른 거구나."

"가게의 호의를 무시하는 것도 좀 그러니까, 연구회를 할 수 있는지 미리 확인해 보고…… 말이야. 타이틀전의 대국자로서 최소한의 의무는 지켜야 하지 않겠어?"

"응. 좋은 마음가짐이야."

야샤진 아이는 이미 여류장기계의 간판이며, 특히 코베에서는 장기계를 대표하는 존재가 됐다. 그에 걸맞은 행동을 해야만 할 것이다.

그건 그렇고…….

대국자는 한 명 더 있다. 그렇다. 타이틀 보유자인 사저다.

아이가 초대장을 받았다면, 당연히 사저도 받았을 것이다.

하지만 나에게는 아무 말도 안 했다.

물론 3단 리그에 집중하기 위해 애초에 초대를 무시했을 가능성도 있다. 아니, 그 사람이라면 분명 그렇게 했으리라.

하지만…… 만약 다른 누군가와 함께 초대에 응했다면?

그럴 리가 없다는 걸 이해하면서도, 아름답게 꾸민 사저가 여기서 나 말고 다른 남자와 식사하는 것을 상상하니 이제까지 느낀 적 없는 격렬한 질투심이 샘솟았다.

에, 에이! 말도 안 돼! 긴코가 그럴 리가…….

하지만…… 으으, 연락을 못 하니 불안하네…….

"무슨 생각을 하는지 맞혀볼까?"

사저 때문에 속으로 끙끙 앓고 있을 때, 아이가 갑자기 나에게 말을 건넸다.

"소라 긴코도 연락을 받았을 거야. 아무 말도 못 들었어?"

놀리는 듯한 질문에, 나는 무덤덤하게 대꾸했다.

"사저는 3단 리그에 집중해야 하니까 연락을 자제해 달라고 나한테 말했어."

"흐음?"

고양이가 쥐를 가지고 놀듯, 아이는 웃으면서 내 얼굴을 응시했다. 젠장. 밥상에서 스승의 연애를 이야깃거리로 삼다니…….

그 후로 한동안 침묵이 이어졌다. 고기를 써는 소리만이 희미하게 울려 퍼졌다.

잠시 후, 아이가 느닷없이 입을 열었다.

"소라 긴코와 사귀는 거야?"

"푸웁!!!"

고기가 목에 걸려서 죽을 뻔했다.

"쿨럭! 커억…… 가, 갑자기 무슨 소리를 하는 거야?!"

"아무래도 정곡을 찔렸나 보네."

"사, 사귀지 않아……. 아직은……."

"아직은? 앞으로 그렇게 될 가능성도 있다는 거야?"

"가, 가능성은 있잖아? 어떤 일에든 말이야."

"…………."

아이는 고개를 숙이더니, 아무 말 없이 뭔가를 생각하는 듯한 반응을 보였다.

"맞아……. 그 어떤 일에도 가능성은 존재해."

메인 고기 요리를 다 먹은 아이가 나이프와 포크를 내려놨다.

"뭐, 됐어. 그것보다 상의할 일이 있는데 말이야."

"내가 답해 줄 수 있는 일이면 좋겠네."

아까 같은 기습은 사양하고 싶다.
접시가 정리되고, 디저트와 식후 커피가 나오자, 아이는 그 『상의』 내용을 입에 담았다.
"더 일찍 태어났더라면…… 하고, 생각한 적 없어?"
그것은 뜻밖의 말이었다. 적어도 야샤진 아이가 한 말치고는 다소 위화감이 있었다.
"세대론이야? 너답지 않은 약한 소리인걸."
"명인이 타이틀 100기를 달성했다는 건, 다른 100명이 타이틀 보유자가 될 가능성을 짓밟았다는 걸 의미해."
아이는 내 농담을 무시하며 말을 이어갔다.
"100명이 행복해질 수 있다…… 그 가족과 관계자를 포함하면 수천 명이나 되는 사람이 행복해질 가능성을, 그 악마는 먹어 치우며 강해진 거야. 그런 남자가 국민영예상을 받다니, 웃기지도 않아. 이 나라 사람들은 하나같이 머리가 비었어!"
아이는 장기의 신을 모욕하는 발언을 주저 없이 입에 담더니, 잘못한 듯한 기색도 없이 디저트를 먹었다.
하아…….
뭐, 어쩔 수 없을 것이다. 이 말괄량이 같은 성격을 유지한 채로 성장시킨 건 그편이 강해질 거란 확신이 있기 때문이기도 하지만, 최종적으로는 내 취향이다.
커피로 마음을 진정시킨 나는 애제자의 질문에 답했다.
"명인의 전성기가 언제인지는 논란의 여지가 있지만, 나는 그 사람과 대국할 수 있는 타이밍에 기사가 되어서 행복해."

"다른 시대에 태어났다면, 더 편하게 타이틀을 딸 수 있지 않았을까?"

"설령 딸 수 있더라도, 그 장기는 명인과 두는 것보다 완성도가 낮아. 나는 후세에 자신의 이름을 남기는 것보다, 멋진 기보를 남기고 싶어."

"그리고 영원히 패배자로 기억되겠네."

"그, 그건 아직 모르는 일이잖아……. 일단 명인 상대로도 패보다 승이 많고……."

"명인만이 아니야. 소프트가 인간보다 약했던 시절이라면, 훨씬 심플하게 장기판을 볼 수 있었잖아? 프로 기사인 자신의 존재가치에 의문을 품지 않아도 될 거야."

"딱히 다를 건 없지 않아? 지금까지도 나보다 강한 녀석이 있는 걸 당연하게 여겼거든."

"흐음…… 그럼 다음 질문을 할게."

"해 봐."

"누군가가 소중하게 여기는 것이 있고, 그것이 이 세상에 하나밖에 없다면, 너는 그것을 빼앗을 거야? 아니면 포기할 거야?"

"추상적이네."

"어려운 문제는 대부분 추상적이거든."

질문을 마친 아이가 남은 디저트를 향해 손을 뻗었다. 마치 타이틀전의 대국에서, 차례를 나에게 넘기듯이………… 어? 타이틀전?

그래…… 그런 거구나.

마이나비 일제 예선이 끝나고, 곧 여왕전 본선이 시작된다.

지난 기 도전자였던 아이는 본선부터 등장하며, 물론 연속 도전을 노리고 있을 것이다.

3연패를 했다고는 하나, 무패의 절대 여왕을 후수 상황에서 천일수로 몰아넣었던 아이는 현재 여류장기계에서 남들보다 앞서고 있는 2인자라 해도 과언이 아니다.

그것은 나와 명인의 관계에 가깝다.

압도적인 힘을 지닌 1인자를 상대로, 젊음만이 무기인 2인자가 어떤 심경으로 맞서면 될까? 일전의 선승제 승부에서 마음의 빈틈을 찔렸던 만큼, 이번에는 정신적으로도 만전의 준비를 할 생각이리라.

그래서 나와 사저의 관계를 캐묻는 것이다……는 지나친 생각일지도 모른다.

"확실히, 누군가가 가지고 있는 소중한 것을 빼앗는 건 마음에 부담이 돼. 나도 첫 용왕전에서 타이틀 탈취를 위해 장군을 걸었을 때, 상대방이 어떤 마음일지 약간 생각하기도 했어."

전야제에서 상대방의 가족을 보면, 그들이 머릿속을 스치는 순간이 있다.

아니, 어릴 적에도 그런 적이 있었다.

질 때마다 부모에게 혼나는 애와 뒀을 때. 초등학생 명인전 결승. 장려회 입회 시험.

나한테 진 누군가가 눈물을 흘렸다.

그리고 그런 일이 가장 많았을 때가…… 3단 리그다.

아카시 선생님처럼, 남에게서 빼앗는 것보다 남에게 주는 것을 선택한 사람도 있다.

하지만 나와 야샤진 아이는, 그런 삶을 살 수 없다. 사저도 마찬가지다.

장기 말고는 할 수 있는 것도, 하고 싶은 것도 없다.

그러니——.

“대국 중에는 그런 생각을 안 해. 그것이 나에게 진정으로 소중한 것이라면, 빼앗는 것을 주저한다는 행위 자체가 마음이 약하다는 의미일 뿐이거든.”

“너는 그걸 허락하는 거야?”

“허락? 그래. 그게 이 세상에 하나밖에 없고, 누구보다도 그것을 갈구한다면, 빼앗을 수밖에 없어. 당연하잖아?”

패배하면 아무것도 얻을 수 없다. 유일한 승자 말고는 전부 패배자이며, 2위는 최후에 진 자를 의미한다. 그것이 승부의 세계다.

——혹시…… 아이는 나를 격려해 주고 있는 건가?

문뜩 그런 생각이 들었다. 이야기를 나눌수록 투지가 샘솟고, 타이틀을 따고 싶다는 열망이 강해졌다.

“망설일 필요 없어. 승부의 세계에 망설임이란 말은 불순하거든. 오직 승리만을 추구하면 돼.”

“허를 찌르거나 기습을 해서라도 말이야?”

“그게 너만의 매력이잖아? 나는 좋아하는데. 그런 승부사 같은 면을 말이야.”

“훗…….”

검은 머리 신데렐라는 마음을 정리한 것처럼 미소 짓더니, 디저트를 한 스푼 떠서 내 입을 향해 내밀었다.
"방금 한 말, 나중에 후회하지 마."

☖ 신데렐라의 기습

"바닷가 바람이 참 상쾌하네……."
한여름 밤의 코베.
오사카 중심에서는 열대야가 이어지고 있지만, 이곳은 바닷바람이 불어서 지내기 좋다.
결혼식장 정면의 기나긴 계단을 둘이서 나란히 내려가며 기분 좋은 바람을 느끼고 있을 때…… 그 바람을 타고, 야샤진 아이의 목소리가 들려왔다.
"저기, 선생님."
"응?"
"소라 긴코와 만약 정식으로 사귀게 된다면…… 히나츠루 아이에게 말할 거야?"
"말해야 한다고 생각해."
나는 밤하늘을 올려다보며 한숨을 내쉬었다.
"어떨까? 말하면 어떤 반응을 보일 것 같아?"
"충격을 받을 게 뻔해."
"그, 그래?"
"응."

야샤진 아이가 딱 잘라 말했다. 그리고 이런 말을 덧붙였다.
"어린애도 사랑을 해. 여자애거든."
"그런 거야?"
"그래……."
히나츠루 아이가 나에게 특별한 감정이 있다는 건, 알고 있다.
하지만 그것은 사랑이라 부르기엔 너무 앳된 감정이 아닐까?
만약 본인이 사랑으로 여긴다면…… 분명 충격을 받으리라.
그런 생각을 하고 있을 때…… 나를 지그시 쳐다보던 야샤진 아이가 갑자기 입을 열었다.
"사부님."
"응?"
"넥타이가 또 삐뚤어졌어."
아이는 그렇게 말하더니, 내 넥타이를 향해 손을 뻗었다.
"응? 아, 미안해."
나 또한 아까와 마찬가지로 몸을 숙였다.
하지만 아이의 손은 넥타이를 지나치더니, 내 볼에 닿았다. 양손으로 감싸듯이…….
……어라?
그렇게 생각한 순간, 이미 일은 벌어졌다.

무방비하게 노출된 내 입술에, 아이가 재빨리 자신의 입술을 포갠 것이다.

© shirabii

그것은, 너무나도 순식간에 벌어진 일이자———완벽한 기습이었다.

"좋아해, 야이치."

입술을 뗀 아이는 속삭이듯…….

그러면서도 단호한 어조로 말했다.

"윽……?!"

그리고 깜짝 놀란 내가 무슨 말을 하기도 전에, 두 번째 기습을 감행했다.

그것은 동요한 상대를 녹아웃 시키기에 충분한 위력을 지녔다.

아이가………… 나한테, 키스를…… 했어?

게다가…… 나를 좋아한다고?!

놀리는 건가? 몰래 카메라 같은 거 아니야?

너무 의외의 전개였기에 그런 생각마저 들었다. 하지만…….

입술이 감촉이, 그 모든 것을 뒤엎었다.

"오, 오…… 오………….."

입술과 입술이 떨어진 순간, 나는 이미 투료 직전이었다.

그래도 겨우겨우 버티며, 저항을 시도했다.

"내 말 제대로 듣긴 한 거야?!"

"타이틀 보유자는 소라 긴코. 나는 도전자. 그런 거잖아?"

"그……그런, 거야?"

납득할 뻔한 나는 허둥지둥 부정했다.

"그래도 이러면 안 돼!"

"나이 차이가 신경 쓰여?"

"나이 차이가 아니라 나이 자체가 신경 쓰인다고! 너는 아직 열 살이잖아!"

"너는 소라 긴코를 몇 살 때부터 좋아했어?"

"윽……!"

"그렇지? 사랑에 나이는 상관없어."

틀렸다.

야샤진 아이의 준비는 완벽했다……. 생각해 보면 식사 전에 내 넥타이를 고쳐 맬 때부터 『기습』은 시작됐다.

아니! 그 전부터…… 넥타이를 나에게 선물했을 때부터, 이미…….

그, 그렇다면——.

"어, 언제부터…… 나를……?"

"글쎄? 언제부터일까?"

아이는 요사한 미소를 흘렸다.

그 말을 들으니, 나도 생각해볼 수밖에 없었다.

——언제지? 언제부터지?

처음 만난 그 순간? 아니면 내가 가족이 되어 달라고 말하고 그 손을 잡았을 때?

나만을 위해 장기를 뒀다고 말했던, 작년 내 생일?

함께 부모님 성묘를 갔던 그때는, 이미……?

그 순간, 나는 아연실색했다.

내 머릿속이 야샤진 아이로 가득 차버렸다.

겨우 열 살밖에 안 된 여자애한테, 완전히 농락당하고 말았다.

이, 이러면 안 돼!! 이 이야기를 계속 이어갔다간 이 아이 생각만 계속할 거야……!

"나는…… 사저하고도, 저기…… 했어. 이런 것을……."

"그런 말을 하면 내가 포기할 줄 알았어?"

아이는 내 넥타이를 확 잡아당기더니, 이마가 닿을 정도로 얼굴을 가까이한 상태에서 호전적인 표정을 지었다.

"유감이지만 말이야! 선생님이 나를 포기할 줄 모르고 눈치 없는 여자로 키웠어. 원망할 거면, 나를 이런 여자애로 기른 자기 교육 방침을 원망해!"

그렇게 말한 후, 내 넥타이를 놨다.

"으어……?!"

나는 균형을 잃으며 꼴사납게 엉덩방아를 찧었다.

"지금은 소라 긴코를 좋아해도 상관없어. 그 정도 핸디캡은 아무것도 아니야."

당당히 나를…… 이 세상 모든 것을 내려다보며, 야샤진 아이는 말했다.

하이힐 소리를 종소리처럼 당당히 울리며 계단을 내려가는 그 모습은, 열 살 소녀답지 않게 웅대하고…… 또한 아름다웠다.

"그 여자한테서 모든 것을 빼앗아 줄 거야."

그렇게 선언한 아이의 앞에, 아키라 씨가 운전하는 검은색 고급 차량이 소리 없이 정차했다.

"우선 여류옥좌전의 도전자가 되어서, 첫 타이틀을 거머쥐겠어. 그리고 다음 여왕전에서, 일전의 설욕을 할 거야."

날개처럼 긴 흑발을 휘날리며 나를 향해 돌아선 아름다운 도전자는, 요염하게 빛나는 눈동자로 나를 꿰뚫듯이 쳐다보며 말했다.

"그리고 마지막으로 너를 빼앗겠어. 각오해, 야이치."

그렇게 말한 신데렐라는 차에 타더니, 궁전 같은 식장에서 우아하게 멀어져 갔다.

유리 구두가 아니라…… 내 입술에 부드러운 감촉만을 남긴 채…….

☗ 사랑에 빠진 신데렐라

차에 탄 나는 최대한 평온한 목소리로 운전석에 있는 아키라에게 지시했다.

"두 시간 정도 적당히 드라이브해 줘."

"예."

아키라는 이유를 묻지 않으며 고속도로 입구로 차를 몰아갔다.

"좀 피곤하고, 아까 사부님과 둔 장기의 반성점을 체크하고 싶으니 잠깐 누울게. 집에 도착하면 깨워."

아키라가 묻지도 않았는데 그렇게 말한 나는 하이힐을 벗고 뒷좌석에 누웠다.

아까 일을 떠올렸다.

물론 장기가 아니다. 하지만, 야이치를 떠올리고 있는 건 사실이다.

"기습 성공…… 하지만, 다음 수가 생각 안 나……."

서둘러 집에 돌아갈 수는 없다.

왜냐하면 이렇게 가슴이 뛰고 있으니까.

왜냐하면 이렇게 얼굴이 뜨거우니까.

왜냐하면 이렇게 눈가가 촉촉해졌으니까.

왜냐하면 이렇게 입술이――.

"뜨거워……."

온몸이 뜨겁지만…… 입술은 화상이라도 입은 것처럼, 얼얼하게 느껴질 정도의 열기를 머금고 있었다.

그럴 리 없다는 것을 알지만, 입술에 상처가 난 건 아닐까 불안해졌다……. 그런 모습을 할아버님에게 보여드릴 수는 없으니까…….

"야, 이, 치."

그렇게 부른 순간의 입술 움직임을 잊지 않으려는 것처럼, 자기 귀에도 들리지 않을 만큼 작은 목소리로 읊조렸다.

이름으로 부른 건, 두 번째다.

몇 번이나 혼자서 연습한 덕분에, 실전에도 자연스럽게 말했다고 생각한다. 나는 서반부터 외통수까지 철저하게 작전을 짜는 타입이기에, 오늘 일도 전부 철저하게 계산하고 한 것이다.

그리고 기습은 성공했다.

하지만 딱 하나 뜻밖의 문제가 있었다.

"어쩌지……. 나, 야이치를, 너무 좋아해……. 가슴이 진정되지를 않아……."

지금도 심장은 가슴을 뚫고 나올 것처럼 뛰고 있었다.

좋아해. 사랑해. 그 말을 입에 담으며 행동에 옮겼더니, 더 좋아하게 되고 말았다. 앉아 있을 수 없을 만큼 야이치를 좋아하게 된 것을 깨닫고 말았다. 시트에 누워서 입술을 양손으로 감싼 채, 데굴거렸다. 아아아…… 좋아해……♡ 사랑한단 말이야……♡♡♡

그리고 나는…… 또 하나의 중요한 사실을 눈치챘다.

운전석에 앉은 아키라가 백미러를 통해 자신을 뚫어지게 쳐다보고 있다는 것을…….

"봤지……?"

천천히 몸을 일으키며 따졌다. 아키라는 앞을 바라보며 즉시 답했다.

"아뇨. 아무것도 못 봤습니다."

"거짓말하지 마! 그럼 왜 코피를 줄줄 흘리는 거야?!"

"그건 아가씨가 너무 사랑스럽기 때문이에요."

아키라는 곧장 답했다. 코피를 흘리며, 핸들을 쥔 채로.

"백미러를 떼!"

"아가씨. 이건 뗄 수가 없습니다만……."

"그럼 반대편을 봐! 절대로 이쪽을 보지 말란 말이야!!"

나는 뒷좌석에서 핸드백을 던진 후, 아키라의 사각지대인 운전석 뒤편에 숨었다.

집에 도착하기 전에 차량 블랙박스도 회수해야겠네.

왜 그렇게까지 하냐고? 뻔하잖아!

《코베의 신데렐라》가 뒷좌석에 누워서 양손으로 입을 감싸 발을 바동거리는 모습은…… 아무한테도 보여줄 수 없는걸!

☖ 바톤

『줄 게 있대이. 카가미즈 군, 미안하지만 시간을 좀 내주지 않긋나?』

키요타키 선생님에게서 그런 연락을 받은 건, 3단 리그의 마지막 전인 제16회전이 끝나고 일주일 후였다.

"잘 왔대이. 우선 한판 두지 않긋나?"

"한 수 배우겠습니다."

3단 리그가 시작된 후로 키요타키 도장을 멀리했던 나는 거의 몇 달 만에 선생님과 대국을 했다.

그리고 어쩌면…… 마지막 대국일지도 모른나.

그래서 진심을 담아 뒀다.

"……이제 끝이고마."

키요타키 선생님의 망루를 상대로 나는 정정당당히 싸웠고, 이겼다. 회심의 장기였다.

"음. 강하대이. 진짜 강하다 아이가. 프로와 비교해도 손색없을 기다."

"감사합니다."

"스승님의 성묘는 갔다 왔재?"

"예. 3단 리그가 시작되기 전에요."

내 스승님은 이미 이 세상을 떠났다.

내가 제자가 됐을 때는 이미 여든이 넘었으며, 실력도 연줄도 없이 미야자키에서 온 나를 제자로 받아준 유일한 기사였다.

가족도 없고, 눈에 띄는 실적도 남기지 못했지만, 그저 장기만을 쭉 사랑해 온 사람이었다.

아침부터 밤까지 나와 장기를 두면서, 항상 행복한 듯이 이렇게 말했다.

『장기의 신께서는 참 상냥하시구나.』

『어째서죠?』

『가족이 없는 나에게, 히우마 군을 주셨으니 말이다.』

내가 프로가 되는 것만을 고대하며 아흔이 되실 때까지 생을 이어가셨던 스승님은 내가 3단이 되고 8기 도중에 돌아가셨다.

3단 리그에서 내가 승률이 5할을 넘지 못했던 것은 그때뿐이다. 슬프고, 분해서, 장기에 집중하지 못했다…….

그리고 스승을 잃고 만 나는 새로운 스승을 골라야만 했다.

장려회 회원에게 스승은 신원 보증인의 역할을 겸하고 있다.

『그건 사양하겠습니다.』

하지만 나는 그 명령을 거역했다. 장려회 회원이 되고 처음으로 반발했다.

스승님의 제자 중, 장려회에 남아 있는 건 나뿐이다.

그리고 스승님의 제자 중에서 프로가 된 사람은 없다.

내가 스승을 바꾼다면, 스승님의 이름은 장기계에서 영원히 사라지고 만다. 스승님이 살아온 증거가 사라진다. 그래선 프로가 되어도 아무런 의미가 없다고 생각한 나는 고집을 부렸다.

『저 녀석은 건방져.』

『질서를 어지럽히는 녀석은 장기계에 필요 없어.』

압도적인 재능을 지녔다면 이야기가 달라졌겠지만, 나는 실력이 충분하지 않았다. 그대로 있다간 장려회에서 쫓겨나도 이상하지 않다.

하지만 어느 날을 경계로 그런 말을 듣지 않게 됐다.

이상하게 생각했지만――.

『제가 그의 후견인이 되겠습니더. 그러니 좀 봐주이소.』

키요타키 선생님이 주위 사람들을 설득했다는 것은, 한참 후에나 알게 됐다.

그 후, 나는 고립된 장려회 회원들에게 적극적으로 말을 걸게 됐다.

장려회 회원인 나 따위가 키요타키 선생님에게 보답할 수단은 없다.

선생님도 그것을 바라지 않으실 것이다.

그렇다면 키요타키 선생님이 하신 것을, 나 또한 아래 세대에게 전하자고 생각했다.

"그런데 선생님. 저에게 줄 게 있으시다고……."

"아, 맞대이."

키요타키 선생님은 약간 머뭇거리는 반응을 보인 후…….

"오래된 거라, 카가미즈 군 같은 멋진 젊은이에게 이런 걸 주면 폐가 될지도 모르긋다만……."

두근. 심장이 터질 듯이 뛰었다.

설마…….

"내가 4단이 될 때 맸던 넥타이대이. 받아 주그라."

선생님은 손에 쥔 넥타이를 나에게 내밀었다.

확실히 디자인이 낡고, 비싼 물건은 아니다. 하지만 지금까지 이것을 소중히 간직해 왔다는 것은 한눈에 알 수 있었다.

하지만 그 무엇과도 바꿀 수 없는 소중한 보물일 것이다.

"아니…… 바, 받을 수 없습니다! 이렇게 귀중한 것은. 저보다는――."

"야이치가 3단이 됐을 때 줄까 했는디, 결국 못 줬대이."

"예? 어째서……."

"가 교복은 넥타이를 매는 타입이 아니었다 아이가."

키요타키 선생님은 히죽 웃었다. 한 방 먹여 줬다는 듯한 표정이었다.

"중학생 기사도 문제가 있군요……."

"맞대이. 효자인지 불효자인지 모르긋다. 모처럼 소중히 간직해 왔는디……."

두 사람은 폭소를 터뜨렸다. 오래간만에 웃었다. 3단 리그가 시작된 후로 처음으로 폭소를 터뜨린 것 같았다.

그리고 자세를 고친 후, 나는 그 넥타이를 양손으로 받았다.

"감사히 받겠습니다."

"음."

바톤을 넘기듯, 키요타키 선생님은 내 손바닥에 넥타이를 뒀다.

만약 내가 4단이 된다면…… 그때는 이 넥타이를 제자에게 물려주게 될 것이다.

"카가미즈 군."

"예."

"긴코와의 대국에서는 전력을 다해 뒀으면 한대이. 내를 생각해 봐줄 필요 읍다."

"알고 있습니다. 목숨을 걸고 싸우겠습니다."

"내는……."

키요타키 선생님은 안경을 벗고 손으로 얼굴을 감싸더니, 뜻밖의 말을 입에 담았다.

"내는 지금도………… 긴코 때문에 후회하고 있대이."

"장려회에 들어가게 한 것, 때문인가요?"

"아니다. 장기를 가르친 것을 후회하고 있는 기다."

농담처럼 들리지 않았다.

진심으로 후회하고 있다는 것이 느껴졌다. 어째서지? 그렇게 소중히 길러 왔는데?

"예회가 있는 날이면, 전날부터 불안하기 그지없다 아이가. 아직도 그 여름이 생각나는 기다……. 긴코가 처음으로 장려회 시험을 쳤던 여름도, 이렇게, 더웠재……."

"선생님……."

아마 긴코가 장려회 시험에서 떨어졌던 일을 말하는 것이리라. 나는 그 현장에 없었지만, 지병 탓에 쓰러졌다고 들었다.

선생님의 말은 그것으로 끝이 아니었다.

이런 말을 덧붙이듯 입에 담았다.

"게다가 지금은, 다른 걱정거리도 있대이……."

"다른 걱정이라고요?"

뭔가 있다. 그것을 직감했다.

――키요타키 선생님이 진짜로 전하고 싶었던 것은, 어쩌면 이게 아닐까?

사실은 궁금했다.

하지만…… 그것을 듣는다면, 냉철한 마음으로 긴코와 싸우는 것이 더 어려워질 것이다. 나는 그 점을 두려워했다.

"키요타키 선생님."

"응?"

"오랫동안…… 정말 신세 많이 졌습니다."

나는 두 손으로 바닥을 짚으며, 고개를 깊이 숙였다.

잠시 뜸을 들인 후, 키요타키 선생님은 "후우……." 하고 한숨을 토하며 미소 지었다.

"부디, 건강을 유의하그라. 좋은 소식을 기다리겠대이."

상냥한 미소를 머금으며 그렇게 말하는 모습을 보고 스승님을 연상한 나는 무심코 고개를 숙였고…… 계속 그렇게 고개를 숙이고 있었다.

고개를 들었다간, 내 눈물을 본 키요타키 선생님이 또 걱정할 테니까…….

☗ 청춘의 전부

키요타키 선생님이 계신 방에서 나온 나를 누군가가 복도에서 불러 세웠다.

"아직 시간 있지? 따라와."

선생님의 외동딸인 케이카가 그렇게 말하더니, 나를 부엌으로 데려갔다.

그곳에는 갓 만든 따뜻한 요리가 있었다.

"먹고 가. 독 같은 건 안 넣었어."

"그게 더 무서운걸."

이 세상에서는 사람의 호의보다 무서운 게 없다.

나처럼 누구에게나 좋은 모습을 보여주고 싶어 하는 우유부단한 녀석일수록, 호의를 받으면 갚아주고 싶어 한다. 그 탓에 승부에서 비정해지지 못할 때가 있다는 것을 알면서도 말이다.

그리고 지금도 나는 좋은 모습을 보여주려 했다.

"마침 배가 고프던 참이야. 사양하지 않고 먹을게."

키요타키 케이카와는 15년 넘게 알고 지냈다. 그리고 처음 만났을 때부터 동질감을 느낀 사이이다.

'이름에 장기말이 들어가 있다' 는 점은 장기꾼에게 꽤 부끄러운 일이다. 그에 걸맞은 결과를 내놓지 못한다면 더욱 그렇다.

좌절을 경험한 케이카는 나의 그런 마음을 이해해 주는 몇 안 되는 동지였다.

"케이카는 여전히 밥을 잘하는걸. 좋은 아내가 되겠어."

"히우마는 여전히 말재주가 좋네. 애인이 더 맛있는 요리를 만들어 주지 않아?"

"한참 전에 헤어졌어."

"그랬구나……. 미안해."

"아냐. 내가 오히려 잘못했어."

케이카가 방금 말했다시피, 나한테는 오랫동안 버팀목이 되어 준 애인이 있었다.

장려회 회원에게 연애는 터무니없다……는 건 말뿐이며, 내가 3단으로 막 승단했을 즈음에는 애인이 있는 사람이 꽤 많았다.

오히려 요즘 젊은 멤버들이 연애에 흥미가 거의 없었다. 20대 프로 기사는 전원이 미혼이다.

왜냐하면 장기가 가장 중요하기 때문이다.

나나 이전 세대의 기사에게 장기란 자기실현의 방법이었다. 돈과 명예를 얻기 위한 수단이다.

하지만 지금의 젊은 장려회 회원은 장기만을 좋아하는 사람들이 대다수였다.

그런 녀석들은 장기 공부를 고생처럼 여기지 않기 때문에, 강하다.

연애와 돈벌이에 할애할 시간과 체력을 전부 장기에 쏟아붓기 때문에, 강하다.

그런 시대의 변화를 체험한 나는 이기지 못하면서 느낀 초조함 탓에, 자신이 진 원인을 바로 그 점에서 찾으려 했다.

오랫동안 자신의 버팀목이 되어 준 애인에게 이렇게 말했다.

"'너 때문에 진 거야.' 라고 말해버렸어. 정말 최악 아니야?"

비난당할 것이다. 그렇게 생각했다.

하지만 나는 케이카가 그렇게 해 주기를 바라고 있었다. 헤어진 애인과 케이카를 겹쳐 보며, 중요한 승부를 치르기 전에 조금이라도 죄책감을 덜고 싶어서…….

하지만 케이카는 나를 비난하지 않았다.

그 대신 안타까운 미소를 머금으며, 이렇게 말했다.

"부럽네."

"뭐?"

"그야 그 여자는…… 장기와 비교된 거잖아?"

"윽…………!!"

그 뜻밖의 말을 들은 순간, 무심코 젓가락을 놓쳤다.

"나는 히우마가 장기에 청춘을 전부 바친 걸 알아. 그건 정말 대단한 일이라고 생각해. 나는 한번, 그걸 관뒀으니까…… 그래서 진심으로 존경하는 거야. 장기에 일편단심인 히우마를."

쭉 마음에 박혀 있던, 차가운 가시.

그 가시 중…… 하나가, 쑥 빠졌다.

"잘 먹었어. 덕분에 몸이 따뜻해졌네."

"그렇게 말해 주니 고마워. 귀중한 시간을 빼앗으면 안 된다는 생각이 들긴 했어. 하지만 답례를 하고 싶지 뭐야."

"키요타키 도장에 참가한 것 말이야? 하지만 그건 나도——."

"그건 아빠가 직접 답례를 했지? 나는 다른 건이야."

다른 건? 그게 무슨 소리지?

"긴코가 말했어. '히우마 오빠가 드디어 자기를 인정해 줬다.' 라하고 말이야. 그렇게 기뻐하는 걔 표정은 참 오래간만에 봤다니깐."

"그랬구나……. 그럼 그 애한테 이 말을 전해 줘."

넥타이를 움켜쥔 손에 힘을 주며, 나는 말했다.

"3단 리그 마지막 날은 진정한 사투가 벌어질 거야. 죽고 싶지 않다면 그런 어리숙한 생각을 버리라고 말이야."

☖ 떠나는 날

"그럼 다녀올게."

제자가 만든 맛있는 아침을 먹은 후, 나는 어젯밤에 챙겨둔 짐을 들고 현관으로 향했다.

짐이라고 해 봤자 기모노를 비롯해 부피가 나가는 것들은 택배로 보냈기에, 가방 하나뿐이다.

오늘은 이제부터 신 오사카에 가서 관계자와 합류한 후, 제위전 첫 대국이 펼쳐지는 도쿄의 호텔로 이동할 것이다.

강아지처럼 내 뒤를 따라온 아이는 일어난 후로 몇 번이나 했던 말을 또 입에 담았다.

"역시 저도 같이 가고 싶어요!"

"그건 안 돼. 의무 교육 중에는 학교를 우선해야 하잖아……. 아이는 아직 초등학생이니 말이야."

이동, 검사, 전야제로 스케줄이 가득 찬 오늘은 목요일이다. 평일인 것이다.

지금은 9월이다. 여름 방학은 이미 끝났다. 대국 첫날이 금요일이며 둘째 날이 토요일이니, 둘째 날 보드 해설에는 참가할 수도 있을 것이다. 하지만 왕복 여섯 시간이 걸리는 여정은 초등학생에게 큰 부담이다.

"2차전은 코베, 3차전은 카나자와잖아? 그래서 야샤진 아이가 두 번째 대국의 보드 해설, 네가 세 번째 대국의 보드 해설을 맡는 걸로 납득한 것 아니었어?"

"저는 전부 같이 가고 싶어요!"

"하하. 욕심쟁이네."

제위전은 주말에 치러지기도 하지만, 그 전후에 이동하는 시간을 포함하면 나흘이 걸린다.

학교를 쉬는 것도 최소한으로 줄여야만 한다.

모든 대국에 전부 동행하는 건 어렵다.

그것은 아이도 알고 있을 테지만…….

"전에 의논했을 때는 이렇게 하기로 납득했잖아? 오히려 카나자와에 가게 된 걸 기뻐하지 않았어? 그런데 왜 갑자기 전부 동행하고 싶다는 억지를 부리는 거야?"

"그게…… 사부님은 누가 곁에 없으면, 엉망이 되니까……."

으음. 진짜 신용이 없네.

하지만 자업자득이기는 해. 용왕전 때, 아이가 없었다면 네 번째 대국에서 져서 타이틀을 빼앗겼을 거야.

그때, 나는 아이를 집에서 쫓아냈다. 사저가 집에 와도 함부로 대했다.

그런데도 아이는 나를 버리지 않고 내가 좋아하는 음식을 만들어 줬고, 자기가 만들었다는 걸 숨기면서까지 가져다줬다…….

——그런 꼴사나운 실패를 반복할 수는 없다.

그러니 나는 아이를 안심시키기 위해 밝게 행동했고, 타이틀전도 최대한 언급하지 않으려 했다.

그런데…… 오늘 갑자기 왜 이러는 거지?

"안 돼요! 아이도 따라갈 거예요!!"

문 앞으로 이동한 아이가 개미핥기처럼 양손을 펼치며 나를 막아서더니, 울먹거리며 그렇게 외쳤다.

그리고 뜻밖의 이유를 입에 담았다.

"소라 선생님이 저한테 말했어요. '야이치를, 잘 부탁해.' 라고요……."

"뭐?!"

사저가…… 아이에게, 그런 말을……?

"여름 축제 날, 초등학교에서 그렇게 말했어요. 저는 소라 선생님이 축제를 망치러 왔다고 생각했어요. 아이가 다른 사람의 힘을 빌려 기획한 것보다, 소라 선생님이 그냥 모습만 보이면 더 많은 손님을 모을 수 있다는 걸 과시하러 왔다고……."

실제로 그런 소동이 일어났으며, 사저는 아이 상대로는 어른스럽지 못한 행동을 보였다.

그래서 나도 한순간 그렇게 생각했지만——.

"하지만 그렇지 않았어요! 그 사람을 사부님을 생각해서…… 예회 직후라 피곤할 텐데, 분위기를 망치지 않게 머리까지 세팅하고 온 거예요!"

조그마한 손으로 가슴을 움켜쥔 아이의 눈에 눈물이 어렸다.

"아이는, 그런 말을 못 해요……. 사부님의 시중을 다른 사람에게 맡긴다면, 사부님의 곁에 저 말고 다른 사람이 있다면…… 가슴이 아플 거예요……."

"…………."

"하지만 소라 선생님은 아이와 같은 심정일 텐데도…… 아이를 인정해서, 사부님을 맡겨 줬어요……."

눈가에 눈물이 맺힌 아이가 소리쳤다.

"그러니 이번에는 아이가 그 마음에 답하고 싶어요! 사부님이 이길 수 있도록, 최선을 다해야만 해요! 소라 선생님이 인생에서 가장 중요하고 가장 힘든 대국을 마음 놓고 치를 수 있도록! 안 그러면…… 안 그러면, 아이는 영원히 소라 선생님을 따라잡을 수 없어요! 같은――――."

바로 그때, 아이는 말을 잠시 멈추더니…….

"같은………… 기사로서……."

"아이……."

나는 지금까지, 아이를 어린애 취급해서…… 아무것도 이야기해 주지 않았다.

사저에 관해서도, 야샤진 아이에 관해서도, 그리고 이제부터 치를 타이틀전에 대해서도…….

이 소녀가 상처 입지 않게 하려고 혼자 이리저리 궁리했을 뿐, 이 소녀의 마음을 물어보지 않았다.

그런 나의 태도가 아이에게 상처를 주고, 불안하게 했다.

아이는 여류기사로서 어엿하게 성장했다.

아직 초등학생이지만, 기사로서는 이미 나나 사저와 대등하게 장기판을 사이에 두고 마주 앉는 관계다. 그렇기에——.

"아이. 그래도 너를 데려갈 수는 없어."

나는 혼자 가기로 했다. 전장에서 또 이 소녀에게 어리광을 부리지 않도록…….

"사부님……!"

고통을 참는 듯한 표정을 지은 아이가 무슨 말을 하려는 듯이 입을 열었다.

하지만 나는 그 전에 아이의 손을 잡았다.

그리고 그 자그마한 손을, 내 가슴에 살며시 댔다.

깜짝 놀라며 말을 삼킨 애제자에게, 나는 이렇게 말했다.

"같이 가지는 못하지만…… 아이는, 여기 있어."

"윽……!"

"방송으로 내 장기를 봐 줘. 그 장기 안에, 아이가 있을 거야."

이걸로 전해졌을까?

방금 한 말로, 아이의 불안을 씻어내 줄 수 있을까? 마음 놓고, 예전처럼 환하게 웃어 줄까?

느껴 줬을까? 내 안에 있는…… 절대로 변하지 않을, 아이와의 유대를 말이다.

기나긴 침묵 끝에——.

"알았어요……."

그렇게 말한 아이는 나무 사이로 쏟아져 내리는 햇살 같은 미소를 지었다.

그것은 최근에 이 소녀가 짓던 어른스러운 미소와 달랐다.

하지만 예전의 순진무구한 어린애 같은 미소도 아니었다. 처음 이 집에 왔을 때보다도, 아주 조금 성장한 것이다.

"다녀오세요, 사부님!"

"다녀올게, 아이!!"

드디어 보게 된 제자의 진짜 미소에 배웅받으며, 나는 향했다.

결전의 땅으로.

☗ 삭발

"후하하하하하하하! 잘 왔구나, 드래곤 킹이여! 하지만 짐이 칸토 소속이 된 이상, 네놈에게 더는 타이틀을 넘겨주지 않을 것이니라! 자아! 내 품에서 숨을 거두거라!!"

따악☆

나는 마리아 양의, 머리카락을 경단 모양으로 말아둔 부위에 꿀밤을 날렸다. 살며시 말이다.

"이, 이게 무슨 짓이냐? 때, 때렸어? 어, 방금 때렸지?! 머리에 꿀밤을 날렸지?! 마스터한테도 맞은 적 없는데!!"

"장려회 회원은 장기계 전체가 교육해. 입회한 만큼, 앞으로는 봐주지 않을 거야."

"회, 횡포이니라! 체벌! 타이틀 보유자가 체벌을 하는 것이냐! 주간지에 확 터뜨려, 아얏?!"

따악☆

이번에는 친오빠가 마리아 양에게 꿀밤을 날리더니, 고양이처럼 목덜미를 잡고 들어 올려서 꼼짝도 못 하게 했다.

"못난 동생이 실례를 범했군."

"뭐, 괜찮아. 그리고 합격 축하해."

대국장에 도착한 나를 정면 현관에서 맞이해 준 사람은 칸토 장려회에 입회해서 장기계의 일원이 된 칸나베 마리아 양이었다.

그리고 그 뒤편에는 부 입회인인 칸나베 아유무 7단, 그리고 두 사람의 스승인 샤칸도 리나 여류명적도 있었다. 아무래도 로비에서 차를 마시고 있었던 것 같았다. 엄청 눈에 띄는걸.

이 호텔의 애프터눈 티 세트는 유명하긴 해.

광대한 정원과 전통 결혼식도 가능한 고품격 일본식 방도 있는 이곳은 메이지 유신의 공로자가 별장으로 쓰려고 지은 저택을 호텔로 개조해 만든 건물이다. 도쿄 중심부에 있어서 기사도 모이기 쉽기에, 타이틀전의 개막 대국을 두기 좋은 곳이다.

그래서 한쪽 다리가 불편한 《이터널 퀸》도, 두 제자의 어엿한 모습을 지켜보기 위해 이곳에 온 것이다.

나는 축하 인사를 건넸다.

"샤칸도 씨, 축하드려요. 마리아 양이 2차 시험을 전승으로 통과해서, 올해 최연소 합격자가 됐다죠?"

"음…… 짐도 다소 놀랐느니라."

약간 당혹스러운 표정을 지은 샤칸도 씨가 들고 있던 스콘을 불안한 듯이 매만지면서 말을 이었다.

"설마 이제 와서 새로운 제자를, 그것도 여자애를 들이게 될 줄은 생각도 못했지……. 시험 당일에는 다리를 질질 끌면서 츠루오카 하치만구에 가서, 승리 기원을 했느니라……. 다른 사람도 아니고 짐이 신에게 매달린 게지. 하하. 비웃어도 되느니라."

"당치도 않습니다! 마스터의 신보다 넓고 깊은 상냥한 마음 덕분에 합격한 거예요! 제 못난 동생에게는 과분할 정도입니다……!"

스승을 여신처럼 숭배하는 아유무는 즉시 그렇게 말하며 점수를 땄다.

그럼 나도 절친의 편을 들기로 할까.

"멋진 일문이라고 생각해요. 저와 사저가 키요타키 사부님의 제자가 됐을 때가 생각나네요."

"그건 참 기쁜 말이구나. 코스케 씨처럼 될 수 있도록, 짐도 최선을 다하겠노라."

"하지만 이렇게 보면 아유무의 동생이라기보다, 샤칸도 씨와 아유무의 딸 같네요~."

"훗…… 어른을 놀리지 말거라, 젊은 용왕이여."

샤칸도 씨는 내 말을 웃으며 흘려넘겼고, 아유무는 그런 스승의 얼굴을 묵묵히 응시했다.

마리아 양은 그런 아유무와 샤칸도 씨 사이에 끼어들어서 두 사람의 손을 잡더니…….

"마스터! 셋이서 기념 촬영을 해요! 자, 드래곤킹. 이 몸의 스마트폰으로 사진을 찍거라. 옆에서 말이다."

따악☆

"예정보다 이르지만 전원이 모였군. 그럼 검사를 시작해 볼까요."

정입회인인 나타기리 진 8단이 그런 제안을 하자, 다들 대국실로 이동하게 됐다.

이럴 때, 대국자들이 접근하지 못하도록 관계자들이 주위를 둘러싸서 두 사람을 떼어놓는다.

내 옆에는 긴 머리카락을 올려묶은 여자 관전 기자가 있었다.

"쿠즈류 선생님. 오키토 제위와 첫 대국인 걸로 아는데, 오늘을 위해 어떤 대책을 세우셨죠? 전에는 봉함수를 중요한 포인트로 언급하셨습니다만……."

나는 그 질문에 질문으로 답했다.

"……왜 칸사이 기자가 도쿄에서 벌어지는 대국의 관전기를 맡는 거죠?"

"제위전 게재지는 지방 신문사 연합입니다. 그 다섯 신문사에 우리 가문의 자본이 흘러 들어가고 있기 때문일까요?"

"…………."

"그리고 덧붙여 말하자면, 이 호텔은 원래 메이지 유신 때 에도 막부를 정벌하러 온 선조——."

"알았어요. 알았다고요."

이래서 귀족 가문 아가씨는 정말…….

"하아. 그러고 보니 일전에 명인과 저의 도전자 결정전 때도 있었죠? 칸사이 소속이면서 칸토의 특별 대국실에 있었잖아요……. 대체 왜 그렇게까지 하는 거예요?"

"누구보다 가까이에서 보고 싶기 때문입니다. 장기의 역사가 변하는, 그 특이점을 말이죠."

"……!!"

"로봇 팔과 프로 기사가 대치하는 형식적인 『소프트 대 인류』가 아니라, 진정한 의미에서 기술적 특이점을 이 눈으로 관측해서 기사로 쓴다. 그게 저의 현재 목적이에요."

기술적 특이점, 싱귤래리티(Singularity).

인공지능이 인류를 대신해 문명 진보의 주역이 되는 것.

장기란 문화를 짊어진 존재가 인간에서 기계로 바뀌는 순간…… 그것은 기계가 장기를 두는 대국이 아니라 인간과 인간이 대국하는 상태에서 비로소 일어난다는 것을, 이 사람은 이해하고 있다.

"취재는 얼마나 진척됐나요?"

"글쎄요? 이 대국이 마지막을 장식할지도 모르겠군요."

지난번 A급 순위전에서 오이시 씨와 오키토 씨가 대국할 때도 쿠구이 씨가 관전기를 담당했고, 추가 취재를 거부한 오키토 씨에게 매달린 바가 있었다.

세간의 화제는 국민영예상을 수상한 명인, 사상 첫 여자 프로 기사가 될지도 모르는 사저, 초등학생 기사 탄생을 기대받고 있는 소타에게 쏠리고 있다.

하지만 소프트가 등장한 후…… 장기계의 중심에 있었던 건, 바로 이 사람이다.

오키토 요우란 프로 기사가 컴퓨터에게 졌을 때, 모든 것이 시작됐다.

종언이, 시작된 것이다.

그 인물과 처음으로 장기판을 사이에 두고 마주 앉은 내가 느낀 건, 기묘한 위화감이었다.

장신에, 호리호리한 체구. 그리고 등까지 기른 긴 머리카락.

승부사라기보다 대학의 연구자 같은 외모를 지닌 오키토 요우 제위를 정면에서 보며, 나는 틀린 그림 찾기를 하듯 그 위화감의 정체를 찾았다.

"아…… 안경이구나."

예전에 쓰던 안경을 벗었다. 나처럼 대국 때만 쓰는 걸까? 콘택트렌즈를 끼면 눈이 건조해지기 때문에 싫어하는 기사도 많다. 합리적인 오키토 씨라면 라식 수술이라는 수순을 골랐을 것 같은데————.

"…………왕? 용왕? 장기말은 이걸로 괜찮겠습니까?"

"예?! 아, 예! 괜찮아요!!"

제위전 관전 기자가 장기말 확인을 요청하자, 나는 허둥지둥 동의했다.

큰일날 뻔 했다.

아무리 상대가 신경쓰이더라도, 장기판 앞에서 의식이 산만해지는 건 좋지 않다.

그 후에도 방석과 조명 등을 확인했다.

"…………."

오키토 제위는 희미하게 고개를 끄덕일 뿐, 아무 말도 하지 않았다.

결국 한마디도 하지 않은 채 사전 검사를 마친 그는 스마트폰을 입회인에게 맡긴 후, 자기 방으로 들어갔다.

——예전에는 말이 좀 더 많았던 것 같은데…….

내일부터 이틀 동안 저 사람과 한 방에서 계속 지내야 한다. 무슨 일이 일어나더라도 대국 중에 동요하지 않도록, 저 종잡을 수 없는 상대에 관한 정보를 더 얻고 싶다.

이 자리에 있는 이들 중에서 오키토 씨와 관련이 있을 만한 사람이…… 있다.

"나타기리 씨. 이게 제 스마트폰이에요."

"예. 맡아두겠습니다."

건네받은 내 스마트폰을 몇 초 동안 의미심장한 눈길로 바라본 나타기리 씨가 말했다.

"여기에 내 전화번호를 등록해두면 되는 거지?"

잠가뒀으니까 부질없는 짓이라고.

"그러고 보니 나타기리 씨는 오키토 씨와 장려회 시기가 겹쳤던 적이 있죠?"

"잠시지만 말이야. 그는 슈퍼 엘리트였거든."

장려회에서 고생했다는 《쌍칼잡이》는 머나먼 수행 시절을 떠올리는 듯한 어조로 말했다.

"그는 홋카이도 출신이라, 야마가타 출신인 나보다 훨씬 먼 곳에서 장려회에 다녔지. 겨울에는 폭설 때문에 예회를 쉰 적도 몇 번 있었을걸? 그래서 원래 혼자서 공부를 하는 버릇이 생겼을 거라고 생각하는데……."

나타기리 씨는 그 후로 말을 잇지 않았지만, 그가 하고 싶은 말이 뭔지는 이해가 됐다.

"그러고 보니 이번에는 히나츠루 양이 같이 오지 않은 거야?"

"학교에 다녀야 하니까요……. 아이한테 볼일이 있어요?"

갑자기 제자가 언급되어 놀랐지만, 그러고 보니 이 사람은 『키요타키 도장』에서 아이와 장기를 둔 적이 있어.

"그게 말이지. 그 애의 최근 기보를 보고 매우 감동했거든! 소프트도 해낼 수 없을 만한 것을, 그렇게 조그마한 애가 해내고 있잖아! ……그래서, 문뜩 이런 생각이 들었어."

수행 동료가 홀로 사라진 복도 너머를 응시하며, 프로가 되고도 누구보다 노력해온 남자가 쓸쓸히 말했다.

"좀 더 일찍 그 애가 나타났다면…… 이렇게는 되지 않았을 거라고 말이야."

그것이 오키토 씨만을 가리키는 말인지, 아니면 소프트에 지배되어 가는 장기계를 가리키는 말인지, 나는 분간이 되지 않았다.

오키토 씨는 당연하다는 듯 전야제에서 한마디도 하지 않았다.

"저기…… 나타기리 씨? 스케줄에 『두 대국자의 연설』이 들어 있지 않은데요?"

"응. 없어. 오키토 제위가 희망했거든."

"진짜인가요?! 그게 돼요?"

"옥장전도 그렇게 했다던데? 오이시 군도 연설 같은 걸 질색하거든."

나도 연설을 잘하는 편이 아니지만…… 기껏 써 왔는데…….

두 대국자는 일찌감치 방으로 돌아갔지만, 그래도 '집이 엄청 근처라서요~.' 라며 불쑥 참가한 로쿠로바 타마요 여류 2단의 대활약과 마리아 양의 자기소개 덕분에 전야제 자체의 분위기는 좋았다고 한다. 원래 대국자는 장식이나 다름없으니까 말이야.

아무튼, 별다른 사건도 없이 대국일을 맞이하게 됐다.

그리고 다음 날 아침.

도전자로서 예의를 지키기 위해 일찌감치 대국실에 들어선 나는 대국 개시 15분 전에 딱 맞춰 나타난 오키토 제위를 보고, 자리에서 펄쩍 뛰었다.

"헉?!"

무심코 그런 소리를 내고 말았다.

그것도 그럴 것이——.

"""어!!"""

대국실에서 제위가 나타나기를 기다리던 나 이외의 사람들도 비슷한 반응을 보였다.

그것도 그럴 것이――――――――!!

등에 닿을 정도로 길었던 오키토 씨의 긴 머리카락이, 싹둑 잘려 나간 것이다.

아니…… 이것은 '잘랐다' 기보다 '밀었다' 에 가까웠다.

장례식에 참가하듯 문양이 새겨진 칠흑색 전통 예복을 입은 대머리의 제위가, 마치 아무 일도 없었다는 듯이 상석에 앉아서 예를 표하더니, 장기말함을 향해 손을 뻗었다.

"…………."

아무 말 없이 고개를 숙일 때 보였던 오키토 씨의 푸르스름한 두피는 마치 도깨비불처럼 불길했다…….

제위의 등장과 동시에 "어엇?!" 하고 비명을 지른 마리아 양은 공포에 질린 채 방구석에 있는 샤칸도 씨의 등 뒤에 숨었다.

등장한 순간의 임팩트에서 벗어난 주위 사람들이 술렁거렸다.

"일전의 총회에서 개정된 새로운 규정에 따르면, 사전 검사 후에는 호텔 부지를 벗어날 수 없는데……."

"그렇다면…… 전야제 후에 직접 머리를 민 건가?! 자기 방에서?!"

"……전대미문의 일 아닌가요?"

"아, 아니…… 머리를 민 전례는 있긴 한데……."

확실히 전례는 있다.

명인전 도전자가 머리를 밀고 등장한 『삭발 대국』은 쇼와 시대 장기계를 대표하는 사건 중 하나로 여겨진다.

하지만 그것은 도전자가 기합을 넣기 위해 한 일이다.

타이틀 보유자간의 대결이라고 해도, 오키토 제위는 타이틀을 지키는 입장이다. 게다가 나보다 훨씬 선배다.

허세를 부리려고 저런 거라면…… 장기 기사의 도의에서 벗어나는 행위로서, 비판의 대상이 될지도 모른다.

오키토 씨가 그런 위험 부담을 떠안을 리가 없다.

하지만 그와 동시에, 이 사람이 『기합』 같은 것을 위해 스킨헤드를 했을 거라는 생각도 들지 않았다.

——오히려………… 깎아낸, 느낌이야.

주위의 동요 같은 건 산들바람만큼도 개의치 않으며 장기말을 배치하는 오키토 씨를 뒤따르며, 나는 자신이 압도당했다는 것을 의식했다.

이런 짓을 한 이유가 만약, 내 예상대로라면…….

——아유무에게는 '머리에 전극이라도 꽂지 않는 한 놀라지 않겠다' 고 말했지만…….

이것은 전극에 버금가는 충격이었다.

"그럼…… 선후수를 정하겠습니다."

정입회인인 나타기리 8단이 완전히 넋이 나간 기록 담당을 재촉했다.

"오, 오키토 제위가 앞면인 보입니다."

기록 담당이 장기말을 공중으로 던졌고——.

그것이 떨어지기 직전, 오키토 씨는 작게 중얼거렸다. 그것은 내가 이곳에 와서 처음으로 들은, 대국 상대의 목소리였다.

"…………보 다섯."

"어?"

장기판 건너편에 있는 나에게만 들릴 조그마한 목소리였지만…… 분명 그렇게 말했다.

그리고 비단 천 위에 떨어진 장기말을 기록 담당이 확인했다.

"보가 다섯이니, 오키토 제위의 선수입니다."

"윽……?!"

나는 무심코 오키토 씨의 얼굴을 쳐다보았다.

머리를 밀었고, 볼은 핼쑥한, 모든 불순물을 떼어낸 듯한 그 표정은, 마치 수행승 같아 보였다. 기묘할 정도로 거대해 보이는 두 눈만이 찬란히 빛나고 있었다.

허세나 겉치레가 아니다.

아마…… 오키토 씨는 눈의 상태와 반사신경을 확인했을 것이다. 낙하 직전의 장기말 다섯 개에 새겨진 문자마저 정확하게 읽을 수 있는지 시험했다.

거기서 도출된 결론은 하나다.

——감각만이 아니다. 신체적으로도 기계와 인간의 차이를 메우려 하고 있다.

불필요한 것을 깎아내기만 한 것이 아니다.

자신의 육체마저 개조하는 그 각오가, 나의 내면에 남아 있던 물러 터진 부분을 호되게 꾸짖었다.

——이렇게까지 하는 건가…….

인지를 초월하려 하는 상대와 대체 어떻게 싸워야 할까? 어떻게 해야 이길 수 있을까?

——겁먹지 마!

나는 무심코 가슴에 손을 댔다.

그 대답은, 이 안에만 존재하는 것이다.

☖ 밀담

전형은 각교환이었다.

"빠, 빨라……?!"

첫수부터 36수까지는 오키토 씨와 내가 제한 시간을 전혀 쓰지 않으며 내달렸다. 기록 담당은 이 빠른 전개에 당황한 듯이 그렇게 말하더니, 기보 기록을 포기하며 태블릿에 표시된 장기말을 옮기는 데만 집중했다.

"저기, 으음…… 퇴, 퇴실 부탁드립니다! 퇴실해 주세요!"

담당 기자의 당혹스러운 목소리가 들리더니, 보도진이 불만을 드러내며 퇴실했다.

타이틀전은 두 수 때까지 사진 촬영이 허용되기 때문에, 보통 첫수는 느긋하게 둔다. 옛날에는 장기판에 말을 두는 포즈를 몇 번이나 취해야 하기도 했다고 한다.

하지만 전야제 연설마저 거부한 오키토 제위는 보도진을 배려할 리가 없었다. 애초에 이 사람의 머릿속에는 눈앞의 장기 이외에 할애할 리소스가 존재하지 않을 것이다.

두 눈을 부릅뜨고 장기판과 마주한 그 모습을 보면 일목요연했다.

"퇴실 부탁드립니다! 조용히 나가 주세요!"

하다못해 오키토 씨의 머리라도 촬영하려 하는 보도진이 끝까지 셔터를 눌러댔다.

아마 저 사진이 공개된 순간, 장기계…… 아니, 일본 전체가 엄청난 혼란에 빠질 것이다.

하지만 그런 혼란은 장기판 위와는 아무런 상관이 없다.

드디어 조용해진 대국실에서, 나와 오키토 씨는 빠르게 장기말을 번갈아 옮겼다.

"각교환, 걸상, 은(銀)……의 신형, 동형."

대국 개시 때부터 장기판 옆을 지키며, 마치 찰싹 달라붙은 듯한 태세로 취재를 이어가는 관전기자 쿠구이 씨가 불쑥 그렇게 중얼거렸다.

의외이기도 하고, 예상대로이기도 하다. 그런 느낌이었다.

——오키토 씨가 선수면 더 이상한 수를 둘 거라고 생각한 걸까?

하지만 나는 이렇게 될 거라고 예상했다.

부모님 얼굴보다 많이 본 전형이다. 그만큼 유행하고 있지만, 그만큼 깊이 연구된 현재는 선후수 양쪽에게 불리한 수순이 다섯 가지 정도 존재한다.

그래서 유행이 이어지고 있다.

선수에게는 선수의 이점이, 후수에게는 후수의 이점이 있다. 만약 한쪽만이 유리해지는 국면이 있다면, 불리해지는 쪽이 피하면 그만이다. 그러면 프로의 대국에서 그 전형을 볼 일이 없다.

"음……!!"

나는 손가락을 놀려서, 각교환 걸상 은(銀) 신형 동형의 문제 국면에 도달했다.

소프트도, 인류도, 여기까지는 『호각』이라고 판단한 국면.

후수인 내가 36수째에 은(銀)을 올려 보(步)를 걸상으로 삼듯 앉히자, 오키토 씨는 몸을 앞으로 숙이고 있던 자세를 풀며 제한 시간을 사용하려는 태세에 들어섰다.

여기서부터는 『전례』가 있지만, 정석이 만들어지진 않았다.

"휘유우우우우우우우우우…………————————."

조용하던 실내에 피리 같은 고음이 울려 퍼졌다.

입을 모으며 가늘게 숨을 내쉰 오키토 씨는 망망대해 같은 이 국면에서 사고회로를 응집시키고 있었다.

저 호흡은 컴퓨터의 팬이 고속으로 회전할 때 같은 괴기한 소리를 자아내고 있다.

나는 화장실에 가기 위해, 처음으로 자리에서 일어났다.

"휴……."

대국실을 나서서 조금 걸은 후, 나는 그제야 한숨 돌렸다. 화장실은 긴 복도 끝에 있다.

아무도 없는 뒤를 돌아보며…….

"방에서 꽤 멀어졌는데…… 여기서도 들리는 것 같네……."

오늘 오키토 씨의 집중력은 정상이 아니었다. 아니, 모든 것이 정상이 아니었다.

정석에서 벗어나는 타이밍에 이렇게 자리를 비운 건, 대국실에서 내 움직임을 최대한 보여주고 싶지 않기 때문이다. 하지만 오키토 씨의 모습을 가까이서 보면서도 냉정함을 유지할 자신이 아직 없었다.

시간의 활용 방식. 시선. 호흡. 세세한 동작.

"그리고…… 대국에 임하는 모습."

새로운 옷을 입으면 '오! 기합이 들어갔는걸? 새로운 수를 준비했나?!' 라고 생각하고, 머리 모양을 바꾸면 '심경에 변화라도 있나? 몰이비차라도 두는 거 아니야?' 라고 생각할 것이다.

"장기를 연애에 비유하는 사람도 있는데, 맞는 말이야."

서로 대화할 수 없기에, 세세한 변화를 통해 상대의 생각을 읽으려고 하는 것이다.

하지만 이번에는 상대방의 임팩트가 너무 강해서, 자신의 준비가 부족한 게 아닌가 하는 불안에 사로잡히고 만다……. 첫 데이트에서 상대방이 웨딩드레스를 입고 온 느낌이다.

즉, 지금 저 사람을 계속 보다간 진이 빠질 것 같다.

"대체 무슨 생각으로 저런 기행을 벌인 거지? 아니, 생각 자체는 예상이 되지만, 보통은 저렇게까지 안 하잖아. 장외전술로 볼 거야. 첫 대국에서는 장기의 연구 이전에 상대의 개성에 놀라기도 하잖아……. 이야기라도 나눈다면 조금은 안심이 될 텐데 말이지."

하지만 대국 도중, 그것도 중계가 되는 타이틀전에서 대화를 나눌 수는 없다.

볼일을 마치고 복도로 나선 나는 누군가가 이쪽으로 걸어오는 모습을 봤다.

"응……? 우왓, 큰일 났다……."

오키토 씨였다.

이미 다음 수를 둔 것 같았다. 외길이니 도중에 마주칠 것이다. 이 상황은 좋지 않다. 그것도 어마어마하게 말이다.

내가 방에 돌아간 후에 화장실에 가면 좋을 텐데…… 그런 배려도 하지 않는 사람 같았다.

이럴 때는 서로를 무시하는 게 정석이다.

"……."(꾸벅)

가볍게 고개를 숙인 후에 대국실로 돌아가려 한 순간――.

"자네의 추론 대로나."

엇갈리는 순간, 상대방이 말을 걸어왔다.

"윽?!"

내가 무심코 걸음을 멈추며 돌아보자, 오키토 씨는 뒤돌아선 채로 말을 이었다.

"내 모습을 보고 놀라지 않은 자네라면, 내가 이렇게 한 이유도 이해하고 있을 테지?"

아니, 놀랐는데. 죽도록 놀랐다고.

하지만…… 오키토 씨가 뭘 하려는 건지는 이해하고 있기에, 놀라움보다 납득이 앞섰다. 그것은 엄연한 사실이다.

내 머릿속을 읽은 것처럼, 오키토 씨는 말을 이었다.

“금속 탐지기로 조사를 했으니, 서로가 전자기기는 가지고 있지 않지. 그리고 대국자 말고는 이 복도를 다니지 못해. 여기는 관전 기자도 없고, 피차 통신 수단도 없다. 밀담을 나눌 타이밍으로, 이곳보다 적합한 곳은 없다고 판단했지.”

“그, 그건 그럴지도 모르지만…….”

“장기란 결국 정보 교환이다. 이것도 대국의 일부라고 나는 생각하지.”

“………….”

“자네의 추론을 듣고 싶군.”

이대로 계속 이야기해도 될지 망설였다.

하지만 오키토 씨가 일부러 타이틀전의 정석을 무시하며 이 밀담의 자리를 마련했다는 사실에 흥미가 생긴 나는, 그 질문에 답하고 말았다.

“기존의 소프트 활용법에는, 사이즈가 안 맞는 옷에 억지로 몸을 맞추려 하는 듯한 답답함이 존재했다고 생각해요.”

“동의.”

오키토 씨는 짤막하게 답하며 재촉했다.

예를 들자면, 내가 예전에 시험했던 계마 단기처럼 말이다.

몇 번이나 써 보고 알았지만, 이것은 인류가 두기에는 너무 앞선 전술이다. 필요한 수읽기의 넓이가 인류의 능력을 넘어섰다.

그래서 나는 봉인했다. 상대가 써도 두렵지 않다. 최선은 맞지만, 실수를 범할 수밖에 없음을 알기 때문이다.

“이제까지 소프트는 그 국면만 평가해, 최선의 수와 점수를 도출했죠. 플러스 500점이라면 유리, 800점이면 우세, 1500점이면 승세…… 같은 느낌으로요.”

나는 말을 잠시 멈춘 후…….

“하지만 실제로 그것이 승패로 귀결된 경우는 극히 드물어요. 인간 대 인간의 대결인 만큼, 소프트가 내놓은 점수는 어디까지나 참고치에 지나지 않죠.”

그것은 국면의 평가에 지나지 않기 때문이다.

승부는 그런 데서 갈리지 않는다. 설령 그 국면에서 외통수가 있더라도, 기력과 피로에 따라 그것을 놓치는 경우도 많기 때문이다.

소프트의 평가치도, 그리고 최선의 수도, 그대로는 인류에 도움이 되지 않는다.

즉── 나는 핵심을 입에 담았다.

“당신은…… 자신의 기풍에 최적화한 소프트를 개발한 것 아닌가요?”

“이의.”

“예?”

“기풍이 아니라, 재능이다.”

그것은 내 예상을 초월하는 대답이었다.

“자신에게 맞는 옷을 맞추려면, 우선 치수를 정확히 잴 필요가 있다. 그러기 위한 시스템을 구축했고, 거기서 도출된 자신의 재능에 맞춰 소프트를 설계했지.”

소프트를 이용해 기력을 진단하려는 시도는 들은 적이 있다.

기보를 해석하는 것으로 역사에 이름을 남긴 기사들의 실력을 점수로 매긴 논문을, 나는 읽은 적이 있다.

"재능의 가시화라고 표현해도 될 거다. 정확하지는 않지만, 정확하지 않은 표현이 거꾸로 인간들 사이의 정보교환에서 정확하게 전해지는 경우도 많거든."

"재능……에, 점수를 매기려는 건가요?"

"시도 자체는 진부한 부류에 속하지만 말이다."

오키토 씨는 거기까지 설명한 후, 뜻밖의 말을 입에 담았다.

"자신의 재능을 알면, 불행이 줄겠지."

"불행?"

"그 대표적인 예가 바로 장려회다."

두근. 심장이 뛰었다.

현재, 내 소중한 사람들이 싸우는 곳이기에…….

"연령 제한이란 '그 나이까지 노력해도 프로가 되지 못한다면 관두는 편이 낫다' 고 재능을 나이로 평가하는 것. 그것이 무수한 불행을 낳고 있다. 더 일찍 재능을 평가할 방법이 있다면, 불행이 줄어들겠지."

"장기 세계에서는 노력만으로는 꿈을 이룰 수 없긴 하죠. 노력이 보답받는다는 보장도 없어요. 그건 인정하겠어요."

나는 마음속에서 끓어오르는 분노와 함께, 말을 토했다.

"하지만! 그 노력 때문에 불행해지는 사람은 없어요. 장기를 두는 건, 불가능에 도전하는 건, 결코 불행이 아니에요. 소프트가 뭐라고 하든, 저는 장기를 둘 겁니다. 그게 나 자신의 행복이니까요."

"정말 그렇게 생각하나? 그건 자네가 비범한 재능을 지녀서가 아닐까? 사상 네 번째 중학생 기사이자 사상 최연소 타이틀 보유자, 쿠즈류 야이치 용왕."

"……!!"

"자네도 언젠가 알게 되겠지. 재능이 없는 자가…… 날개가 없는 자가 하늘을 날려고 하는 게, 얼마나 불행한 일인지를……."

오키토 씨는 감정이 담기지 않은 목소리로 말을 이어갔다.

하지만 그 목소리는, 어딘가…….

"시스템은 완성 단계에 접어들었다. 이 타이틀전은, 최종 시험이라 할 수 있지."

"그 재능 채점 소프트로 기력이 향상된 당신이 저를 쓰러뜨리는 게, 말인가요? 하나만 물어봐도 될까요?"

"내가 답할 수 있는 질문이라면 말이야."

"지금 이 자리에서 이야기하는 것도, 소프트의 지시인가요?"

"답변을 거부하지."

"훗."

이 사람의 밑바닥이 보였다. 그런 생각이 들었다.

그리고 이렇게 생각했다.

이런 녀석에게 절대로 질 수 없다고…….

"설령 당신이 기계에게 얼마나 높은 평가를 받든, 저는 상관없어요. 저만의 장기를 둬서 이길 뿐입니다."

"그래……. 내 평가는 상관없지."
그리고 오키토 요우 2관은 다시 걸음을 옮겼다.
나도 대국실로 향했다.
우리 둘은 반대 방향으로 걸었고—— 두 사람의 길은, 교차되지 않았다.

"시간이 됐으니, 쿠즈류 용왕의 다음 수를 봉하겠습니다."
입회인인 나타기리 진 8단이 생각에 빠진 내게 말했다.
"어."
수읽기에 집중하느라 몰랐는데…… 그 말을 듣고 고개를 들어 보니, 관계자들 전원이 장기판 주위에 있었다. 부입회인인 아유무도 있었다.
——벌써…… 저녁때가 된 건가……?
"봉함수입니다. 원하는 때 하면 돼."
나타기리 씨가 부드러운 어조로 말했다.
봉함수란, 대국을 두기로 한 시간이 지난 상황에서 다음 수를 둬야 하는 쪽에서 한다.
하지만 제한 시간이 남아 있다면 그 시간을 다 쓸 때까지 봉하지 않고 수읽기를 해도 된다.
장기판 옆에 모인 관계자들을 기다리게 해야 하니, 그 압력을 버텨낼 정신력이 필요하지만…….
——강해………. 내 모든 수에 최선의 수, 아니, 그 이상의 수로 맞서고 있어…….

소프트로 보강된 오키토 씨의 연구는 완벽했다.

다시 국면을 살피니, 선수의 보(步)가 내 진형의 가장자리로 파고들어서 토금(と金)으로 승격한 상황이었다. 후수의 옥(玉)과도 가까워서, 자칫 잘못하면 바로 패배할 상황처럼 보였다.

――나타기리 씨가 배려해 주는 것도 당연해……. 내 형세가 나쁘다는 것이 대기실의 견해인 걸까.

침투한 보(步)에 대응하는 것을 우선하며, 응수로 돌아설까.

아니면 공세에 공세로 맞설까.

최신 각교환 걸상 은(銀) 전법에서는 서반이 끝나면 바로 종반이다. 그것이 오랫동안 계속된다.

틀림없이, 다음 한수가 승패를 좌우할 것이다.

"그럼…… 봉할게요."

나는 그날 밤과 똑같은 말을 입에 담았다.

――그러고 보니…… 내일은 3단 리그 마지막 날이구나.

나는 그런 생각을 하며 봉함수 용지와 봉투를 받은 후, 그 신성한 의식을 치르기 위해서 다른 방으로 향했다.

☗ 각자의 결전 전야

카가미즈 히우마가 호텔에 도착해 보니, 후배 3단이 마침 체크인을 하고 있었다.

뒤편에서 다가간 그는 최대한 밝은 목소리로 말을 건넸다.

"안녕."

"어…… 안녕하세요."

익숙하지 하지 않은 대도시. 그리고 3단 리그 마지막 날 전날이란 시추에이션 때문에 이미 긴장한 후배는 카가미즈를 보고 안도한 듯이 한숨을 돌렸다.

칸사이에서 원정을 온 장려회 회원은 선배들에게 이어받은 전통에 따라 신주쿠에서 숙박하는 경우가 많다.

이곳 『신주쿠 파크 호텔』은 칸사이 장려회 회원의 지정 숙소로 20년 넘게 이용됐다. 덕분에 카가미즈는 얼굴만 보여주고 체크인이 될 정도다.

딱히 미리 정한 것도 아니며, 도쿄로 이동은 따로따로 하지만, 불가사의하게도 다들 이곳에 모인다. 몸을 맞대려는 듯이…….

그래서 마지막 대국이 있는 전날은 밤에 칸사이 멤버들끼리 식사를 하는 게 정석이다.

마지막 날에는 모든 3단이 도쿄에 모이면서도 칸사이 장려회 회원들끼리 붙지 않는다는 것도 이유지만——.

"소라와 쿠누기는 연맹에서 준비해 준 숙소에 묵죠? 직원이 인솔도 해 준다면서요? 아무리 유명인이라도 너무 불공평한 거 아니에요? 카가미즈 씨도 승단 경쟁의 선두를 달리고 있는데……."

"어이어이."

따뜻한 음식을 먹은 덕분에 긴장이 풀린 듯한 3단들은 차례차례 연맹과 긴코, 소타를 향한 불만을 늘어놨다.

카가미즈는 그런 후배들을 달래려는 듯이, 되도록 가벼운 어조로 말했다.

“긴코는 여고생이고, 소타는 초등학생이잖아? 인솔이 필요할 거라고.”

하지만 누구도 납득하지 않았다.

다른 3단이 테이블을 주먹으로 내려치며 고함을 질렀다.

“애초에 대진부터 이상하다고요! 왜 마지막 날에 칸토로 전원을 불러놓고, 그런 대진을——.”

“더는 말하지 마.”

카가미즈는 화를 내고 있는 후배들을 제지했다.

“긴코도, 소타도, 그리고 카라코 씨도……. 주목을 받는다는 건, 스포트라이트를 받는다는 건 그렇게 좋은 게 아닐 거야. 우리처럼 그늘만 걸어온 녀석들에게는 더 그렇겠지.”

카가미즈는 그렇게 말하면서도, 그들의 말에 공감했다.

——우리는 항상 핍박당하는 처지였으니 말이야…….

『수행』이라고는 하지만, 장려회 회원에게 맡겨지는 건 결국 잡일이다. 장기계는 프로가 장려회 회원을 착취하는 구조로 성립되고 있다.

그래도 참는 건, 프로가 자신들과 같은 조건에서 장려회를 통과한 이들이기 때문이다.

——장려회 회원이 가장 추구하는 것은 바로 공평성이다. 비겁한 녀석은 비난의 대상이 된다.

마지막 날에 칸토에 모이는 것조차, 칸사이의 장려회 회원에게는 불만이다.

10년도 전.

큐슈 출신으로 칸사이 장기계에서 쭉 지낸 카가미즈는, 3단 리그를 통해 처음으로 센다가야의 장기회관에 가 보았다.

길을 못 찾으면 어쩌지…… 그런 불안에 사로잡힌 카가미즈는 선배에게 물었다.

『저기, 선배. 칸토의 장기회관은 센다가야역에서 어떻게 가면 되나요?』

그때 선배가 해 준 대답을 카가미즈는 영원히 잊지 못할 것이다.

『장려회 회원 같은 면상을 한 놈을 따라가면 된대이!』

——말도 안 되는 소리였지만, 그렇게 하니 무사히 장기회관에 도착했지.

카가미즈는 치밀어오르는 웃음을 참으며 눈앞에 있는 3단들을 둘러보았다.

너무 하얘서 환자 같아 보이는 피부. 안경. 체크무늬 옷.

촌스러운 머리와 의미도 모를 세컨드백.

그것이 장려회 회원이다.

통근하는 사람들이 역으로 움직이는 동안, 그 흐름을 거슬러 올라가듯 신사로 걸어간다. 마치 사회의 흐름에 저항하는 것처럼.

음침하고, 한결같으며, 속이 꼬였지만 순수하고, 본질적으로 자신의 성장에만 흥미가 있는, 외톨이 늑대.

그런 장려회 회원들이, 카가미즈를 향해 이렇게 외쳤다.

"꼭 승단해 주세요! 카가미즈 씨!"

"카가미즈 씨가 프로가 되지 못하는 장기계는 잘못됐어요!!"

"장려회 회원의 의지를 보여주세요!!"

눈물마저 머금으며 악수를 청하는 후배들의 열기를 접하자, 카가미즈도 마음속에서 뜨거운 게 왈칵 올라오는 것 같았다.

"너희는……."

이것이 장려회 회원이다.

촌스럽고, 끈질기지만…… 누구보다 뜨거운 청춘을 보내는, 누구보다도 순수한 자들.

그리고 그 일원으로 지낸 것을, 카가미즈는 자랑스럽게 생각했다. 오히려 이 자리에 없는 긴코와 소타가 불쌍하다고 생각했다.

――이기든, 지든…… 내가 장려회 회원으로 지내는 건, 내일까지야.

그렇다면 내일은 이 녀석들을 위해 싸우자. 카가미즈는 굳게 맹세했다.

소라 긴코는 호텔에 도착하자마자 침대에 쓰러졌다.

"뜨거워……."

몸은 무겁고, 항상 열기를 띠고 있다.

2주 전 3단 리그에서 몸이 완전히 한계에 도달했으면서, 그 뒤에 여름 축제에 가서 비를 맞은 탓일지도 모른다.

감기에 걸린 듯한 증상이 쭉 이어졌다.

온몸이 계속 나른했다. 하지만 머리만은 기묘할 정도로 맑았다. 쉬려고 누워도 잠이 오지 않았으며, 쇠약해진 육체는 더욱 약해져 갔다.

――……머리는 맑아……. 계속…… 이상할 정도로…….

하지만 이동하는 것만으로도 녹초가 된 긴코는 호텔에 도착하자마자 교복 차림으로 침대에 드러누웠다.

그때였다. 베갯머리에 아무렇게나 둔 핸드폰이 울렸다.

"……!"

긴코는 급히 핸드폰을 향해 손을 뻗더니, 전화를 받았다.

——설마…… 설마, 걔가 나를 걱정해서……?!

『소라 양. 내일은 여유롭게 장기회관으로 이동할까 하니, 아침 7시 반에 방으로 찾아뵙겠습니다. 이동은 쿠누기 3단과 따로 할 예정이니 안심해 주십시오. 그렇게 해도 괜찮겠습니까?』

연맹 측의 업무 연락이었다.

상대방의 페이스로 이야기를 나누려니, 이해가 되지 않았다. 긴코는 그 정도로 피폐해진 상태였다. 그리고 낙담도 했다. 너무 낙담했다…….

『소라 양……? 그렇게 해도 괜찮을까요?』

"동보…………."

『예? 뭐라고요?』

상대방이 되묻자, 긴코의 아쉬움이 더욱 커졌다. 걔라면 단박에 알아들었을 텐데…….

"예. 그렇게 하겠어요."

『그럼 이만 끊겠습니다. 안녕히 주무십시오.』

통화 종료.

긴코는 한순간이라도 기대한 자기 자신을 비웃었다.

"후후…… 멍청하긴. 타이틀전에 임한 대국자는 봉함수 후에도 외부와 접촉하지 못하게 얼마 전 규정이 바뀌었잖아…….”

스마트폰을 베갯머리에 둔 후, 하다못해 옷을 갈아입으려고 상체를 일으켰다.

바로 그때, 교복 호주머니에서 위화감이 느껴졌다.

“응? 이건…… 그 꼬맹이가 만든 프린트잖아?”

일전의 3단 리그 이후, 교복을 입을 기회가 없었기에 여름 축제 때 호주머니에 넣어둔 프린트가 그대로 있었다. 이미 여름 방학이 지났지만, 긴코는 학교를 계속 쉬고 있었다.

――이대로 관둬도 돼…….

자포자기한 것처럼 보일지도 모르지만, 긴코에게는 장기 말고 다른 것을 생각할 여유가 한참 전부터 없었다. 몸도 마음도 한계를 맞이한 것이다.

――……하지만, 머리는 계속 돌아가…………. 괴로워…….

긴코를 두려움에 떨게 하는 가장 큰 요소는 심장이다. 가슴의 폭탄과는 태어난 후로 계속 함께해 왔다. 그러니 터지기 직전까지 가면, 몸이 경고한다.

하지만 긴코는 기어코 병원에 가지 않았다.

――병원에 가면 카라코 씨가 말한 것처럼 닥터스톱이 될지도 몰라…….

부전패가 되면 전부 끝장이다. 그것만은 피해야 한다고 생각한 긴코는 2주 동안 아무와도 만나지 않았고, 본가에 돌아가서 휴식에 전념했다.

딸과 함께 죽음과 마주해 온 부모님만은, 긴코가 꿈을 좇으며 괴로워하는 모습을 봐도 아무런 말도 하지 않았다.

그저 옛날이야기를 해 줬다. 긴코가 장기를 배우던 시절의 이야기를 말이다.

——딱 하루…… 이제 대국 두 번만 치르면 전부 끝나…….

긴코는 잠시라도 고통을 잊기 위해 그 프린트를 펼치더니, 아이의 장기 묘수풀이를 다시 풀었다.

"역장군에, 멍군 끼우기……. 훗. 이런 일이 실전에서 생길 리가 없잖아."

그 후, 아이가 손으로 써준 다른 문제를 살폈다.

10분…… 20분…… 30분………….

지그시 응시하는 가운데, 시간만이 흘렀지만——.

"어렵네……. 진짜로 이런 게 실전에서 생기는 거야?"

아무리 생각해도 답을 찾지 못한 긴코는 왠지 기분이 나빠진 나머지, 그 프린트를 침대에 두고 몸을 일으켰다.

그리고 커다란 창문을 향해 걸어갔다.

"별…… 전혀 보이지 않네."

도쿄의 어두운 하늘을 아무리 주시해도, 별은 보이지 않았다.

긴코는 아래편을 쳐다보았다.

제위전의 대국장이 있는 방향을 바라보며, 그 녀석의 이름을 중얼거렸다.

"야이치……."

창문 너머에 펼쳐진 곳 어딘가에, 긴코가 지금 가장 보고 싶은 사람이 있을 것이다.

·

긴장이 순식간에 풀린 긴코는 창문에 이마를 대고 통곡했다.

3단이 됐을 때와 마찬가지로, 갓난아기처럼 흐느꼈다.

"야이치…… 무서워. 도와줘…………."

옆에 있어 줬으면 했다.

그날 밤처럼 안아 줬으면 했다.

약해진 자신을 이 지옥 같은 상황에서 구원해 줬으면……!

그렇게 바란 순간, 그는 언제나 앞에 나타났다. 마치 기적처럼……. 장기의 신은 때때로 그런 기적을 줬다.

긴코가 3단이 된 그 대국 때도 그랬다. 소타에게 처음으로 이겼을 때는 상대가 지나치게 강한 나머지 그대로 자멸하고 말았다.

——제아무리 수준이 높은 대국에서도, 한 번은 기적이 일어난다. 그것이 장기다.

"하지만…… 두 번째는 자기 힘으로 기적을 일으킬 수밖에 없어. 그렇지? 야이치."

긴코는 침대로 돌아가더니, 장기 묘수풀이 프린트를 다시 교복 호주머니에 넣었다. 부적이라도 되는 것처럼…….

그리고 여행 가방을 열어서, 갈아입을 옷이 아니라 봉투를 꺼냈다.

발신자를 알 수 없는 그 봉투 안에는 '방해해서 미안하다' 고 휘갈겨쓴 메모와 함께 기보…….

그리고 10년도 더 전의 날짜가 표시된 사진이 있었다.

쿠즈류 야이치는 대국자용 침실로 제공된 광대한 서양식 방에서, 홀로 융단 위에 정좌를 하고 앉아 있었다.

몸에 목욕 가운만을 걸친 채로.

"윽! …………으…………크으으………… 윽!"

희미한 신음을 흘리며, 앞뒤로 몸을 흔들고 있었다.

그것은 명백하게 기묘한 광경이었다.

기모노를 벗고, 룸서비스로 간단하게 식사를 마친 그는 뜨거운 물로 샤워를 한 후, 머리카락도 제대로 말리지 않은 채 봉함수의 국면에 관해 고려하기 시작했다.

——지금이야! 지금, 이 순간이 승부의 갈림길이 될 거야!

마지막 한 수를 봉인한 야이치는 오키토보다 한 수 앞의 미래를 알고 있다.

어렴풋이 국면을 살피는 레벨이 아니다.

최종반의 장군과 멍군을 파악하려는 듯이, 야이치는 머릿속에만 존재하는 장기판 위의 판세에 몰입했다.

"하앗……! 하앗……! 하아아아…………!!!"

식사와 함께 대량으로 시킨 물을 때때로 벌컥벌컥 들이켤 때 이외에는 눈을 굳게 감은 채, 융단 위에서 무릎을 꿇은 채로 수읽기에 몰두했다.

매우 많은 수를 둬야 하는 복잡한 장기 묘수풀이를 머릿속으로만 푸는 듯한 고행이다.

하지만 '외통수가 있다'는 것을 아는 장기 묘수풀이와 달리, 외통수가 없을지도 모르는 실전에서 이렇게 깊은 수읽기를 하는 건 큰 리스크를 동반한다.

전부 부질없는 짓일지도 모른다. 극심한 피로가 쌓여서 둘째 날 대국에서 제대로 싸우지 못할지도 모른다.

그래도 야이치는 수읽기를 계속했다. 감정을 떨쳐내듯…….

"휴…… 조금만 더 하면 보일 것 같은데………… 그 조금이 너무…… 멀어……."

숨을 고르듯 높은 천장을 올려다보며, 몇 시간 만에 말을 뱉었다.

이번 타이틀전에 대비해, 야이치는 장기 묘수풀이와 기보 분석 등의 고전적인 트레이닝을 오히려 늘렸다.

아이와 동거하기 시작한 후로 일과 삼아 같이 해온, 장기 묘수풀이 속도전.

실전 형식의 문제는 야이치가 빨리 풀지만, 많은 수를 둬야 하는 장기 묘수풀이는 아이가 빨리 풀었다. 초보자 시절에도, 속도와 수읽기의 물량으로 용왕인 야이치를 능가했던 것이다. 노력조차 하지 않고도…….

재능. 그렇게 부를 수밖에 없는 것이, 이 세상에는 정말 있다.

"아니, 그건 신의 영역인가……. 하지만!"

거기에 발을 들이기 위해, 야이치는 다시 융단에 두 주먹을 댔다.

――깊게…… 더욱 깊게……!!!

깊게, 깊게, 깊게, 깊게깊게깊게깊게깊게깊게깊게깊게깊게깊게깊게깊게깊게――――――.

"흐…… 흐응………… 엣취!! …………으으~……."

코를 훔친 야이치는 훤히 드러난 팔을 손으로 비볐다.

호텔 에어컨은 집 에어컨보다 센 탓에, 몸이 완전히 식어버리고 말았다.

집중력이 끊긴 순간…… 그리운 목소리가 마음속에 울려 퍼졌다.

『목욕하고 나면 옷을 똑바로 챙겨 입어. 바보 야이치.』

"맞아. 긴코."

자기보다 어린 누나에게 혼난 듯한 느낌이 든 야이치는 허둥지둥 옷을 입었다.

"이미 도쿄에 왔을까……."

한순간 마음속에 떠오른 은색 소녀는 한방에서 지낼 때 그랬던 것처럼, 약간 화난 듯한 표정을 짓고 있었다.

제 5 보
쿠누기 소타
카가미즈 히우마
©shirabii

☖ 지켜보는 사람들

『이곳은 장기회관 앞입니다! 현재, 장려회 회원으로 보이는 분들이 건물 안으로 들어가고 있습니다!』

이른 아침의 뉴스 방송에 장기회관이 나왔다.

우리에게 익숙한 칸사이가 아니라 칸토의 장기회관이지만, 지상파의 온갖 채널에서 갈색 5층 빌딩이 나오고 있자…… 왠지 이상한 느낌이 들었다.

TV 앞에서 안절부절못하는 스승에게, 나는 말을 걸었다.

"아빠, 시원한 보리차? 아니면 뜨거운 녹차 마실래?"

"아…… 고맙대이, 케이카. 한 잔 도."

"뭘 마실지 물어봤거든?"

"아…… 그걸로 부탁한대이."

완전 맛이 갔네. TV에 몰입해서 내 말을 전혀 듣고 있지 않아.

"아이~. 녹차 부탁해~."

"예~!"

부엌에서 설거지를 하던 아이가 힘찬 목소리로 대답했다. 나는 셋이서 아침 식사를 한 다다미방의 테이블을 닦으면서 TV에서 눈을 떼지 못했다.

미안해, 아이! 그래도 긴코가 나올 때까지만……!

『방금 건물에 들어간 사람이 현시점에서 프로에 가장 가까운, 카가미즈 히우마 3단! 유일하게 2패인 그는 오늘 첫 번째 대국에서 초등학생 프로를 꿈꾸는 쿠누기 소타 군과 붙습니다! 그 대국에서 이긴 순간, 카가미즈 4단이 탄생하죠!』

헤드폰을 껴서 아무와도 이야기를 나누지 않겠다는 의사를 명확하게 표현한 히우마는 보도진을 무시하며 서둘러 건물 안으로 들어갔다. 역시 준비가 철저하네.

곧 카메라는 다른 사냥감을 발견했다.

『연맹 직원을 대동하고 나타난 건…… 소타 군! 쿠누기 소타 군입니다!』

가족에게 사랑을 받으며 자란 듯한 어린 소년이다.

아직 열한 살에 불과한 초등학생에게 카메라가 집중되자, 연맹 직원이 황급히 막았다. 소타 군은 불안한 표정을 지으며 건물 안으로 들어갔다.

『현재 순위 차이로 4위인 소타 군이 프로가 되려면 자신의 승리 말고도, 상위 3단의 패배가 필요합니다! 과연 사상 첫 초등학생 프로 기사가 탄생할 수 있을까요?!』

차례차례 연맹에 도착한 대국자와, 그들을 쫓는 카메라.

"완전히 『장기계에서 가장 긴 날』이네."

A급 순위전 최종국을, 장기계에서는 『가장 긴 날』이라고 부른다. 최정상 기사가 자존심을 걸고 기술과 근성을 전부 쏟아부으며 펼치는 대국이 항상 밤늦게까지 이어지기 때문이다.

그리고 타인의 승패가 자신의 승격 혹은 강등에 영향을 미치기 때문에, 밤늦게까지 모든 대국을 지켜봐야 하는 것이다.

"인생에서 가장 중요한 대국이잖아. 좀 더 조용한 상황에서 두게 해 주고 싶었어."

"…………."

아빠는 TV 화면을 응시하며 아무 말도 하지 않았다.

카메라와 마이크를 든, 장기에 아무런 흥미도 없을 매스컴이 진귀한 동물이라도 촬영하듯 젊은이들을 쫓아다니고 있었다.

——정확하게 장려회 회원을 분간하는 게, 좀 우습네.

하지만 그 웃음은 곧 사라졌다.

『앗! 지금 택시가 건물에 다가오고 있습니다! 안에 타고 있는 건 《나니와의 백설공주》일까요?! 저 은색 머리카락으로 볼 때 틀림없습니다! 소라 긴코 3단이 도착했습니다!!』

""어!!""

나와 아빠는 TV를 향해 고개를 내밀며, 카메라에 포착된 긴코를 응시했다.

"긴……코…………."

아빠가 신음을 흘렸다.

나는…… 그 안타까운 모습을 보고, 숨을 삼켰다.

——초췌해……. 저렇게 괴로워 보이는 긴코를 보는 게, 몇 년 만일까……?

7년 전. 첫 장려회 시험 날.

심장 발작이 일어나서 쓰러진 날의 모습과 겹쳐 보이자…… 내 가슴까지 아팠다.

택시의 문이 열리자, 카메라가 쇄도했다.

하지만—— 긴코가 모습을 드러내자, 이 세상 전체가 멈췄다.

『…………..』

마치 결계를 친 것처럼, 누구도 다가가지 못했다.

그리고 어느 장려회 회원보다도 천천히, 당당히, 긴코는 걸음을 옮겼다.

압도적인 투명감.

거기에 날카롭게 벼려진 투지가 더해지자, 온몸에서 은색 빛이 뿜어져 나오는 것만 같았다.

『아름다워…………..』

미인으로 알려진 여성 리포터가 그렇게 중얼거린 후, 누구도 입을 열지 못했다.

진정한 아름다움은 경박한 말을 전부 튕겨냈다.

그 모습은 마치…… 이 세상의 것이 아닌 듯했다…….

——괜찮아! 이미 다 나았어! 아카시 선생님도 그랬잖아!

나는 눈물을 참으며 자기 자신에게 외쳤다.

일생일대의 승부에 나선 저 애를 눈에 새기기 위해, 나는 입술을 깨물면서 장기회관에 들어서는 그 모습을 끝까지 응시했다.

『그, 그럼 42년 만엔 실시된 3단 편입 시험을 통해 장려회에 재도전 중인 카라코 쇼지 씨와 이야기를 나눠 볼까 합니다.』

『예! 저의 오늘 첫 대국의 상대는 소라 긴코 양입니다만, 간단히 말해 제가 이긴다면 소라 양은 프로가 될 수 없습니대이.』

경박한 미소를 지으며 카메라 앞에 나타난 카라코 씨를 본 나는 눈을 의심했다.

이, 이 사람…… 머리가 어떻게 되어 먹은 거야……?

『일본 전국의 여러분은 제가 지기를 빌어 주이소! 여러분의 실망하는 표정을 상상하기만 해도 의욕이 샘솟는다 아닙니꺼!』

『TV에서 그런 소리를 해도 괜찮겠어요……?!』

『저는 악인이 될 겁니대이. 그리고 기왕 미움받을 거면 철저하게 미움받는 기, 프로가 됐을 때 더 주목받을 거 아닙니꺼(웃음)』

카라코 씨가 피에로 같은 미소를 머금은 채 그렇게 말했다. 이런 사람과…… 이렇게 장기를 우습게 보는 사람과, 긴코가 싸우는 거야? 냉정하게 싸울 수 있을까……?

"케이카 씨~. 새 찻잎이 어디 있나요~?"

부엌에서 들려온 아이의 목소리에 구원받은 느낌이 들었다.

나는 허둥지둥 목소리를 가다듬으며 대꾸했다.

"부엌 아래 선반에 있을 거야~. 그걸 통에 옮기고 쓰렴~."

아이는 감이 좋은 소녀다. 무엇보다…… 야이치 군을 누구보다 잘 살피고 있다.

그러니 긴코가 TV에 나오는 동안에는 다다미방에 오지 않을 것이다.

나는 아빠를 힐끔 쳐다보았다.

"…………."

아빠는 여전히 아무 말 없이 TV를 보고 있었다.

『대국은 오전 9시에 시작될 예정이었지만, 약간 늦어질 가능성이 있습니대이! 유감스럽게도 대국실에 카메라를 들이는 건 허가되지 않았지만, 장기회관 2층 도장에서 주목을 모으는 대국을 프로 기사가 해설해 줄 예정이니, 계속 지켜봐 주이소!』

"자기 탓에 늦어지고 있다는 걸 알기나 하는 거야?"

무심코 빈정거리고 말았지만, 마음 한편으로는 약간 안심했다. 대국실에 보도진이 들어간다면, 나는 지금이라도 도쿄로 가서 막을 것이다.

3단 리그 마지막 날의 대국실은 장기계에서 최고의 성역이다.

걸린 무게를 생각하면 당연했다. 프로는 명예와 상금을 위해 장기를 두지만, 장려회 회원은 목숨을 걸고 장기를 두는 것이다.

한편, 제위전 중계에도 수많은 기자가 몰렸으며, 대국실에서 전부 수용할 수 없을 만큼 수많은 카메라가 들어차 있었다.

"야이치 군…… 깜짝 놀랐을 거야……."

이런 말을 하는 건 좀 그렇지만, 이쪽은 원래 그렇게 주목을 모으고 있지 않았다. 그 증거로 첫날에는 보도진도 적었다. 그런데 둘째 날에 이렇게 주목을 모으게 된 건――.

"오키토 선생님의 머리는…… 장외전술인 걸까?"

"예전이라면 장외전술 같은 건 쓰지 않았을 텐디……."

아빠도 말끝을 흐렸다.

장발에서 까까머리로 변한 제위의 머리가 인터넷 뉴스에 올라오자, 세간에는 큰 소동이 벌어졌다.

거기에 3단 리그도 더해지면서, 어제저녁부터 일본 전체가 장기로 시끌벅적했다. 양쪽 일에 제자가 낀 만큼, 아빠가 얼마나 침통한 심정일지 상상이 됐다.

――게다가 야이치 군은 첫날 단계에서, 이미…….

실은 유혹을 견디다 못해, 봉함수를 한 국면을 소프트로 검토해 보고 말았다.

"소프트가 내놓은 최선의 수는 7육보야. 하지만 그걸 두더라도……."

형세는 선수의 플러스 200점. 거의 대등했다.

하지만 진정으로 무시무시한 건…… 선수의 평가치가 개막 국면부터 단 한 번도 하락하지 않았다는 점이다.

오키토 선생님이 둔 수는 전부 최선의 수였다.

게다가 그 수는 소프트의 수와 다르게, 인간도 이해할 수 있게 자연스러운 수였다.

야이치 군도 거의 최선의 수로 맞서고 있다. 그렇지만…….

『두 대국자는 봉인을 확인했죠? 그럼 개봉하겠습니다.』

입회인인 나타기리 선생님이 봉투를 가위로 자른 후, 안에 든 봉함수 용지를 꺼냈다.

그리고 야이치 군의 다음 수를 읽었다.

『봉함수는―― 7육보.』

카메라의 플래시가 무수히 반짝이더니, 그 빛 속에서 야이치 군이 장기판을 향해 손을 뻗었다.

"7육보……."

수를 두는 그 힘찬 손놀림을 보자, 나는 거꾸로 가슴이 아팠다.

야이치 군은 반격을 선택했다.

그 판단 자체는 현재 국면에서 최선이다. 소프트도 그렇게 말했다.

하지만 그것은…… 소프트의 예상을 한 걸음도 넘어서지 못했다는 의미이며…….

"선수의 옥이 너무 멀대이……."

아빠가 신음에 가까운 목소리로 그렇게 말했다.

그렇다. 선수와 후수의 싸기를 비교해 보면, 누가 더 실전적이며 유리한지는 소프트로 확인해 보지 않아도 알 수 있다. 나는 아빠에게 물었다.

"7육보를 둔 걸 보면, 야이치 군은 공세에 나서려는 거지? 하지만 다음에 둘 수는 4칠보뿐이야. 설령 4열에 거점을 구축하더라도, 상대는 야이치 군의 옥 바로 옆에 토금을 배치할 거야."

소프트는 그래도 충분히 싸울 수 있다고 주장하고 있다.

동시에 차선의 수는 오키토 선생님의 토금(と金)을 향차(香車)로 없애는 1삼향이라고 주장하고 있으며, 방어에 전념하는 것도 유력하다고 말했다.

최선의 수와 차선의 수는 평가치가 거의 차이 나지 않았다.

야이치 군의 기풍에는 오히려 그쪽이 맞을 거라는 생각이 들었다. 응수인 수가 말이다.

"오키토 선생님이 공세로 맞서려 한다면, 2이토가 있어. 5오계나 6사보도 있네. 게다가 야이치 군은 제한 시간도 압도적으로 적어. ……실전적으로도 명백하게 불리하지 않아?"

오키토 선생님과 야이치 군의 제한 시간은 이미 2배가량 차이가 나고 있었다.

옥(玉)이 불안정한 상태에서 균형을 유지하려고 하면, 깊이 수읽기를 할 시간이 필요하다. 안 그러면 빗나간 탄환에 맞고 돈사한다.

국면은 여전히 대등했다. 하지만 실제로는 제한 시간이라는 갑옷이 서서히 깎이고 있는 야이치 군이 압도적으로 불리하다 할 수 있다.

——혹시 야이치 군도 그것을 느낀 걸까? 그래서 공세로 나선 거야?

이대로 계속 밀리기만 할 바에야, 시간이 남은 단계에서 결전에 임하는 편이 낫다고 판단한 것일까?

"야이치는 강하대이. 하지만…… 그 실력에서 절묘한 대국관이 차지하는 부분이 크재. 국면이 혼돈에 빠졌을 때는 큰 힘을 발휘하지만, 완벽하게 정리된 상황에서 종반에 이른다면 의외로 간단히 토대가 무너지삐는 기다."

스승은 제자의 약점을 무거운 어조로 말했다.

"오키토 군은 원래 국지전에 무지 강한 기사였다 아이가. 내도 A급에서 싸워본 적이 있는디, 그렇게 정확한 종반력을 지닌 기사는 본 적이 읍다. 마치 기계처럼 정확했재……. 그라서 소프트에게 추월당했다는 사실에 가장 충격을 받은 걸지도 모른대이……."

"아빠……."

오키토 선생님이 자살하려 했다는 사실은 은폐됐으며, 상세한 내막을 아는 사람 또한 연맹 관계자 중에서도 극히 일부다.

하지만 아빠는 모든 내막을 알고 있다.

왜냐하면 오키토 선생님이 자살하려 한 날의 사흘 후, 아빠와 A급 순위전이 잡혀 있었던 것이다.

그 대국은 아빠의 부전승으로 끝났지만—— 그래서 아빠는 마음에 큰 상처를 입었다.

『와 그런 짓을…… 대체 와 그런…….』

연맹 측과의 통화를 마치고 망연자실한 어조로 그렇게 중얼거리는 아빠를, 나는 기억하고 있다. 그리고 그 기의 순위전에서 아빠는 한 번도 이기지 못했으며, 결국 A급에서 강등당했다.

오키토 선생님은 휴직 처리로 잔류했다.

하지만 선생님이 연맹에 제출한 것은 휴직서가 아니라 『유서』였다. 그런데도 잔류로 처리된 것은, 그를 너무 경솔하게 소프트와의 싸움에 내밀었다는 사실에 모든 프로 기사가 책임감을 느꼈으니까…….

그 뒤로 오키토 선생님이 어떤 심정으로 복귀해서, 어떤 심정으로 소프트에 빠져들었는지 나는 알지 못한다. 아마 그것은 누구도 상상할 수 없을 것이다.

단 하나, 틀림없는 건…….

——야이치 군이 이기기 위해서는 소프트를 능가하는 수를 둘 수밖에 없다.

하지만 봉함수는 소프트가 내놓은 최선의 수였다.

그것은 야이치 군이 소프트의 손바닥 위에 있다는 것을 의미한다. 즉, 오키토 선생님의 손바닥 위에 있는 것이다.

"수순을 읽어내는 속도만으로는 계산기를 이길 수 읎다."

계산기. 아빠는 오키토 선생님을 그렇게 표현했다.
확실히 현재의 오키토 선생님은 냉철한 계산기 같아 보였다.
"속도 계산이라면, 아이가――."
나는 부엌에서 차를 끓이고 있는 야이치 군의 제자가 지닌 재능을 떠올렸다.
아이의 종반력은 국면에 따라서는 프로마저 능가한다. 때로는 인간이 아니라는 생각마저 들 정도다.
나는 아이가 장기를 익힌 지 1년도 안 되었을 시기에 대국을 했지만, 서반과 중반에서 승세를 굳혔는데도 종반에서 뒤집히고 말았다.
그리고 얼마 전에도, 아이는 무시무시한 종반을 선보였다…….
여류명적전의 리그 입성이 걸린 장기.
전직 장려회 회원인 가쿠메키 츠바사 씨가 필지(必至)를 걸었는데도, 아이는 그것을 푸는 악몽 같은 수를 선보였나.
――그 순간을 떠올리면…… 지금도 소름이 돋아…….
그리고 그런 아이를 찾아내어 길러낸 야이치 군에게도…… 나는 그 이상의 공포를 느꼈다. 그것은 지도나 육성처럼 듣기 좋은 것이 아니다.
그것은 실험이다.
"아이가 이 국면을 보면 어떻게 평가할까?"
쨍그랑!
""어?!""
식기가 깨지는 소리를 듣고, 나와 아빠가 고개를 돌려보니――.

"이……."

차를 가지고 나오던 아이가 텅 빈 쟁반을 든 채 멍하니 서 있었다.

바닥에는 방금까지 뜨거운 녹차가 담겨 있었던 찻잔이 굴러다니고, 김이 피어오르고 있었다. 큰일 났네! 쏟은 거야?!

"어머! 아이, 괜찮니?! 데이지는 않았어?! 빨리 닦아——."

내가 수건을 들고 급히 다가갔지만, 아이는 그런 나를 전혀 의식하지 않고서 화면에 나온 제위전의 국면만 응시하고 있었다.

"………… 게 ………… 이 ……………… 렇 ………………게………… 이…………."

"어?"

아이는 선 채, 몸을 앞뒤로 천천히 흔들고 있었다.

그 순간, 나는 믿기지 않는 것을 보고 말았다.

"아…… 아이……?"

열 살 소녀의 등에서———— 새하얀 날개가 돋아났다.

☗ 카라코 쇼지

승부의 세계는 가혹하다. 3단 리그는 지옥이다.

"여기는 변함이 없대이."

십수 년 만에 3단 리그 마지막 날 특별 대국실에 발을 들인 남자는 그곳에 질서정연하게 놓여 있는 장기판과 장려회 회원을 보고 그렇게 중얼거렸다.

변한 것은…… 옛날 대국시계는 아날로그 방식이라 초읽기 기능이 없어서 스톱워치를 사용했었다는 것 정도일까. 지금은 디지털시계가 알아서 초읽기를 해 준다.

이 방은, 지금도 꿈에서 자주 본다.

꿈속에서 남자는 장기를 두고 있었다. 옆에는 스톱워치를 쥔 장려회 회원이 있고, 긴박한 어조로 초읽기를 했다.

국면은, 남자의 필승 형세에 가까웠다.

그것은 장려회 재적 중에 딱 한 번 맞이했던 자력 승단의 기회다. 탈퇴가 결정된 장기보다, 남자는 그 장기를 꿈에서 자주 봤다. 거의 이긴 것이나 다름없는 장기에서, 남자는 어찌 된 건지 지고 말았다.

그리고 끝난 후에 깨달았다.

자신이 투료하기 직전의 국면에서…… 다섯 수 외통수가 존재했다는 것을 말이다.

꿈에서 깨어났을 때, 남자는 항상 울고 있었다. 오늘 아침에도 마찬가지였다.

"카도, 오늘 대국은 여기서 안 둔대이."

카라코 쇼지는 특별 대국실을 나서더니, 화장실을 사이에 두고 뒤편에 있는 작은 방으로 향했다.

카라코의 대국은 천장 카메라로 장기판을 중계하기로 해서, 거기에 알맞은 방이 배정됐다.

『은사(銀沙)의 방』.

거기서 은발 소녀가 기다리고 있자, 카라코는 피에로 같은 미소를 지으며 인사를 건넸다.

"오래간만이대이, 긴코 양."

상석에 앉은 카라코가 장기말함에 손을 뻗자, 소라 긴코는 그를 노려보며 말했다.

"오늘은 이 말로 둬도 될까요?"

"어이쿠."

――이거이거…… 준비를 꽤 했는걸.

농담을 관둔 카라코가 진지한 표정으로 장기말을 배치했다. 이 타이밍에 이야기했다간, 상대방의 긴장이 풀릴지도 모른다.

자력으로 승단이 가능한 상태에서 맞이한 3단 리그 마지막 날이란 상황은, 온갖 장외전술 이상의 압박을 자아낸다.

카라코는 그것을 경험한 적 있고, 긴코는 이번이 처음이다.

――이보다 더 유리한 상황이 있을까?

카라코의 선수로 시작된 대국은 몰이비차와 앉은비차의 대결로 이어졌다.

"호오~. 소프트가 만들어낸 빠른 싸기가. 공부 쫌 했고마."

"……."

카라코가 어설픈 배싸기라고 여기는 그 싸기는 우수했다. 하지만 아무리 생각해도, 금(金)을 방석처럼 옥(玉)의 엉덩이 밑에 까는 그 싸기가 우수하다는 것을 카라코는 인정할 수 없었다.

――이해가 안 된대이. 아니, 이해하고 싶지 않은 기다!

아무리 카라코가 그 싸기를 부정하더라도, 형세가 나빠지고 있는 건 인정할 수밖에 없다.

그리고 싸기 이상으로 우수한 것이 바로, 긴코의 수였다.

——강하대이. ……그 약해빠던 소라 긴코 2단과는 완전 다른 사람 아이가.

10대에게는 이런 일이 빈번히 일어나기에, 경계할 필요가 있다. 느닷없이 벽을 부수며 순식간에 앞서나가는 것이다. 게다가 자신의 약점을 분석당한 느낌이 있었다.

——재능이 있는 애라는 건 전부터 알고 있었대이.

그래서 카라코는 긴코를 경계했다.

그 힘을 발휘하지 못하도록 장외전술을 사용해 미숙한 마음을 공략했다. 상대의 약점을 찌르는 건 비겁한 짓이 아니다. 그것이 승부의 세계다.

"여기는 하나도 안 변한 기가."

자세를 낮추며 만회를 위한 책략을 짠 카라코는 3단 리그 마지막 날의 공기를 가슴 깊이 들이마셨다.

승부의 세계는 가혹하다. 3단 리그는 지옥이다.

장려회 시절, 카라코는 그렇게 생각했고, 장기계에 속한 사람이면 누구나 그렇게 말했다.

하지만 진짜 지옥은 대국실 밖의 세계에 존재했다.

——장려회를 관둔 후로 그것을 실감했다. 세상에 편한 일은 하나도 없었다.

장려회 회원도, 기록 담당과 장기 교육 등 같은 일로 돈을 벌 수 있다. 장기를 두고 몇천 엔, 때로는 몇만 엔을 받는다.

하지만 사회에 나가서 1만 엔을 버는 것이 얼마나 힘든가. 카라코는 TV에서 본 프로 기사의 고운 손과 엉망이 된 자신의 손을 비교해 보며, 몇 번이나 울었다.

장기를 아는 사람이 있는 직장은 힘들었다. 싫어도 장려회 시절을 떠올렸으며, 그때의 꿈을 꾸는 것이다.

하지만 아무리 힘들어도, 그것은 두 번째에 지나지 않았다.

가장 힘든 일은—— 사람이 죽는 직장이다.

그것은 카라코가 장려회를 관두고 얼마 후에 청소업자로 일할 때의 일이었다.

카라코가 배속된 시설에서, 장기가 유행했다. 이력서를 본 상사가 배려해 준 것 같았지만, 괜한 참견에 지나지 않았다.

아무리 권유를 받아도, 상사에게 한 소리 들어도, 카라코는 장기말을 만지지 않았다. 장기를 즐기는 사람들에게서 등을 돌렸다.

그런 카라코의 눈에 다시 장기가 들어오게 한 것이 바로…… 아이들이었다.

——아이라면, 장려회나 나에 대해 모르겠지…….

오랫동안 시설에 있었던 아이들에게, 외부에서 온 카라코는 딱 좋은 심심풀이 상대였던 것 같았다. 하도 졸라서 한 번 대국을 해줬더니, 또 다른 어린애가 졸랐다.

카라코는 청소 일을 하며 틈틈히 아이들을 상대해 줬다……. 처음에는 어쩔 수 없이, 이윽고 아이들의 성장을 기뻐하면서…….

하지만 그런 행복한 시간은 오래가지 않았다.

그 시설의 아이들은── 난치병을 앓고 있었다.

자기 자신에게 일어난 일이라면 얼마든지 견딜 수 있다. 자기 자신을 억누르는 것에도 금세 익숙해졌다.

하지만 자신을 따르던, 장기를 가르쳐달라고 조르던 아이들이 다음 날에는 허무하게 숨을 거뒀다…… 그런 현실을 견딜 수 있을까?

카라코는 피에로 같은 웃음을 띠고, 아이들과 장기를 뒀다. 그리고 웃으면서 아이들을 보내줬다.

일부 아이들은 퇴원했지만, 그 아이들은 집에서 여생을 마치기 위해 그런 것이라는 이야기를 병원 직원에게 들어서 알았다.

아무 죄도 없는데, 필사적으로 살려고 노력했는데, 허무하게 스러지고 마는 목숨.

──이것이 진정한 지옥이라고 생각했대이.

견디다 못한 카라코는 그 일을 관뒀다.

그리고 여러 직업을 전전하며, 장기로부터 도망치던 어느 날의 일이었다.

TV 뉴스로 알게 됐다.

과거에 카라코가 장기를 가르쳐 줬던 아이가 한 명 성장해서, 아직 장기를 두고 있었다.

──살아 있었대이! 게다가…… 저렇게 어엿해진 기가……!!

그 사실이 카라코를 바꿔놨다.

장려회를 관둔 후의 자신은, 시체나 다름없었다.

그렇다면 다시 한번, 살아보자. 되살아나자.

장기를 다시 시작한 카라코는 아마추어 대회에 나갔다. 장려회 3단 출신이라고는 해도 간단히 이길 수 있을 만큼 만만한 세계는 아니다. 아마추어에게 지는 굴욕을 견디며, 실력을 갈고닦는 나날이 이어졌다.

그리고 겨우 아마추어 대회에서 우승한 다음 날도, 아침부터 일하러 갔다. 지칠 대로 지친 몸을 이끌고 말이다.

그런 나날이 카라코를 강하게 만들어 줬다.

아마추어 대회에서 우승하고 프로 기전에 초대 선수로 출전하게 됐을 때, 3단 리그 복귀를 위한 활동을 개시했다. 거의 불가능에 가깝다고 여긴 것도, 병에 걸린 어린아이가 일으킨 기적에 비하면 아무것도 아니다.

그리고 드디어, 카라코는 이곳에 돌아왔다.

그리하여 거머쥔, 두 번째 자력 승단 찬스. 간단히 버릴 수는 없었다.

"이야…… 강하대이! 긴코 양이 참말로 강해졌다 아이가!"

미소를 머금은 카라코가 과장스럽게 한숨을 내쉬었다.

"소프트를 이용한 전법을 쓰면, 내는 두 손 두 발 다 들 수밖에 없재. 아, 내도 익혀보려고 노력은 했대이. 그래도 위화감을 떨쳐낼 수 없다 아이가……."

자력 승단을 코앞에 둔 장려회 회원이, 어떤 상황에서 실수하는가?

――그건 말이재, 긴코 양. 승리를 의식하기 시작한 순간이다.

실제 형세는 그렇게 벌어지지 않았다. 긴코의 매서운 수를 봉쇄할 수만 있다면 역전할 수 있다. 카라코에게는 그럴 자신이 있었다.

그래서 일부러 약한 소리를 하며 빨리 응수에 임해서, 조금이라도 긴코의 형세 판단을 둔하게 만들려는 장외전술을 펼쳤다.

——약아 빠진 방법이대이. 하지만 높은 곳만 바라보는 자는 발치의 돌멩이가 눈에 들어오지 않는 법인 기다.

한 수라도 괜찮다.

장기말에 손가락이 닿은 한순간만이라도 마음이 흔들린다면 나락에 떨어질 수 있다는 것을, 카라코는 누구보다 잘 안다.

"자아, 곤란하게 됐대이. 이렇게 되면…… 긴코 양이 심장이 멎을 때까지 버틸 수밖에 없을 기다."

긴코는 카라코를 똑바로 바라보며 입을 열었다.

"당신 말은 이제 나에게 안 통해."

"뭐라꼬?"

"왜냐하면…… 악의가 없다는 걸 알거든."

"악의? 그딴 게 있을 리 없다 아이가. 내는 언제나 정정당당히——."

긴코는 히죽히죽 웃으며 늘어놓는 카라코의 말을 끊더니, 이렇게 말했다.

"이거, 당신 맞지?"

그리고 천장 카메라에 보이지 않는 각도에서 사진을 꺼냈다. 한 청년과 어린 긴코가 조그마한 플라스틱 장기판을 사이에 두고 장기를 두는 사진이었다.

"그 병원에 있었구나. 그래서 나와 장기를 둔…… 다른 아이들도 아는 거지?"

"으…………."

긴코는 말문이 막힌 카라코를 응시하며 차분한 어조로 말을 이어갔다.

"나는 까맣게 잊었지만…… 당신을 기억하던 엄마가 TV를 보고 말해 줬어. 이 사진도 앨범에서 찾아준 거야."

그 순간, 카라코를 향한 혐오와 공포가 긴코의 마음속에서 사라졌다. 피에로의 진짜 얼굴은 상냥한 청년이었던 것이다.

"중계도, 나한테 무슨 일이 있으면 바로 대처할 수 있게 하려고 한 거지? 나를 걱정해 주는 사람들, 사부님, 아카시 선생님, 그리고 내 부모님이 조금이라도 안심할 수 있도록 말이야."

"아니, 그건……."

"나를 걱정해 줘서 고마워."

걱정? 아니다. 걱정 같은 건 하지 않았다.

그저 상대의 마음을 흐트러뜨리려고…… 승부에서 이기기 위해 뭐든 하려고…… 그렇게 말하고 싶었지만, 왠지 혀가 움직이지 않았다.

"하지만 괜찮아. 나는 강해졌어. 장기도, 심장도, 그 시절과는 비교도 안 될 만큼 강해졌단 말이야."

무슨 말을 하자. 해야만 한다…….

하지만 그렇게 잘 움직이던 카라코의 혀가, 얼어붙은 것처럼 꼼짝도 하지 않았다.

"당신이 칸사이 장려회에 남긴 게, 나를 강하게 만들어 줬어. 소타와의 대국에서 마음이 꺾일 뻔 했던 나를 지탱해 준 건『금은(金銀) 여섯 개면 우세, 일곱 개면 승세』라는, 그『겨자 이론』이었어."

"겨자……?"

"어디 사는 바보가 이름을 잘못 가르쳐 줬어."

긴코는 바보라는 말을 할 때만 얼굴을 살짝 붉히며 변명했다.

그리고…….

"나는 강해졌어. 이제 '불쌍한' 내가 아냐. 그러니까――."

긴코는 카라코를 노려보며, 울부짖었다. 온몸으로 투지를 뿜으며…….

"그러니까! 잔말 말고 전력을 다해 덤벼!! 카라코!!!!"

"아하!"

굳어있던 혀가 드디어 움직였다.

"아하하하하하하하하하하하하!! 좋대이, 보여 주꾸마!! 진정으로 끈질긴 장기가 어떤 건지 똑똑히 보그라!!"

자신의 진에 금을 올려둬서 방어를 더욱 견고하게 한 카라코가 철저 항전의 태세에 들어갔다.

승산은 없다. 그것은 알고 있다.

하지만 됐다. 제한 시간이 남아 있는 한. 본가의 진정한 카라코 이론을 보여주기 위해서.

긴코도 선보였다. 지금의 자기 힘을. 강해진 자신을.

"잘 봐. 깔끔하게 이겨 주겠어."

《휘젓기의 마에스트로》에게 직접 전수받은 휘젓기로 카라코의 옥을 감싼 방어진을 깔끔하게 벗겨낸 긴코는 어릴 적과 마찬가지로, 하지만 그때보다 훨씬 정확하게 외통수순으로 뛰어들었다.

그리고 옥(玉)을 잡기 직전까지 수를 두더니, 카라코는 한숨을 내쉬며 이렇게 중얼거렸다.

"진짜로…… 멋지 않는 기가."

"응……."

열전 탓에 볼이 달아오른 긴코가 가슴에 손을 대며 이렇게 답했다.

"멋지 않아. 내가 프로가 되기를 기다려주는 사람이 있고, 그 녀석을 생각하기만 해도…… 이렇게 가슴이 뛰는걸."

"하하! 아아, 졌대이. 이래서야 이길 수 있을 리 없다 아이가!"

카라코는 가진 말을 장기판 위에 흩뿌리며 투료 의사를 표시하더니…….

"사랑에 빠진 가스나는 무적이대이!"

카라코 쇼지는 그렇게 말한 후, 웃으면서 뒤편으로 벌러덩 쓰러졌다.

☖ 약속

3단 리그 제17회전.

카가미즈에게 있어 이 일전이 인생의 갈림길이라 다행이었다. 이 대국에서 이기면 승단이 확정되는 것이다.

"안녕하세요, 카가미즈 씨."

"안녕, 소타."

소타에게 있어 이 일전이 지닌 의미는 한없이 컸다.

순위가 가장 낮은 소타로서는, 승단하려면 상위자와 이긴 횟수가 같아선 안 된다. 카가미즈에게 이겨서 그를 끌어내릴 필요가 있다.

인생이 걸린 중요한 승부를 치르게 됐지만, 장기판 앞에서 마주한 두 사람에게서는 왠지 안도한 듯한 기색이 흘렀다.

"오늘은 넥타이를 맸군요?"

"그래. 기자회견이 있을지도 모르니까……. 안 어울리지?"

"아뇨. 제가 지금까지 본 넥타이 중에서 가장 멋진 넥타이라고 생각해요."

두 사람은 그렇게 말하며 장기말을 배치하기 시작했다.

칸사이 소속인 두 사람은 칸토에서 장기판을 사이에 두고 대치했다.

원래라면 있을 수 없는 대진이다.

하지만 운명의 장난인지, 아니면 누군가의 뜻인지…… 최연장

3단과 최연소 3단의 대국은 보도진이 모이기 쉬운 칸토, 그것도 마지막 날에 치러졌다.

——운이 좋았다고 생각하자.

카가미즈는 눈앞의 대국 말고는 아무래도 상관없었다. 정 신경이 쓰인다면 4단이 된 후에 어떻게 된 건지 생각해 보면 된다.

"시작하자. 내가 선수야."

"예. 잘 부탁드려요."

칸사이 장기회관의 기사실에서 항상 그랬던 것처럼, 두 사람은 대국을 시작했다.

카가미즈는 첫수에서 각의 길을 열었다.

그리고 소타는 비차 앞의 보를 전진시켰다.

두 사람은 언젠가 함께 걸었던 수순을 따라 나아갔다. 두 사람은 수도 없이 함께 장기를 뒀다.

"…………."

카가미즈는 눈을 감고 넥타이에 손을 대더니, 결연한 표정으로 전형을 선택했다.

그것을 본 소타는 불쑥 중얼거렸다.

"망루……."

의외였다.

연습 장기에서 소타는 카가미즈의 망루를 완전히 공략했다.

애초에 선수 망루는 소프트의 등장에 따라 쇠퇴했고, 그것을 특기로 삼던 기사는 현재 각교환 서로 걸기로 활로를 찾고 있었다.

하지만 시대착오적일지라도, 카가미즈는 자신의 몸에 익은 전법에 모든 인생을 걸었다.

"장기란 참 신기해……."

"예?"

"그렇게 많이 두던 망루를 아무도 두지 않게 되고…… 비차 앞의 보를 전진시키는 것도, 내 장기 수행을 시작했을 때는 '하나도 전진시키지 않아서 수법을 드러내지 않는 편이 유리' 하다고 여겨졌지."

카가미즈는 말을 하면서 비차 앞의 보를 전진시켰다.

"그렇게 5단까지 보를 전진시키는 건, 먼 옛날에 유행했었는데 말이야. 요즘 겨우겨우 사람들이 두는 망루는 전부 이 형태야."

"그런 건 제가 알 바 아니에요."

소타는 시간을 들이지 않고, 맹렬한 속도로 수를 뒀다. 정석 부분에서 시간을 소비하는 건 무의미하다고 말하는 것만 같았다.

한편, 카가미즈는 스스로 선수 망루를 골랐으면서도 한 수 한 수에 정성을 들이듯 시간을 할애했다.

숲을 헤치며 나아간다, 는 말이 있다.

수풀이 무성한 야산에서 잡초와 나무를 헤치며 나아가는 것을 그렇게 표현한다.

카가미즈의 모습은 그것에 가까웠다.

앞으로 나아가듯 몸을 기울이더니, 앞뒤로 몸을 격렬하게 흔들었다.

이마에 맺힌 커다란 땀방울을 손등으로 닦더니, 전인미답의 대지를 나아가듯 무거운 발걸음으로 장기말을 전진시켰다.

"……! 하아! 하아! 하아……!!! 크윽……!!!"

거친 숨을 고를 여유마저 없는 듯한 카가미즈는 장기판에 이마가 닿을 정도로 깊이 수를 읽었다. 제한 시간은 중반에 크게 벌어지고 있었다.

"이럴 줄 알았어……."

시간이 남아 있는 소타가 오히려, 물 쓰듯 낭비되고 있는 카가미즈의 제한 시간을 아까워하고 있었다.

소타에게는 카가미즈가 중요한 승부의 압박감에 눌려버리고 만 것처럼 보일 것이다.

카가미즈가 오랜 생각 끝에 둔 수도, 어느 정도의 기력이 있다면 '여기서는 이 수' 라고 바로 파악 가능한 수였다.

"커억! 후우………… 큭! 하아하아……."

——이렇게 평범한 수를 두는데, 왜 저렇게까지 괴로워하는 거지?

이 수를 당연히 예상했던 소타는 곧 다음 수를 두려고 했다.

하지만 카가미즈가 시간을 이렇게 들인다는 점에서 불길한 느낌을 받고…… 자기도 조금 신중하게 국면을 확인해 보자고 생각하며 자세를 낮췄다.

바로 그때였다.

"실례하지."

카가미즈가 자리에서 일어났다.

소타는 '화장실에 가는 걸까?' 하고 생각했지만…… 대국 상대가 방구석에서 하는 행위를 보고 얼이 나갔다.

앉았다 일어서기를 시작한 것이다.

"훗! 훗! 훗!"

한 번, 두 번, 세 번…… 펌프로 온몸에 산소를 보내려는 듯이, 카가미즈는 힘차게 무릎을 굽혔다 펴면서 흐트러진 호흡을 가다듬기 위해 크게 숨을 쉬었다.

그동안에도 시선은 장기판 위를 날카롭게 주시하고 있었다.

정신적 압박감에 짓눌리고 있는 남자의 행동이 아니다. 카가미즈는 그저 하염없이 장기에 몰두하고 있다. 주위에서 쳐다보든 개의치 않았다. 그리고 당연히, 자신의 전법을 후배들과 소프트가 어떻게 평가하든 상관없다.

그런 카가미즈의 행동을 본 소타는 다음 수를 생각하기 위해 다시 장기판을 향해 고개를 돌렸다.

그리고, 아연실색했다.

"윽……?! 내가…… 약간 불리하잖아?!"

아까만 해도, 제한 시간을 포함해 자신에게 불리한 요소는 하나도 없었다.

하지만 지금 다시 국면을 보니…… 유효한 수를 찾을 수 없었다.

"말도 안 돼…… 어떻게 된 거야?! 최신 정석에 따라 진행했는데? 긴코 씨가 말한 것처럼, 내 대국관이 무른 거야……?!"

멀찍이 떨어져 있는 카가미즈는 그 목소리가 들리지 않았다.

소타는 초조해하기 시작했다.

긴코, 카라코, 그리고 카가미즈…… 어쩌면 자신은 낡은 기풍을 지닌 인간에게 치명적으로 약한 게 아닐까……?

『너는 대국관이 삐뚤어졌어.』

긴코가 했던 그 말이, 경보처럼 머릿속에 울려 퍼졌다.

가슴속에서 몇 방울 떨어져 있던 패배란 검은 얼룩이, 점점 커지면서 마음을 침식하고 있었다.

"아니야! 그럴 리 없어! 애초에 후수니까 상대의 공세를 막아내기만 하면 이겨!"

고개를 저으며 잡념을 떨쳐내려 한 소타는 적진의 움직임을 견제하는 수를 선택했다. 서로에게 유효한 공격이 존재하지 않는다고 판단한 것이다.

곧 앉았다 일어서기를 멈춘 카가미즈가 방석으로 돌아왔다.

"인생이 걸린 대국 도중에 체조를 하는 거예요? 여유가 넘치네요."

"그럴지도 몰라."

다시 몸을 앞뒤로 흔들기 시작한 카가미즈에게, 소타는 말을 건넸다.

"그건 그렇고 카가미즈 씨는 오늘 정말 이상하네요. 이길 생각이 있는 것 같지 않아요. 애초에 왜 망루를 선택한 거예요?"

"…………."

한동안 묵묵히 장기판 앞에서 몸을 흔들던 카가미즈는――.

이윽고 짤막하게 답했다.

"약속했거든."

"약속? ……누구와? 어떤 약속을 했는데요?"

대국 상대가 그런 질문을 하자, 카가미즈는 마치 참회라도 하는 투로 말했다.

"꼭 승단하겠다고, 남하고 약속할 수는 없어. 나는 쭉 그 약속을 어겼으니까……."

스승의 기대를 배신했다.

애인에게 상처를 입혔다.

부모님에게 쭉 걱정을 끼쳤다.

카가미즈는 항상, 몇 번이나, 돌이킬 수 없는 실수를 저질렀다.

그래서 이긴다고 약속할 수는 없다. 프로가 꼭 되겠다고 약속할 수는 없다.

"하지만——자신의 장기를 두기로 자신과 약속하는 건, 나라도 할 수 있어."

카가미즈는 조용한 말투로 그렇게 말하더니, 결연한 의지로 비차를 적진에 투입했다.

"어……?!"

천재 초등학생은 소녀처럼 커다란 눈동자를, 더욱 치켜떴다.

"이 타이밍에 비차를 버리는 건가요?! 제정신이에요!?"

소타는 무심코 카가미즈의 얼굴을 쳐다봤지만, 시선을 마주할 수 없었다. 카가미즈의 눈은 장기판 위의, 소타의 옥(玉)만을 향하고 있었다.

'첫 기회는 그냥 넘긴다' 라는 장려회의 정석을 무시한, 강렬한 돌격!

항상 기회를 놓치기만 했던 남자에게 있어, 그것은 과거의 자신과 결별하겠다는 의미였다.

"이게 나야! 나는 나대로 프로가 되겠어!!!"

카가미즈는 고함을 질렀다. 넥타이를 움켜쥐면서…….

한없이 고여 있던 물이 탁류가 되어 넘쳐흐르듯, 카가미즈의 장기말이 소타의 진지를 기세 좋게 침식하기 시작했다.

이제까지의 슬로 페이스와 달리 속기 장기를 두기 시작한 이 퇴로가 끊긴 남자는, 배수의 진을 치며 펼친 공세를 집념으로 성공시키려 하고 있었다.

이제까지 소비한 제한 시간은, 이 공세의 성공 여부를 읽기 위해 쓰였던 것이다.

철벽처럼 보이던 후수의 진에 한순간 생긴 수 밀리미터의 틈을 노리며, 모든 힘을 쏟아붓는다!

——삼켜지고 말아……!!

장기판 위에서도, 그리고 기백으로도, 소타는 카가미즈에게 압도되고 있었다.

긴코와의 대국에서 처음으로 느꼈던 감정이, 또 소년에게서 냉정함을 빼앗았다.

그것은 『공포』였다.

본능적인 공포를 느낀 소타도 공세를 펼쳤지만, 그 대처는 계속 한발 늦었다. 그것을 알면서도 둘 수밖에 없었다.

공포에서 벗어나기 위해서…….

——이 전개…… 마치 긴코 씨와의 대국 때와 똑같아……?!

컴퓨터가 짠 정석에 따라, 그리고 지금은 공포에 휘말린 채 두고 있다.

——내가 생각한 수는…… 어디 있지?

그런 마음을 읽힌 것처럼, 카가미즈는 이렇게 말했다.

"나는 내 장기를 두겠어. 그러려고 여기 있는 거야."

그리고 카가미즈는 말받침에서 비차(飛車)를 쥐더니…….

"너는 어떻지? 소타."

마치 상대의 가슴을 손가락으로 짚듯, 그 비차(飛車)를 적진 가장 깊숙한 곳에 뒀다.

"나는…… 나, 나……는……."

자기 차례가 된 소타는 무심코 말받침을 향해 손을 뻗었지만, 아무 대답도 못 하며 고개를 숙이고 있었다.

오른손에서, 손에 쥔 장기말이 맞부딪치는 소리가 들렸다.

☗ 쿠누기 소타

『이 애는 천재니까.』

나는 말을 하기 전부터, 그런 평가를 받았다.

부모님은 서글서글하기는 해도 똑 부러지는 사람이기에, 외동아들이 특별한 재능을 지녔다 할지라도 그걸로 들뜨지는 않았다.

되도록 평범한 아이로 키우려 한 것이다. 올바른 마음가짐이라고 생각한다.

하지만 그것은 명백한 실수였다.

공부, 예능, 게임…… 답이 있는 것에서, 나는 명백하게 다른 인간(같은 또래 어린애만이 아니라 연장자도 포함해서)보다 빠르게 최적의 해답을 찾아냈다.

그런 존재를 일반 사회에 그냥 풀어두면 어떤 일이 벌어질까?

"우에에에에엥! 소타와는 이제 안 놀 거야!"

"당신 아들…… 속임수를 쓰는 것 아닌가요?"

그 어떤 분야에서도 백전백승.

게다가 압도적인 승리를 거둔다면, 상대방이 재미있어할 리 없다. 어린애들은 더욱 그럴 것이다.

그래서 나는 생각했다.

『때로는 져 주자.』

좋은 아이디어라고 생각했지만, 그 판단이 사태를 악화시켰다. 일부러 져 줬다는 사실을 안 상대가 더욱 깊은 상처를 받은 것이다.

나는 어떤 분야에서도 최적의 답을 찾아낼 수 있었다.

하지만 인간의 마음만큼은…… 정답을 찾아내지 못했다.

그래서 내 기억에 존재하는 가장 과거의 생일 선물로, 나는 부모님에게 이런 것을 달라고 했다.

"이 세상에서 가장 정확한 주사위를 가지고 싶어."

부모님은 백방으로 수소문한 끝에, 내가 납득할 만한 것을 구해다 줬다.

티탄제. 정밀도는 99.99999999퍼센트. 공기저항에 따른 확률 변동을 최대한 억누르기 위해, 눈금은 매우 얕게 새겨져 있었다.

그것은, 신이 던지는 주사위였다.

나는 항상 그것을 손에 쥐고 있었다.

그리고 생각을 해도 답이 안 나올 때는, 그것을 던져서 답을 정했다.

나는 그런 식으로 배려해 봤지만, 이 세상 또한 별개의 방식으로 나와 접점을 만들려 했다.

『이 아이는 천재니까.』

그렇게 납득해버리면, 상대방은 나한테 져도 울지 않았다.

"그래. 나는 천재여야만 하는구나."

압도적인 힘을 과시해야 상대방이 상처받지 않는다고 생각한 나는 자기 자신을 천재라고 직접 설명하게 됐다. 미움을 사도 괜찮다. 상대에게 상처를 주는 것보다 훨씬 나으니 말이다.

하지만 다른 문제가 생겼다.

남들이 나와의 대결을 꺼리게 된 것이다.

그뿐만이 아니다.

상대를 찾기 위해 대회에 나가도, 나와 붙게 된 이가 바로 포기해 버려서 제대로 승부를 펼칠 수 없었다.

마음이 꺾인 인간은 성능이 극단적으로 하락한다.

필연적으로, 내 흥미는 인간 이외의 존재로 넘어갔다.

감정이 없는 기계라면, 적어도 나와 붙는다고 해서 성능이 하락하지 않을 것이다.

마침 세간에서는 인간과 기계의 싸움이 주목을 모으고 있는 경기가 존재했다.

"엄마. 저게 뭐야?"

"이건 장기라고 하는 거란다. 프로 기사 선생님이 기계와 싸우고 있네."

TV 뉴스에서 인류의 패배가 보도됐다.

은색으로 빛나는 로봇 팔이 기모노 차림의 기사와 장기판을 사이에 두고 앉은 그 모습을 본 나는, 바로 룰을 외우고 장기를 시작했다.

처음에는 간단한 애플리케이션을 했다.

다음에는 고성능 컴퓨터에 당시 최강이라던 장기 소프트를 인스톨했다.

어느 정도 실력을 쌓은 후에 인터넷 대국을 해 봤다. 하지만 승률이 높은 상대와의 대국에서 종반에 역전 승리를 거뒀을 때, 채팅으로 이런 말을 들었다.

『소프트 쓰는 거냐. 죽어버려.』

소프트 장기꾼…… 즉, 소프트로 인터넷 장기를 둔다는 의심을 받게 된 나는 운영 측에 신고를 당한 끝에 계정이 정지됐다.

아무래도 내 재능은 얼굴이 보이지 않는 상대의 마음도 꺾은 것 같았다.

이렇게 되면 강한 상대와 실제로 장기판을 사이에 두고 마주 앉을 수밖에 없다.

우리 집이 있는 나라(奈良)에는 장기 도장이 많지 않았기에, 부모님이 오사카에 쇼핑을 하러 가는 김에 칸사이 장기회관의 도장에 데려가 줬다.

그리고 장려회 회원의 지도 대국을 받는 코너에, 그 사람이 앉아 있었다.

옛날 타입의 검정 교복.

그다지 어울리지 않는 느낌의 멋진 안경.

오렌지색 명찰에는 내가 알아볼 수 없는 이름이 새겨져 있었다.

나는 그 사람에게 도전했고………… 태어나서 처음이라 해도 과언이 아닐 만큼, 완패했다.

"너, 인간과는 장기를 둔 적이 거의 없지?"

대국을 마친 그 사람은 나를 꿰뚫어 본 것처럼 그렇게 말했다.

"윽?! 그런 걸 알 수 있나요?"

"응. 소프트에는 독특한 버릇이 있거든."

엄청나게 흥분한 나는 자기가 소프트를 이용해 장기를 배웠으며, 인터넷 대국을 해도 소프트 장기꾼으로 의심받는다는 것을 이야기했다.

그 사람은 내 설명을 듣더니, 깔깔 웃었다.

"그래~. 순수 소프트 세대가 벌써 나왔구나~. 그래도 너는 재능이 있다고 생각해. 본격적으로 장기를 시작해 보는 건 어때?"

"저는 자주 천재라는 말을 들어요."

"그럴 거야."

"하지만…… 형은 저보다 더 재능이 있다고 생각해요!"

"그래~? 나, 옛날에는 엄청나게 약했어. 나보다 어린데도 훨씬 재능 있는 사람이 주위에 있는데, 그 사람이 나를 단련시켜줬다고나 할까?"

"형보다 재능이 뛰어난 사람이 있어요?!"

"그야 엄청 많아. 프로는 나보다 훨씬 세거든."

"저기!"

"응?"

"형의 이름…… 가르쳐 주지 않겠어요?"

"야이치. 쿠즈류 야이치."

나는 나라에 돌아가자마자 집에서 가장 가까운 곳에 도장을 차린 은퇴 프로 기사의 주소를 조사한 후, 제자로 받아달라고 청했다.

나와 장기를 둔 스승님은 말 그대로 깜짝 놀랐다.

"너, 너무 세대이……. 이 애는 천재인 기다!"

"예. 그런 말을 자주 들어요."

사실 스승님은 프로치고는 너무 약했다. 제자가 된 후에 알았지만, 5단까지 겨우 올라간 끝에 30대 나이에 은퇴할 수밖에 없는 상황에 처한 그는 아마 사상 최약체 기사가 아닐까.

경영 부진과 지병으로 도장을 접고 장아찌 가게를 차리려던 스승님은 나라는 제자를 얻고 갑자기 기운이 난 것 같았다.

"소타가 명인이 될 때까지 힘낼 기다! 뭐, 그렇게 오래 걸리지는 않을 기다."

장려회 시험은 전승으로 통과했다.

그런 나에 대한 스승님의 지도법은 단순명료했다.

"니한테 가리킬 건 없대이. 연맹에 가서 센 사람과 실컷 대국을 하그라. 소프트든 뭐든 마음껏 써도 된대이. 소타가 쓰고 싶다고 여기면, 그것을 써야 하는 시기가 된 기다."

컴퓨터를 만져본 적도 없던 스승님은 어느새 구형 핸드폰에서 스마트폰으로 바꿨으며, 장기 앱과 모바일 기보 서비스로 최신 장기를 보게 됐다.

"소타가 프로가 됐을 때, 프로의 장기를 이해 못 하면 안 될 거 아이가."

솔직히 말해, 스승님의 재능과 나이에서 소프트 장기를 제대로 이해할 수 있을 것 같지는 않지만, 건강해져서 다행이라고 생각했다.

"쭉 장기를 둬 왔지만, 지금이 가장 장기 공부를 즐겁게 하고 있대이. 소타, 고맙구나."

그것은 신기한 경험이었다.

자신의 재능이 누군가에게 활기를 준 것은 처음이었다.

장려회에 들어간 나는 야이치 씨를 찾아가서 장기를 뒀다.

하지만 곧 프로가 되어서 타이틀을 딴 데다, 제자까지 들인 야이치 씨는 너무 바빠서 장기를 둘 기회가 거의 없었다. 빨리 프로가 되어서 공식전에서 붙고 싶다고 생각했다.

야이치 씨가 '자기보다 어린데도 재능이 있는 사람' 이라고 말한 긴코 씨와도 둬 봤지만, 솔직히 말해 별것 아니라는 생각이 들었다.

"흐음, 별 볼 일 없네요!"

내가 한 말을 듣고 긴코 씨가 울컥한 것은 기억에 남아 있다. 어쩌면 야이치 씨와 가장 가깝게 지내는 긴코 씨를, 나는 질투한 것일지도 모른다.

그리고 또 한 사람.

"여어, 소타! 장기 두자."

장려회에서 최연장자인, 괴짜 아저씨.

기사실에서 가장 먼저 말을 건 그 사람은 항상 나를 따라다녔다.

"또 당신인가요? 저는 재능 없는 사람과 대국하기 싫은데요."

"너무 그러지 마. 나한테 네 재능을 나눠달라고."

"남한테 나눠줄 수 있다면 고생할 일도 없을 텐데 말이죠."

"호오? 자신만만한걸. 과반수 승리 연장 중인 장려회 회원 앞에서 초등학생이 고생 같은 소리를 하는 거야?"

"하아…… 10초 장기라도 괜찮나요?"

어쩔 수 없이 상대해 주던 와중에…… 나는 신기한 사실을 깨달았다.

이 아저씨는 나한테 몇 번을 져도 성능이 떨어지지 않았다.

장려회 회원도, 프로 기사도, 초등학생인 나한테 져서 마음이 꺾인 사람은 셀 수도 없이 많다.

그중에는 장기를 관둔 사람도 있다.

그런데 이 사람은 몇 번이고 나에게 도전했다.

게다가…… 즐거운 듯이 웃으면서 말이다.

"당신은 신기한 사람이네요."

"응? 뭐, 너 같은 천재가 보기에 나 같은 건 괴짜일지도 몰라. 재능도 없는데, 장기를 계속 두고 있잖아."

"아뇨. 그런 의미가 아니라……."

야이치 씨를 만나서, 나는 『동경』과 『목표』라는 감정을 깨달았다.

이 사람에게서는, 다른 것을 깨달았다.

"그럼 뭔데?"

"아무것도 아니에요. 자아, 이걸로 필지죠?"

"우왓?! 역시 너는 천재야……."

"예. 저는 천재예요."

그렇다. 나는 천재다.

그래서 손에 넣어야 할 것이 잔뜩 있다.

그리고 이 아저씨는, 그런 나의, 테이나시 처음으로 생신──.

☖ 천재

삐익──!! 하는 전자음이 소타를 현실로 끌고 왔다.

"헉……?!"

장기판 위에는 하얀 옥(玉)에 장군이 걸려 있었다.

3단까지 이동한 옥(玉)의 뒤편에, 카가미즈가 비차(飛車)를 올린 것이다.

──수중에 있는 말을 올려서 장군을 차단하지 않으면…… 지

고 말아!

말받침 위에 둔 손으로 보(步)를 쥔 소타는 그것을 옥(玉)과 비차(飛車) 사이에 뒀다.

본능적인 행동이다.

죽음에 직면한 생물이 무심코 저항하듯, 방어본능이 발동한 것이다.

"그래! 두라고, 소타!"

카가미즈는 비차(飛車)를 한 칸 옮기더니 그대로 용왕으로 승격시켰다.

소타의 제한 시간은 2분밖에 안 남았다. 그에 비해 카가미즈는 아직 11분이나 남아 있었다. 하지만 카가미즈는 소타에게 생각할 여유를 주지 않으려는 듯이 노타임으로 수를 뒀다.

"자아, 공격해 봐! 네가 이대로 끝날 리 없잖아?!"

외통수순을 건 카가미즈가 도발하듯 그렇게 말했다. 소타는 초조한 손놀림으로 말받침에서 비차를 쥐더니, 그것을 카가미즈의 옥(玉)을 잡는 위치에 올려뒀다. 아무튼 장군을 걸어서 이 상황을 버텨내려 할 뿐인 것처럼 보이는 응수지만――.

바로 그때, 카가미즈의 손이 움직임을 멈췄다.

잠시 생각에 잠긴 후에 소타의 얼굴을 본 그는 씨익 웃었다.

"금을 써서 막으면 돈사하는 건가……………. 역시 너는 방심 못 할 꼬맹이야!"

"……………."

소타는 수읽기에만 몰두해 있었다. 크게 치켜뜬 눈으로 장기판

만을 주시하며, 카가미즈의 목소리에는 반응을 보이지 않았다.
그 모습을 본 카가미즈는 모순된 감정인 기쁨을 느꼈다.
"자아! 답례다!"
카가미즈는 기합이 들어간 손놀림으로 계마(桂馬)를 올려 장군을 막았다.
단순히 응수를 한 것 같지만, 실은 공격을 위한 수였다.
"카가미즈 씨가 계를 올렸어? 좀 무르지 않아……?"
"그래. 후수는 5육계의 외통수순을 걸 수 있잖아?"
대국을 마치고 관전을 하던 장려회 회원들이 그렇게 소곤거렸지만, 그것은 틀린 생각이었다.
만약 소타가 그 외통수순을 건다면 후수의 옥(玉)이 비차(飛車)의 보호에서 벗어나면서 잡히고 마는, 그런 무시무시한 수읽기에 입각한 수였다.
이것은 서로의 한 수 한 수가 죽음으로 직결된, 아슬아슬한 캐치볼이다.
하지만 최후의 순간, 카가미즈가 남겨둔 시간이 승리의 열쇠가 됐다. 심정적으로 여유가 있기에, 두는 수도 흐트러지지 않는 것이다. 아무리 쿠누기 소타라도, 앞서고 있는 상대가 정확한 수를 계속 둔다면 역전은 어렵다.
――이겼다!!
카가미즈는 확신했다.
흥분과 긴장 탓에 온몸이 떨리기 시작했다. 등에도 땀이 배어 나왔다.

——프로가 될 수 있어! 이걸로 나는 프로가 되는 거야!!

그렇게 확신한, 다음 순간.

스윽…………….

소타는 은(銀)을 대각선으로 옮겨서, 용왕의 옆에 놨다.

"윽?! 이건……?"

그 경악스러운 수를 본 카가미즈는 격렬하게 동요했다.

산 제물로 바쳐진, 6이의 은(銀).

스스로 목을 내놓은 건가……. 아니면 덥석 물었다간 죽고 마는 독 미끼인가?

——시간이 없어! 완전히 수를 읽은 건 아니지만…….

승부에서 모든 수를 완벽하게 읽는 건 불가능하다.

그런 상황에서 자신의 판단을 믿을지 말지를 정해야 할 때, 카가미즈는 제일감과 다른 수를 두는 경우가 많았다.

——……그렇게 해서 나는 승리해 왔어.

덕분에 과반수 승리 연장이 결정된 적도 몇 번이나 있다. 목숨을 건진 것이다.

하지만 그런 승리를 거듭할 때마다, 자신이 약해지는 듯한 느낌이 들었다.

——그 결과가 지금 이 꼴이야…….

곧 서른 살이 된다. 과반수 승리 연장이 불가능한 시기까지 왔다. 지금까지 자신은 항상 어중간했다.

그렇다면…… 이기면 프로가 되는 이 대국에서 골라야 할 길은 단 하나뿐이다!

"나는 나를 믿어."

카가미즈는 스스로를 관철하며, 소타가 둔 은(銀)을 잡았다. 이것으로 이겼다고 생각했다. 그것이 자신과의 약속이다.

그 순간――――.

"으…………."

소타는 고개를 푹 숙이더니, 이제까지 노타임으로 두던 그의 오른손이 움직임을 멈췄다.

――아아…… 그래.

그 모습을 본 카가미즈는 자신의 내면에 존재하는 의문이 확신으로 변하는 것을 느꼈다.

주위에서는 카가미즈의 승리를 확신하고 있었다.

"저 초등학생, 왜 투료하지 않는 거야?"

"당연히 못 하겠지. 진다면 승단이 절망적인 거잖아. 게다가 카가미즈 씨는 자기를 꺾고 승단한다고."

"하지만, 이미 끝났잖아……."

"제한 시간을 다 쓴 카가미즈 씨가 실수하는 걸 기대하는 건가? 그럼 빨리 두면 될 텐데 말이야."

누가 봐도 선수의 압승이었다.

국면을 봐도, 그리고 대국자의 자세를 봐도 말이다. 카가미즈 씨는 당당하게 가슴을 펴고 있으며, 소타는 고개를 숙인 채 꼼짝도 하지 않았다.

"…………."

주위에서 냉혹한 목소리가 들려왔지만, 그래도 소타는 가만히 있었다. 그의 눈은 장기판을 보고 있지 않았으며, 1분이란 짧은 제한 시간이 바닥나려 하고 있었다.

침묵에 잠긴 소년에게, 카가미즈는 말을 건넸다.

"둬, 소타."

그것은 이 상황에 어울리지 않을 만큼 상냥한 목소리였다.

"외통수가 있는 거지? 두도록 해."

"""어?!"""

그 뜻밖의 말에, 모여 있던 장려회 회원들이 경악했다.

고개를 숙이고 있던 소타가 얼굴을 들었다.

"하, 하지만…… 그랬다간, 카가미즈 씨가……!"

"나를 우습게 보지 마!!"

움찔! 하며 몸을 부르르 떤 초등학생에게, 곧 서른 살이 되는 남자가 엄격한 어조로 그의 실수를 지적했다.

"네가 승리를 양보해 준 덕분에 프로가 된다면, 내가 기뻐할 것 같아? 지금 나에게 승리를 양보해도, 자기라면 다음 기에 반드시 프로가 될 수 있을 거라고 생각하는 거야?"

그 목소리는 점점 격렬해졌다. 마치 질책하는 것 같았다.

"프로의 세계는 그렇게 만만하지 않아! 장기를 우롱해서 올라설 수 있을 만큼 간단한 세계라면, 나는 이미 프로가 됐을 거라고! 빨리 둬!!"

"…………."

소타는 떨리는 손으로 머뭇머뭇, 카가미즈의 옥(玉)에 장군을 걸었다.

자신이 없기 때문이 아니다.

오히려 반대니까…… 주저하는 것이다. 다음 수를 두는 것을.

6팔용이란 이 수를 말이다.

그리고 그 수를 본 순간, 주위 사람들은 드디어 이해했다.

"""앗!!!"""

한 수 돈사.

카가미즈가 은(銀)을 잡은 순간———— 열아홉 수 후의 확실한 죽음이 약속되고 만 것이다.

마치 인간을 초월한 신처럼, 운명을 조작했다.

"""처…… 천……재……!!"""

천재 부활.

소년은 공포를 알고, 또한 공포를 넘어섰다.

맞물리지 않았던 소타의 톱니바퀴가, 다시, 그리고 예전보다 견고하게 맞물린 순간이었다.

"마, 말도 안 돼……. 마치, 짠 것처럼 딱 맞물렸어……."

"이런 상대에게…… 어떻게 이겨……."

아까까지 소타를 힐난하던 장려회 회원들이 이번에는 절망에 찬 표정을 지었다.

선수의 옥(玉)을 무시무시한 외통수로 잡아낸 천재는, 그것을 자랑스러워하거나 기뻐하지 않으며, 그저 고개를 숙인 채 무릎을 움켜쥐고 있었다.

카가미즈는 남은 시간을 전부 할애해서, 그 국면을 살폈다.

"응. 깔끔하게 잡혔네."

이윽고 납득한 것처럼 고개를 끄덕이더니, 고개를 숙이며 패배를 받아들였다. 무겁디무거운 패배를…….

"졌습니다. 역시 너는 천재야."

"…………."

소타는 인사하지 않았다.

그 대신── 쥐어짜는 듯한 목소리로 이렇게 말했다.

"왜……."

입에서 흘러나온 의문은, 방금 장기에 관한 것이 아니었다.

그것은 두 사람이 처음 만났을 때부터, 소타가 품고 있던 의문이었다.

"왜 저한테 말을 걸었어요? 왜 저와, 그렇게 실컷 장기를 둔 거예요? 왜……."

쭉 의문으로 품고 있었던 점에 대해, 소타는 물었다.

"왜 저를…… 그렇게 상냥히 대해 준 거예요……."

항상 타인과 거리를 뒀던 천재.

그런 소타에게 처음으로 말을 걸어준 이가 카가미즈였다.

"뭐, 나도 기사실 구석에 멀뚱멀뚱 앉아 있는 천재 초등학생을 보고 '일부러 말을 걸 필요는 없어. 내버려 두면 성장하는 데 시간이 더 걸릴 거야.' 라고 생각했거든?"

카가미즈는 당시 심정을 솔직하게 털어놓았다.

"하지만 어느새 너한테 말을 걸고 같이 장기를 두고 있었어. 야이치에게, 긴코에게, 사카나시 군에게 그랬듯이 말이야. 어째선지 나는 항상 라이벌을 강하게 만든다니깐."

"그러니까…… 왜, 그런——."

"그게 나거든."

카가미즈는 당당한 표정으로 그렇게 대답했다.

망설임도, 그리고 마지막에 실수를 했다는 분함도, 전부 떨쳐낸 표정이었다.

"말했지? 나는 나대로 프로가 될 거라고 말이야. 그러니 이걸로 됐어."

"죄송해요……. 죄송해요……."

소타는 울면서 그 말만 되풀이했다.

자신이 왜 이렇게 우는 건지 알 수 없었다. 천재인데…….

"어이, 너무 사과하지 말라고. 나는 아직 자력 승단의 가능성이 남아 있단 말이야."

"그랬……죠…………."

카가미즈는 근처에 있던 칸사이의 3단에게 물었다.

"카라코 씨와 긴코의 대국은 어떻게 됐지?"

"소라 양이…… 이겼어요."

"그래. 도깨비 승부가 됐는걸."

카가미즈, 긴코, 소타는 이걸로 14승 3패가 됐다. 3패는 이 세 사람뿐이다.

순위 차이로 카가미즈는 여전히 선두를 지키고 있지만, 자기보다 순위가 높은 13승 4패가 있는 상황이기에 최종전에서 지면 승단을 못 할 가능성이 있다.

하지만――.

"다음 대국에서 내가 긴코한테 이기고, 소타도 이긴다면 우리 둘이 원투 피니시를 할 거야."

적어도 15승 3패가 된다면 틀림없이 승단할 수 있다.

카가미즈와 소타는 자력 승단의 권리가 있다. 다음 대국에서 이기기만 하면 되는 것이다.

"최연장자와 최연소자가 동시에 승단하면 화제가 되겠지? 같이 프로가 되자고!"

"…………."

소타는 손등으로 눈물과 콧물을 닦더니, 겨우겨우 억지 미소를 머금었다.

"사실 긴코 씨와 동시 승단이 더 화제가 될 것 같은데요."

"너는 정말 건방진 꼬맹이야."

카가미즈는 손을 뻗어서 소타의 머리를 거칠게 쓰다듬었다.

"그나저나 소타. 다 끝나고 나면 기자회견을 해야 하니까 눈물과 콧물을 닦아 둬. 휴지 있어? 그리고 프로가 되면 건방진 소리 하지 마. 그런 짓을 안 해도 프로는 전력을 다해 너와 싸워 줄 거야."

"알고, 있었군요……. 역시 카가미즈 씨는 상냥해요……."

"그리고 딴 말을 손으로 쪼물거리는 버릇은 고쳐. 대국 중에 말이 너무 많은 것도 좋지 않아. 은근히 무례한 태도도 말이야. 그리고――."

"그만 좀 해요! 되게 시끄럽네!"

소타는 머리 위에 있는 카가미즈의 손을 짜증스레 쳐냈다.

"꼭 함께 프로가 되는 거예요! 카가미즈 씨도 같이 프로가 되자고요! 약속한 거예요!"

"그래. 약속할게."

카가미즈는 씨익 웃더니, 장난스레 새끼손가락을 내밀었다.

절친인 최연소자와 최연장자는, 장기판 위에서 손가락을 걸고 약속했다.

☗ 같은 피가 흐르고 있다

첫 번째 대국과 두 번째 대국 사이의 빈 시간을, 나는 5층에 있는 여류기사실에서 보냈다.

"여류기사……."

3단 리그 첫날에 츠키요미자카 료한테서 이곳의 사용 허가 같은 것을 받았다. 하지만 과연 자신은 이 방에 어울리는 존재일까? 그 사실에는 쭉 의문을 가지고 있었다.

"하지만 프로가 되면 여류기사가 아니게 돼……."

다음 대국 생각을 해야겠지만, 머리가 잘 돌아가지 않았다. 그 사람과 인생을 건 싸움을 치러야만 한다는 생각을 하고 싶지 않은 걸지도 모른다. 나는 유리한 선수이며, 작전은 이미 짰다. 그러니 다른 생각을 하는 편이 나을지도…….
끙끙 앓듯이 그런 생각을 하고 있을 때——.
"아."
문뜩 생각났다.
호주머니 안에 넣어뒀던 프린트를 꺼내서 확인했다.
"그래. 이 문제도 멍군 끼우기과 역장군에 작가의 의도가 담겨 있구나."
전혀 다른 생각을 하고 있었는데, 꼬맹이가 만든 장기 묘수풀이의 정답이 생각났다. 어젯밤에는 풀지 못했는데 말이다. 그만큼 머리가 맑아진 것일지도 모른다.
"그건 그렇고 실전에서 이런 수순을 읽어내다니…… 그 꼬맹이는 대체 얼마나 깊게 수를 읽는 거야?"
현실에 나타난 국면은 아닐 것이다.
실전의 어느 국면에서 그 꼬맹이가 선수와 후수 양쪽에서 최선의 수를 계속 둔 끝에 만들어진 기적이리라. 여류기전은 물론이고, 프로 타이틀전에서도 이렇게 복잡하고 많은 수를 둬야 하는 외통수가 나타날 리가 없다.
그래도 풀었더니 마음이 개운해졌다.
"후후후…… 나도 장기별 사람에 한 발 걸친 걸까?"
복잡한 장기 묘수풀이를 풀더라도 장기 실력이 늘지는 않을 것이다. 하지만 기분은 나아졌다.
시간도 적당히 흘렀다. 여류기사실을 나가서 두 번째 대국을 두러 가려고——.

"앗, 저기! 소라 선생님! 잠시 시간 좀 내주시겠어요?!"

방 앞에서 여자애와 마주쳤다.

나와는 대조적으로, 햇볕에 탄 피부가 건강미를 자아내고 있는 여고생이다. 내가 나오기를 기다리고 있었던 걸까?

"당신……."

"초단인 노보료 카렌이에요! 저기, 여류 타이틀전에서 선생님의 대국에서 기록을 담당한 적이——."

"예. 물론 기억해요."

"우와!! 어?! 대박…… 어어어어, 왜 기억하는 거야……?!"

"…………."

"앗, 죄…… 죄송해요! 최애가 반응해 주면 항상 이렇게……."

최애……?

"저는…… 소라 선생님과 장려회에서 대국을 하는 게 목표였어요. 하지만 그건 무리일 테니까, 하다못해 여류 타이틀전에서 도전하고 싶었는데…… 초등학생한테 지고 말았거든요……."

야이치의 제자인 까만 꼬맹이한테 진 것이리라.

그 녀석이라면 장려회 유단자도 이길 수 있을 것이다. 나도 선수였는데, 천일수로 몰렸던 적이 있다.

그런 식으로 위로해 주려고 입을 열려고 했을 때였다.

"지고 의기소침하기도 했지만, 지금은 달라요."

노보료 씨가 먼저 말을 했다. 환한 표정으로 말이다.

"저는 지금까지 여류기사를 무시했어요. 장려회가 더 혹독한 만큼, 더 뛰어나다고 생각했죠. 칸토 장려회도 그런 분위기였으니까……. 그래서 여류기전에서 진 게 정말 부끄러웠고, 남자 장려회 회원한테서 『장려회의 수치』라는 말도 들었어요…….”

“…….”

“하지만 지고 깨달은 것도 많아요. 분명 저는 패배가 두려웠던 거예요. 그런 부담 속에서 여류기사에게 무패를 이어가고 있는 소라 선생님을, 다시 존경하게 됐어요. 그러니 저는 앞으로도 여류기전에 계속 나갈 생각이에요.”

자기 이야기만 늘어놔서 미안하다고 사과하면서도, 나와 같은 길을 걷고 있는 이 사람은 말을 이어갔다.

“여자가 장려회에 있으면 정말 힘들어요……. 예회 때도 소외되고, 상의할 사람도 없죠. 그리고 툭하면 ‘여류기사가 될 수 있어서 좋겠네.’ 같은 말만 들어요……. 진짜 어이가 없다니까요! 프로가 되고 싶어서 장려회에 들어온 건데 말이에요!”

발을 동동 굴리면서 그렇게 외친 노보료 씨는 정중히 고개를 숙였다.

“제가 여류기전에 도전해서 다양한 경험을 할 수 있었던 건, 저보다 먼저 이 길을 나아간 소라 선생님이 계셨기 때문이에요. 그래서 고맙다는 말씀을 드리고 싶어서…… 큰 승부를 앞둔 선생님한테 이런 소리를 늘어놔서 죄송해요.”

“아뇨…….”

“건투를 빌겠어요! 여자 장려회 회원의 의지를――.”

노보료 카렌 초단은 도중에 말을 바꾸고 나에게 성원을 보냈다.

“여자의 의지를, 보여주세요!!”

“고마워요. 노보료 씨도, 멋진 장기를 두세요.”

여류기사로서 올바르게 행동했는지는 알 수 없으며, 여류 타이틀을 딴 것이 지름길이었는지 시간 낭비였는지도 모른다.

하지만 자신이 걸어오며 남긴 발자국이 누군가의 길잡이가 되고 있다면, 설령 시간 낭비였더라도 의미는 있었다는 생각이 들어서 기뻤다.

앞장서서 걷고 있는 그 녀석의 발자국을 쫓아온 나이기에, 그것이 얼마나 소중한지 아는 것이다.

3단 리그 제18회전. 즉, 최종국.

우리의 대국은 특별 대국실이 아니라, 은사의 방에서 치러지게 됐다.

인원이 많기에……라는 것이 대외적인 이유지만, 대국자인 두 사람은 그것이 진짜 이유라고 여기지 않았다.

상석에 앉아서 나와 대치한 상대는── 카가미즈 히우마 3단.

우리 둘 다 14승 3패다.

──이기면 승단이 확정된다. 하지만 진다면………… 이런 도깨비 승부를 치르게 되다니…….

중압감을 견디다 못한 나머지, 나는 대국 전에 두 손으로 다다미를 짚으며 고개를 푹 숙였다.

앉아 있는데도 극도로 어지러웠다.

심장 소리가 너무 커서 토할 것만 같았다.

저 상냥한 카가미즈 씨의 얼굴을, 지금은…… 지금은, 똑바로 바라보는 게 무서워……!!

"실례했습니다."

내가 준비된 방석을 정리하고 다다미 위에서 정좌하자, 카가미즈 씨는 장기말함을 향해 손을 뻗어서 왕장(王將)을 자신의 진지에 뒀다.

역시 대단했다.

나는 손가락이 떨려서 장기말을 칸 안에 두는 것도 어려운데, 카가미즈 씨는 전혀 떨지 않았다. 소타와의 장기에서 돈사했다고 들었지만, 이미 그 패배를 깔끔하게 떨쳐낸 것 같았다.

전후재단(前後裁斷).

《휘젓기의 마에스트로》 오이시 미츠루 9단이 즐겨 부채에 휘호로 쓰는 말이다. 과거와 미래를 잘라내고, 눈앞의 대국에만 집중하는 경지를 일컫는다.

——나는…… 못 해. 여기에 걸린 게 너무 커…….

대국 전부터 실력 차이를 실감한 느낌이 든, 바로 그때였다.

카가미즈 씨가 믿기지 않는 말을 입에 담았다.

"내가 선수군."

"예?!"

무심코 고함을 질렀다. 선수는 나다. 그런데……? 어?

확인을 해 보니, 역시 내가 선수였다.

"후후…… 못난 모습을 보였는걸."

카가미즈 씨는 멋쩍은 듯이 쓴웃음을 지었지만, 그 얼굴에서는 핏기가 완전히 사라졌다. 목소리도 너무 떨려서 잘 들리지 않을 지경이었다.

"뭐, 이제 와서 괜찮은 척해 봤자 소용없겠지. 솔직히 말하자면 엄청 떨려……. 강해진 긴코와 이런 상황에서 붙게 됐으니 말이야."

"저도 그래요……. 도망치고 싶을 정도로 가슴이 뛰어요."

만약 이대로 카가미즈 씨가 한 수라도 뒀다면, 나는 반칙승으로 4단이 됐다.

그 가능성은 빨리 잊자. 한 수도 두지 못할 테니 말이다.

""후우우………….""

우리는 심호흡을 하며 마음을 진정시켰다.

상대도 긴장했다고 생각하니…… 어찌어찌 싸울 수 있을 듯한 느낌이 들었다.

곧 카가미즈 히우마 3단은 떨림이 멎은 목소리로 말했다. 항상 기사실에서 두던 10초 장기를 시작할 때와 같은 목소리로 말이다.

"자, 시작할까."

"잘 부탁드려요!"

깊이, 깊이, 나는 고개를 숙였다. 집중할 수 있을지는 모르겠지만, 진심으로 두자고 마음먹었다. 나 자신이 납득할 수 있는, 좋은 장기를 두자고 생각했다.

내가 이겨도, 져도.

장려회에서 이 사람과 두는, 처음이자 마지막 장기가 될 테니까…….

"흐읍……!!"

나는 온 몸에 힘을 주고 각(角)의 길을 열었다. 카가미즈 씨는 눈을 감고 기운을 끌어올리더니, 비차(飛車) 앞의 보(步)를 전진시켰다. 그 후로 단숨에 수가 진행됐다.

고풍스러운 전형이 펼쳐졌다.

이제까지의 인생, 그리고 이제부터의 인생이 걸린, 대국.

그런 장기에 어울리는 전형이다.

"서로 망루…… 게다가, 사부님이 특기로 삼는 형태……!"

"그래. 우리에게는 같은 피가 흐르고 있거든."

최근 몇 년 동안은 몰이비차를 즐겨두던 카가미즈 씨는 사부님이 주최한 연구회 『키요타키 도장』에 참가해서 뭔가를 깨달은 것 같았다.

이번 리그에서는 전법이 거의 고정됐으며, 망루를 주로 썼다.

프로 세계에서는 각교환이 유행하고 있다. 야이치는 '망루는 끝났다' 는 말까지 했다. 그런 와중에 망루를 채용하기 위해서는 용기가 필요할 것이다.

하지만 그 결단이 『호재』로 작용했다.

각교환의 최신 정석은 프로도 완벽하게 두기 어렵다. 장려회 회원은 공중 분해되고 만다.

유행에 휘둘리지 않고 자신의 길을 나아갈 용기.

카가미즈 씨는 그것을 가지고 있었다. 그리고 그것이 카가미즈 씨를 강하게 만들었다.

——그럼, 나는?

내 강점은 뭘까? 강해졌다고는 생각한다. 하지만 자신의 장기가 무엇을 의지하고 있는지…… 아직 몰랐다.

야이치는 나에게 몰이비차를 권했다. 하지만 나는 그 길을 선택하지 않았다.

——나에게는 그런 재능이 없으니까.

야이치가 두 번째 제자로 선택한 그 까만 꼬맹이에게는 꼭 맞는 반지라도, 나에게는 사이즈가 맞지 않는다. 디자인 면에서도 어울리지 않는다.

결국 나는 익숙한 앉은비차 장기를 뒀다. 딱히 전략이 존재하는 건 아니다. 그것밖에 방법이 없었던 것이다.

그리고 그것은 신기하게도 카가미즈 씨의 장기와 흡사했다.

같은 길을 걸어온 두 사람은, 거의 같은 수를 뒀다.

같은 칸사이 장려회에 들어갔고…….

같은 사람에게 장기를 배웠으며…….

야이치와 사부님을 제외하면, 내가 가장 많이 장기를 둔 사람은 카가미즈 씨라고 생각한다. 장려회에 들어가기 전부터 기사실에서 연습 장기를 뒀으니 말이다.

하지만 언젠가 작별이 찾아온다.

"자…… 여기가 갈림길인가."

40수째. 완전히 선후수가 동일한 형태로 진행된 상태에서, 카가미즈 씨가 그렇게 중얼거렸다.

먼저 움직임을 보인 것은 선수인 나다.

우선 각교환.

그리고―― 오른쪽에서 전쟁을 시작했다!

"향으로?!"

2육은에서 *봉은(棒銀)으로 공격하는 것이 전형적인 방식이지만, 나는 일찌감치 향차(香車)를 돌진시켰다.

하지만 카가미즈 씨는 이 수를 보고도 동요하지 않았다.

"재미있는 정석을 아는걸. 내가 이걸 모를 줄 알았어?"

"아뇨."

"음?"

"카가미즈 씨가 모르는 건 다음이에요."

카가미즈 씨는 향차(香車) 교환을 받아들이는 대신, 각(角)을 승격시켜 용마를 만들었다. 정석에 따른 냉정한 대처다.

그렇다면 나는 냉정함을 잃기로 했다.

방금 잡아서 딴 향차(香車)를 움켜쥔 나는 그것을 장기판에 올려뒀다! 그러자 카가미즈 씨는 눈을 확 떴다.

"비차 앞에…… 향차를 박았어?!"

우직한 공세였다. 나는 앞으로 몸을 숙이며 몰아붙였다!

아마 소프트에게 이 수를 분석하게 한다면 의문수[필연성이나 의도를 알 수 없는 수]의 낙인을 찍을 것이다. 하지만!!

――카가미즈 씨의 옥(玉)이 있는 2열에 구축한 포대는, 평가치를 능가하는 압박감으로 작용할 거야!!

내가 노리는 것은 카가미즈 씨의 옥(玉)이 아니다.

---

* 봉은(棒銀) : 은을 봉을 놓듯 직선으로 움직이는 공세 전법.

카가미즈 씨를 지탱하고 있는 용기. 카가미즈 씨를 강하게 만든 결의. 그것을 뒤흔드는 것이다!

"흐음……."

처음으로 생각에 잠긴 카가미즈 씨는 넥타이를 만지며 자신의 진을 내려다보았다.

그리고 30분 이상 고심한 후—— 내 공격을 무시했다.

『어디 해 봐.』

그런 목소리가 들리는 듯한 수, 5오보를 본 나는 일직선으로 달려들었다.

"하아아아아아아아아아아아아아아아앗!!!"

은(銀)을 돌격대장으로 삼고, 포대로 준비해 둔 향차(香車) 도 가동한 나는 30수 넘게 공격을 펼쳤다!

빼앗은 장기말도 전부 공세에 투입하며 공격하고, 공격하고, 또 공격했다!!

"엄청난 기백인걸, 긴코. 강렬한 공세야……."

카가미즈 씨는 담담하게 내 공격을 막아내며—— 웃었다.

"그런다고 내가 겁먹을 것 같아?"

"윽……?!"

그리고 달려드는 내 은(銀)을, 옥(玉)으로 잡았다.

이…… 이 중요한 순간에……!!

"아, 안면 박치기……?!"

"자아! 덤벼봐, 백설공주! 이걸 잡으면 네가 이겨! 어디 잡아보라고!!!"

호위가 없는 옥(玉)을 보란 듯이 이동시킨 카가미즈 씨가 나를 도발했다.

속내가 뻔히 보이는 도발이다.

온몸의 피가 끓어오르는 것처럼 뜨거워졌다.

"담가버리겠어!!"

상대의 마음을 꺾을 생각인데, 도리어 얕보였다간 끝이다. 나는 카가미즈 씨의 옥(玉) 앞에 금(金)을 올려서 공세를 이어 나갔다.

다음 순간, 잡은 줄 알았던 옥(玉)이 투우사처럼 내 공격을 완벽하게 피했다.

"윽!! 아차…………!!"

머리끝까지 치솟았던 피가, 점점 내려갔다.

나는 공격을 펼쳤고, 그 흐름 속에서 옥(玉)을 안전한 장소로 도주시킨다……. 그것이 상대의 노림수라는 것을 깨달았을 때는, 공세를 멈출 수 있는 단계가 지나고 말았다.

카가미즈 씨의 도발에 응하고 만 나는 어느새 비차(飛車)를 빼앗겼을 뿐만 아니라, 귀중한 금은까지 잃고 말았다.

——그 결과가 이 꼬락서니……!

중앙의 안전지대로 대비한 카가미즈 씨는 의기양양한 목소리로 말했다.

"왜 그러지? 내 옥은 도망칠 곳이 참 많은 것 같지 않아?"

광대한 오른편으로 도망친다면…… 절대로 옥(玉)을 잡을 수 없다…….

옥(玉)을…… 놓쳤어…….

"크……!!"

형세가 불리하다는 건 이미 자각했다. 아마 평가치는 마이너스 1000점대까지 급락했을 것이다.

절망 탓에 눈앞이 시꺼메졌다.

——끝장인…… 거야? 여기까지 왔는데…… 이렇게, 허무하게……?

혼신의 연구수가 먹히지 않았다. 선수의 이점을 활용하지 못했다. 패배의 원인이 머릿속에 떠오르더니…… 나는 마지막으로 고개를 들어서 카가미즈 씨를 쳐다보았다.

오른손으로 바지의 무릎 부분을 움켜쥐며 장기판과 마주한 모습은 왠지—— 사부님과 닮은 것 같았다.

——…………아냐.

애초에, 이 사람을 상대로 서반에서 유리한 고지를 점할 수 있을 거라고는 생각하지 않았다.

중반의 엎치락뒤치락하는 공방전으로도, 종반의 속도 계산으로도, 나는 카가미즈 씨의 발끝에도 미치지 못한다.

——내 강점은, 뭘까?

"후우우……."

하늘을 우러러보았다. 그리고 크게 숨을 토했다.

촌스럽고 끈질긴 칸사이 장려회에는, 이런 말이 전해져 내려오고 있다.

『금은(金銀) 여섯 개면 우세, 일곱 개면 승세.』

『상대가 심장 발작으로 죽을지도 모르니, 제한 시간을 전부 쓰면서 옥 앞에 금이 놓일 때까지 버틴다.』

다시 한번, 냉정하게 국면을 살폈다.

——낭비를 하긴 했지만, 내 금은은 여섯 개나 돼. 그중 하나는 아직 말받침에 있어.

그리고 장기판 옆 대국시계를 봤다.

——시간은 아직 많이 남아 있어. 성급하게 공격했으니까.

마지막으로 나는 자신의 가슴에 손을 댔다.

——괜찮아. 아직 열심히 뛰고 있는걸.

나는 몸이 약하다. 장기도 약하다. 장려회 시험에도 한 번은 떨어졌다.

『장려회의 종반은 두 번 존재한다.』

그 말에 놀란 내 얼간이 같은 심장은 멎고 말았다.

하지만 말이다.

칸사이 장려회의 전통을 만든 사람이, 나를 무적이라고 말했다.

그렇다면 두려워할 필요는 없다.

"마지막에 이길 수 있을 거라 믿는다면…… 도중에 아무리 불리해도, 무섭지 않아!!"

나는 말받침에 놓인 마지막 은(銀)을 움켜쥐었다.

버티고, 버틴다.

버티고, 버티고, 또 버틴 끝에, 내 청춘은 빛나기 시작했다. 이 은(銀)처럼…….

"이제부터 시작이야. 히우마 오빠."

97수—— 6팔은 올림.

방어를 위해 은(銀)을 장기판에 올린 나는 말했다. 장기를 가르쳐 준 은인에게. 같은 피가 흐르는 오빠 같은 사람에게.

"설령 심장이 멎는 한이 있어도, 당신을 쓰러뜨리겠어."

☖ 이길 수밖에 없다

"커억! 크으………… 큭! 하아아……."

긴코가 자신의 진지에 은(銀)을 투입하는 것을 보고 화장실에 뛰어간 카가미즈는 변기통에 고개를 처박고 헛구역질을 되풀이했다.

온몸에 경련이 일어났고, 장기말을 쥐는 건 고사하고 앉아 있는 것조차 어려웠다.

승리를 예감한 몸이 떨리는 것은 전에도 몇 번 경험한 적이 있지만…… 이렇게 심각한 적은 처음이다.

"하아…… 하아…… 하아………… 후우우우…………."

형세는, 카가미즈가 우세하다. 게다가 공격 차례가 돌아왔다. 이대로 밀어붙인다면…….

——이길 수 있다.

그렇다. 이대로 밀어붙이면 된다! 이겨서 프로가 되는 것이다!!

하지만 온몸의 세포가 그것을 거부하듯 떨리기 시작하면서, 장기에 집중할 수가 없었다.

"훗…… 마치 패배자 근성이 DNA에 새겨진 것 같은걸……."

근 20년 동안의 장려회 생활.
인생의 절반 이상을 장려회 회원으로 보낸 카가미즈는, 오늘 그 생활을 끝낸다.
——이기든, 지든………… 지든?
"만약, 진다면……."
그래도 아직 승단 기회는 있다.
소타가 이기면 승단 가능성이 낮아지지만, 그래도 차점인 카가미즈는 다른 대국의 결과에 따라 올라갈 가능성이 있다.
——소타가 지면 무조건 승단한다. 소타가 지면…… 나도…….
아까 한 약속 또한, 두 사람 다 진다면 카가미즈에게만 책임이 있지는 않다.
"그래. 져도 되는구나……."
그렇게 말하자, 그제야 몸의 떨림이 멎었다.
그리고 슬슬 나가려던 순간—— 누군가가 화장실에 들어오는 기척이 느껴졌다.
"내 상대인 그 초등학생 말인데, 승단이 걸린 대국인가 봐."
——소타의 대국 상대?
그런 것치고는 긴장감이 없었다. 카가미즈는 숨을 죽이며 상대방의 말에 귀를 기울였다.
"아~. 칸사이의 천재 말이구나~."
"진짜 짜증 나. 빨리 투료해 버릴래."
"뭐, 그래도 되지 않아? 우리는 강등이나 탈퇴는 피했잖아."
"그래. 이기든 지든 거기서 거기야."

"응. 센 녀석들이 빨리 올라가 버리는 게 오히려 좋다고. 다음 3단 리그에서 힘내자!"

낄낄 웃으면서 볼일을 본 두 사람은 화장실에서 나갔다.

귀에 익지 않은, 젊은 목소리였다. 아마 칸토 장려회의 3단일 것이다. 나이는 고등학생쯤일까……. 이번 리그에서는 올라갈 수 없지만 언젠가 프로가 될 거라 믿어 의심치 않는, 젊은 장려회 회원이다.

분노는 끓어오르지 않았다.

그저, 자신도 과거에 저랬다는 후회만이 엄습했다.

그리고 이 상황에서 '져도 된다' 라고 한순간이라도 생각한 약해 빠진 자신이, 너무나도 한심했다.

한순간이라도 소타의 패배를 바란 비열한 자신을, 죽여버리고 싶었다.

"이길 수밖에 없어. 처음부터, 알고 있었잖아."

그렇다. 처음부터 알고 있었다.

3단 리그에서 져도 되는 장기는 한 판도 없다.

한심한 몸이 또 떨리기 시작했지만…… 그런 건 상관없다.

"우랴앗!!"

때려 부술 기세로 칸막이를 열어젖히며 밖으로 나왔다.

떨리는 손으로 물을 떠서 얼굴에 뿌렸다. 몇 번이고, 몇 번이고 얼굴을 씻었다. 패배의 기운을 씻어내려는 듯이…….

그리고 거울에 비친 패배자(자신)를 보며, 카가미즈는 울부짖었다. 떨리는 목소리로…….

"그래……. 죽여버리겠어!!"

이렇게

봉함수인 7육보를 본 오키토 요우 제위는 곧 그 자리에 은(銀)을 뒀다.

이 수를 예상했던 것이리라.

——하지만, 그것은 서로가 마찬가지다.

제위전 제1국 2일차에 이르러 드디어 공격의 기회를 쥔 나는 곧장 다음 수를 뒀다. 이번에는 선수의 금(金)을 노리며 보(步)를 투입했다. 이제부터 내 턴이야!

하지만.

"휘유우우우우우우우우우우……….."

"?!"

또 고음이 실내에 울려 퍼졌다.

삭발한 제위가 두 눈을 부릅뜨고, 장기판에 닿을 정도로 얼굴을 내밀면서 생각에 잠겼다.

"우우우우우우우우우우우우우우우우우우우……………………."

그리고 결론을 내렸다. 『반격』이란 결론을.

조용해진 오키토 씨는 소리 없이 장기말을 앞으로 전진시켰다.

6열의 보(步)를 찔러서 내 수비진의 장기말을 낚더니, 빈 곳에 무리하게 자신의 보(步)를 투입했다!

"응수를 하지 않았어?! 이런 수가 성립하는 거야……?!"

어제와 마찬가지로 장기판 옆에서 관전을 하고 있던 쿠구이 기자가 노트에 펜으로 글을 썼다.

영세 칭호를 지닌 여류 타이틀 보유자의 눈에도 무리한 수로 보이는 그 공세는, 공방이 진행될수록 누구의 눈에도 확연히 보이는 국면으로 변모되더니…… 쿠구이 씨는 쥐어짜낸 듯한 목소리로 중얼거렸다.

"너무 강해……."

이어진 수는 전부 최선의 수였다.

첫날부터 세어봐도, 후수인 내가 공격을 한 것은 봉함수와 그 후에 이어진 단 두 수뿐이다.

단 두 수.

상대에게 생채기도 내지 못한 그 반격의 대가로, 내 옥(玉)은 순식간에 오른쪽의 토금(と金)과 왼쪽의 은(銀)에 협공당했다.

좌우 협공 태세. 이제 도망칠 곳이 없는 것처럼 보였다.

"인간이 아니야……."

기록 담당인 젊은 프로는 두려움과 혐오가 어린 듯한 목소리로 그렇게 중얼거렸다. 오늘은 토요일이라 장려회가 있어서, 기록도 프로가 담당했다. 타이틀전에서는 자주 있는 일이다.

"휴우……."

장기판에서 시선을 뗀 나는 창밖을 쳐다보았다. 맑디맑은 하늘을. 뜨겁디뜨거운 여름 하늘을.

그렇다. 오늘은 장려회 날이다.

——지금은…… 두 번째 대국의 중반쯤일까?

문뜩, 그런 생각이 들었다.
3단 리그 마지막 날의 두 번째 대국…… 즉, 반년간에 걸친 리그를 마무리 짓는, 최후의 대국.
——내 소중한 사람들이, 이 도쿄에서 싸우고 있어. 나와 같은 하늘 아래에서…….
상황은, 모른다. 어쩌면 첫 번째 대국에서 카가미즈 씨가 승단을 확정하고, 사저는 프로가 되지 못할지도 모른다.
하지만 사저가 첫 대국에서 이기고, 카가미즈 씨가 졌다면…… 두 사람은 말 그대로 목숨을 건 대국을 펼치고 있을 것이다.
한쪽이 반드시 불행해지는, 그런 장기를 말이다.
'재능을 알면 불행이 줄어든다' 고 오키토 씨는 말했다.
'재능을 숫자로 표시해 주면 될 텐데' 라고 소타는 말했다.
사실 그럴지도 모른다. 자신이 승단하기 위해 은인을 나락으로 떨어뜨리는 듯한 대결을 벌일 필요는, 없을지도 모른다.
하지만 지금, 두 사람은 실제로 싸우고 있다.
만약 내가 같은 상황에 부닥친다면…… 고민하고, 괴로워하며, 운명을 원망하리라.
『누군가가 소중하게 여기는 것이 있고, 그것이 이 세상에 하나밖에 없다면, 너는 그것을 빼앗을 거야? 아니면 포기할 거야?』
"어려운 질문이네……."
야샤진 아이가 마음을 고백했던 그날 일이 떠올랐다. 초등학생에게 기습당한 그날 밤 말이다.
곤란했지만…… 한편으로 가슴이 뛰었다.

그렇게 튼튼하게 쌌던 마음을 부수고, 그 소녀는 용기를 보여줬다.

"후훗…… 그것도 바람피운 게 될까?"

나는 부채를 입술에 대며 혼잣말을 중얼거렸다.

아니, 바람을 피운 건 아니다. 불가항력이었으니까…… 애초에 나는 아직 제대로 고백조차 하지 않았다. 봉인한 그 말을, 언제 입에 담을 수 있을지도 모른다.

하지만…… 만약, 나에게 오늘이 그날이라면?

역시 대답은 하나뿐이다.

"이길 수밖에 없어. 그렇잖아?"

예전에도 '이기고 싶었던' 대국을 치른 적이 있다.

'꼭 이겨야 한다' 고 자신을 북돋웠던 대국도 있다.

하지만 이번 장기는 '이길 수밖에 없다'.

타이틀을 따기 위해서가 아니다.

인류와 소프트의 싸움도, 아무래도 상관없다.

그저…… 좋아하게 된 여자애를 위해…….

이겨서, 그 여자애에게 멋진 모습을 보여주기 위해…….

좋아하는 여자가 죽을힘을 다해 싸워 이겼는데, 남자인 내가 지는 건 너무 쓰레기 같다. 지고 나서 고백하는 건 말도 안 된다.

그런 한심한 남자가――《나니와의 백설공주》에게 어울릴 리가 없다!!

"카가미즈 씨에게 이겨서…… 프로가 된, 그 애에게 말이야."

그래서 나는 이 국면이 되면 쓰려고 했던 승부수를 던졌다.

인생 최대의 승부수를 말이다.

소프트는 이 장기판 위에 존재하는 모든 정보를 정밀하게 조사해, 항상 최선의 수를 선택한다.

장기판 위를 지배하며, 온갖 수를 완벽하게 막아낸다.

"그렇다면!!"

수평선 너머에서—— 보이지 않는 일격을 날리면 된다!!

"스으으읍…………."

나는 눈을 감고, 크게 숨을 들이마셨다.

그런 내가 떠올린 건, 작은 천사다.

"………………………………이렇게………………."

등에 달린 새하얀 날개로, 장기판 위를 높게, 자유롭게, 똑바로 나는 그 소녀처럼, 나는 다다미에 두 손을 대고, 앞뒤로 몸을 크게 흔들었다.

"이렇게………… 이렇게………… 이렇게…… 이렇게…… 이렇게…… 이렇게…… 이렇게…… 이렇게…… 이렇게…… 이렇게…… 이렇게…… 이렇게, 이렇게, 이렇게, 이렇게, 이렇게, 이렇게, 이렇게, 이렇게——."

"?! 이, 이건……!! 히나츠———."

장기판 옆에 있던 쿠구이 씨가 이 자리에 있을 리 없는 무언가를 본 것처럼, 안경을 벗고 눈을 비볐다.
그리고 나는 장기판을 향해 손을 뻗었다.
8열이란 끄트머리에서 쭉 잠들어 있던, 비차(飛車).
나는 비차(飛車)를 쥐고—— 단숨에 돌진시켰다!!
"이렇게!!!"
내가 돌진시킨 비차(飛車)를, 오키토 씨는 보(步)로 차분하게 막아냈다.
나는 노타임으로 비차(飛車)를 옆으로 밀었다.
"이렇게!!!"
오키토 씨는 그것도 보(步)를 올려서 막았다. 이걸로 전혀 문제가 없다는 듯이.
사실 누구나 그렇게 판단할 것이다. 장려회 회원도, 프로도, 그리고 소프트도 말이다.
여기서 내가 비차(飛車)를 물리고, 싸움은 계속되리라고.
아직 외통수는 없을 거라고.
다들 그렇게 생각하겠지만, 내가 누구를 떠올리고 있는지 이해한 쿠구이 씨만은 내가 뭘 하려는 건지 깨닫고 아연실색했다.
"설마…… 읽어낸 거야?! 이렇게 짧은 시간에?! 아…… 아직, 제한 시간이 네 시간이나 남아 있는데……?!"
아니다.
짧은 시간이 아니다.
오히려 그 정도 제한 시간으로는 부족할 만큼 많은 시간을 써서, 나는 미래의 국면을 읽어냈다. 절체절명의 저편을.

——그 아이처럼, 자유자재로 날개를 달 수는 없어.

하지만 읽고, 읽고, 읽고 읽고 읽고 읽고 읽고 읽고, 뇌가 터질 정도로 수읽기를 한 끝에 겨우 자라난, 내 날개.

그 물량(날개)을…… 퍼붓겠어!!!!

"타아아아아아아아아아아아아아아아아아아아아아아아앗!!!!!!!"

나는 보(步)를 잡아서 말받침에 둔 후, 자신의 비차(飛車)를 뒤집어서—— 보(步)가 있던 자리에 『용왕』을 탄생시켰다! 내 안에 그 소녀가 있다는 것을 증명한 것이다.

"이것이!!! 나의…… 우리의 날개다!!!!!!!"

——7칠동비성.

장기판 위에 출현한 용왕은 금방 금(金)에게 잡히고 말았다. 보(步)와 비차(飛車)를 교환한 것이다.

원래라면 실현하지 않을 그 교환이 성립했다는 사실이 의미하는 건, 단 하나다.

"비차……… 그래. 비차를 버려도 자신의 옥이 잡히지 않을 거라는 건 읽어낸 건가…………. 이건——."

기계에 한없이 가까워지려 한 이 사람이, 불쑥 중얼거렸다.

"이건 인간만이 읽어낼 수 있어."

그리고 말받침에 손을 얹더니, 자신이 추구하는 바의 한계를 인정했다.

"어?! 투, 투료?!"

기록 담당은 무심코 그렇게 말하더니, 허둥지둥 태블릿의 투료 버튼을 눌렀다.

봉함수 국면에서 겨우 15수 후에 맞이한, 빠른 종국이었다.

하지만 어젯밤의 봉함수 후로 쉬지 않고 싸운 나에게는…… 정말 기나긴 싸움이었다…….

"앞으로, 2일제 장기는 불필요하겠군."

주위는 혼란의 도가니였지만, 오키토 씨와 나는 차분했다.

"예. 하룻밤 동안 생각할 수 있다는 이점이 너무 크니까요. 굳이 그걸 막으려면 첫날은 정석 부분에서 끝나도록 유도할 수밖에 없겠죠……."

하지만 그것은 둘째 날에 지정 국면부터 연구회를 하는 것과 마찬가지다. 승부의 본질에서 벗어나고 만다.

봉함수.

그 타이밍에 서로의 옥(玉)이 잡힐지 말지의 국면까지 유도한 점이 승리의 요인 중 하나인 것은 틀림없다.

예를 들자면, 서반(데이트)부터 외통수(키스)까지 디자인한 야샤진 아이의 고백 같은 대국이다.

소프트는 표면만 탐색해서 『자신이 유리하다』, 『아직 외통수는 없다』고 판단했다.

내 진형도 비차(飛車)를 내주면 단숨에 무너질 듯 약해 보였다.

© shirabii

하지만 깊이, 깊이 수를 읽는다면――.

"외통수가 있는지 없는지를 판단하는 점에선, 소프트가 인간을 아득히 앞서고 있어요. 하지만……."

유리잔의 물을 전부 들이켠 후, 나는 말했다.

"외통수가 있는지 없는지, 진심으로 파고들 필요가 있는지 없는지 판단하는 능력은, 아직 인간이 앞서죠."

"하지만 그것도 언젠가 소프트가 극복할 테지."

"그래도 인간이 응용할 수 있는지는 별개…… 아닐까요?"

"동의."

인간은 기계에 가까워질 수는 있어도, 기계가 될 수는 없다.

그래도 한계까지 기계에 다가서려 한 이가 오키토 씨이며, 인간인 채로 기계에게 이기려고 한 것이 바로 나다.

두 개의 결단은 명백하게 다르지만…… 필요로 하는 것은 동일하다.

결단을 내리는 데 필요한 것은 『용기』이며, 그 결단을 가슴에 품고 나아가는 것을 『노력』이라고 부를 것이다.

재능은 필요하지만, 그것은 용기와 노력으로 능가할 수 있다. 나는 그렇게 믿으며 나아갔다.

우리의 주장은 결코 맞물리지 않는다. 하지만 이렇게 장기판 위에서 격돌할 수는 있다. 지금은 그것으로 충분하다는 생각이 들었다.

담당 기자가 머뭇머뭇 입을 열었다.

"저, 저기…… 예상과 달리 일찌감치 대국이 끝났으니, 혹시 괜찮으시다면 두 분 다 보드 해설장에 와 주셨으면 합니다만…….”

“이의.”

오키토 씨는 주저 없이 그렇게 답하더니, 기자가 이유를 묻기도 전에 자신의 머리를 쓰다듬었다.

“이 머리로 사람들 앞에 나서라고?”

“““………….”””

저 말에는 반박할 수 없을 거야…….

기자가 도움을 청하듯 나를 봤지만, 나는 미안한 심정으로 말했다.

“제위를 두고, 도전자인 저만 단상에 서는 건 좀…….”

난처해진 담당 기자에게 도움의 손길을 내민 건── 막 이 방에 들어온 기사들이었다.

“보드 해설회장에는 이 몸과 마스터가 대신 서지. 장기말 조작을 담당한 내 어리석은 동생도 감독해야 하니 말이다!”

“저와 진진도 도울게요~♡ 빚 왕창 생긴 줄 알아요!”

대국실에 들어온 아유무와 로쿠로바 씨가 히죽거리며 그렇게 말했다.

장기판 옆에 있던 쿠구이 씨는 주저 없이 이렇게 말했다.

“저기, 제위. 보드 해설은 무리더라도, 관전기용 해설을 부탁드려도 될까요? 괜찮다면 대기실의 컴퓨터로 이번 대국을 검토하며, 소프트를 이용한 연구 등도 포함한 해설을 부탁드리고 싶습니다만…….”

"조건부로 동의하지."

"감사합니다! 아, 용왕에게는 나중에 메일을 보낼 테니 적당히 대답해 주세요."

너무 관심 없는 거 아냐? 이긴 사람 나거든?

"그러니까~."

로쿠로바 씨는 나를 보며 '훠이훠이' 하고 손을 내저었다.

"쿠즈류 선생님은 이제 가 봐도 되거든요?"

"확실히 젊은 용왕은 필요 없느니라……. 이곳에서는 말이지."

"그래. 지금이라도 거기 가면 끝나기 전에 도착할 수 있을지도 몰라."

샤칸도 선생님과 나타기리 씨도 웃음을 참는 듯한 표정을 지으며 그렇게 말했다.

그제야 나는…… 아유무가 부입회인을 맡은 것과 다들 이렇게 모여 준 이유를 눈치챘다.

"아니…… 하지만……."

그런데도 내가 머뭇거리자, 오키토 제위가 재촉했다.

"가봐라. 장기판은 내가 정리하지. 그게 타이틀 보유자의 의무니까 말이다."

그리고 제위는 결론을 내렸다. 이 사람답게, 논리적으로 말이다.

"그러니 자네가 이 자리에서 할 일은, 이제 없다."

나는 그 말을 듣고 결심했다.

이 사람들의 마음을 배신해서는 안 된다.

내 마음도…… 이제, 배신할 수 없다!

"감사합니다!!"

나는 자리에서 일어나 펄럭거리는 기모노를 움켜쥐며 온 힘을 다해 내달렸다.

그리고 방에 가서 기모노를 벗어 던진 후, 양복으로 갈아입고 다시 방을 나섰다.

짐 정리는 나중에 돌아와서 하면 된다.

지금은 한시라도 빨리, 그 장소에 가야 한다!

"택시! 택시는……?"

건물 밖으로 나가서 택시를 잡으려던 순간, 나는 얼굴이 창백해졌다.

"앗! 맞아, 지갑과 스마트폰을 돌려받지 않았어!!"

타이틀전의 새로운 규정에 따라 스마트폰은 입회인에게, 그리고 귀중품은 담당 기자를 통해 호텔 측에 맡겨뒀다.

"프런트에 물어볼까?! 아냐, 그 전에 방에 돌아가서 열쇠를……아아! 여, 열쇠를 문에 꽂아두고 왔잖아! 이럴 때는 역시 프런트와 상의해서——."

그럴 필요는 없었다.

부릉부릉하는 엔진음이 들리더니, 대형 바이크 한 대가 내 앞에서 급정차한 것이다.

그 강철 말에 탄 사람은—— 붉은 머리카락을 날개처럼 휘날리고 있는 대천사였다.

"츠키요미자카 씨?!"

"늦었잖아, 쓰레기. 컴퓨터 박사를 쓰러뜨리는 데 이틀이나 걸리면 어떻게 해. 하루 만에 쓰러뜨리란 말이야."

이 사람, 말도 안 되는 소리를 아무렇지 않게 늘어놓네!

하지만 지금의 나에게 있어서는 진짜 천사였다.

《공세의 대천사》가 던진 헬멧을 쓴 후, 나는 바이크 뒷좌석에 앉으며 외쳤다.

"센다가야로 데려다 줘요!"

"알아, 바보야."

풀스로틀로 발진한 바이크는 향차처럼 쭉쭉 나아갔다.

센다가야에 있는 장기회관으로.

긴코의 곁으로.

☖ 고동

날개를 가지고 싶다. 그렇게 생각했다.

"크으으윽…………!!"

이를 악문 나는 자신의 진지에 장기말을 올려서 카가미즈 씨의 공세를 막아냈다.

6팔은을 둬서 '심장이 멎어도 물고 늘어지겠다' 고 선언한 후, 얼마나 오랫동안 응수를 이어온 걸까?

장려회 대국에는 기록 담당이 없다.

기보도 남지 않고, 지켜보는 사람도 없는, 둘만의 고독한 사투.

지금 내가 몇 수째를 두는지도 모른다. 100수는 한참 전에 넘어섰다. 제한 시간 또한 서로가 몇 분 정도만 남아 있다.

——1분 장기가 되면 끝나! 그것만은 피해야 해……!

나는 장기판보다 시계를 자주 확인하면서, 초조한 듯이 장기말을 옮겼다.

나쁜 국면에서 시간을 허비해서는 상황이 나빠지기만 할 뿐이다. 반대로, 승리를 의식해 신중해진 카가미즈 씨가 안정한 승리를 노리며 공세를 늦춘다면…… 차이는 좁혀진다!

하지만 역전의 장려회 3단은 공세를 늦추지 않았다.

"쉬잇!"

펀치를 날리는 복서처럼, 카가미즈 씨는 그 긴 손을 내 품속 깊은 곳까지 뻗으면서 용왕을 단숨에 전진시켰다.

"용이 돌진했어?! 날카로워……!"

아마 최선의 수는, 없다.

하지만 자신의 옥(玉)을 지키던 용왕을 주저 없이 공세에 참가시키는 과감함을 본 나는 피아간의 형세 차이를, 카가미즈 씨의 각오를 실감했다.

'안전한 승리 따위 개나 줘 버려. 최대한 빨리 옥을 잡아서 이길 거야!' ……라는 각오였다.

하지만 감탄하기만 해선 지고 만다.

"그렇다면—— 이렇게!!!"

나는 갚아주려는 듯이 후수가 제공권을 내팽개친 공간에 향차(香車)를 올렸다. 용마를 잡을 수 있을 뿐만 아니라 금(金)과 옥(玉)까지 꿰뚫을 수 있는, 절호의 카운터!

하지만…….

"쉿!!"

카가미즈 씨는 용마가 잡히도록 내버려 두더니, 내 싸기를 위에서 압박하듯 보(步)를 투입했다.

뒤에서 비차(飛車)라는 스트레이트 펀치가 대기하고 있는, 묵직하기 그지없는 잽이었다.

횡 방향 공격에 종 방향 공격을 더한 완벽한 콤비네이션은 싸기뿐만 아니라 내 마음도 깨부수는 것 같았다.

——전혀 흔들리지 않아……. 강해!!

일부러 자신을 위험에 처하게 하는 듯한 그 수에, 나는 국면뿐만 아니라 심리적으로도 압도당했음을 인정할 수밖에 없었다.

카가미즈 씨의 옥(玉)은 4일 지점에서 전혀 움직이지 않고 있지만, 내 옥(玉)은 좁은 동굴 안에서 필사적으로 도망치면서 공기를 갈구하듯 헐떡이고 있었다…….

——멀어………….

거의 잡을 뻔했던 후수의 옥(玉)이, 지금은 절망적일 만큼 먼 곳에 있었다. 지평선 너머다.

이제…… 닿지 않는 걸까……?

"하아…… 하아…… 하아………… 하아아아아아아아아아아아아아아아아아아앗!!!!!"

울부짖었다.

울부짖어서 공포를 억누른 나는 응수할 수를 읽기 시작했다.

응수 장기란, 수도 없이 죽어가는 작업이다.

장기에는 기사회생의 한 수가 존재하지 않는다.

존재하는 건 죽음을 조금이라도 뒤로 미루는 수와 지금 바로 죽는 수뿐이다.

목숨을 부지할 수를 찾아서, 나는 수천 수만 번의 죽음을 들여다봤다.

——괴로워…… 무서워…… 아파…… 도와줘………….

목숨을 부지하고 부지하고 또 부지하며, 그 도중에 상대방이 악수를 두기만 기대한다.

하지만 장려회 3단이 악수를 둘 확률은 백 번의 대국에서 한 번 있을까 말까다.

이렇게 형세가 기운다면, 그 확률은 더욱 낮아질 것이다.

나는 절망 속에서 계속 죽어갔다. 절망에 절망을 더할 때마다, 마음이 꺾이려 했다.

"하아…… 크윽!! 키힉………… 커억!! …………흐읏…… 흐으으으으으읍!!!"

맥박이 흐트러진다.

죽음을 응시한 순간, 공포로 심장이 격렬하게 뛰었다. 그대로 멎어버릴 것만 같았다.

체념한 순간에는 평온하게…….

희망을 발견한 순간에는, 가슴이 또 격렬하게 뛰었다.

"하아…… 하아…… 뜨거워! 아, 아, 아…… 아악…… 으으."

맥이 빨라졌다 느려지기를 반복했고, 호흡과 심장 박동도 안정되지 않았으며, 극도의 현기증이 밀려왔다. 하지만 그런 상황에서도 필사적으로 살아남을 방법을 찾았다.

──나도…… 강해졌, 는데……!

야이치, 소타, 그 꼬맹이들.

장기별 사람 중에서도 파격적인 날개(재능)를 단 그 녀석들이라면, 이 국면에서도 콧노래를 부르며 역전할 것이다.

날개처럼 과분한 것은 바라지 않는다.

하다못해 깃털 하나라도…… 한순간만이라도, 그 종반력을 가지고 싶다! 그럴 수만 있다면……!!

"내가 또 돈사할지도 모른다고 생각하는 거야?"

"윽…………?!"

마음이 읽힌 순간, 그대로 얼어붙었다.

지금 내가 경험하고 있는 것을, 카가미즈 씨는 먼 옛날에 이미 경험했었다…….

내 눈앞에 앉아 있는 건, 상냥한 히우마 오빠가 아니다. 아니, 장기 기사조차 아니다.

그것은 장려회 그 자체였다.

"어디 한번 시험해 보든지. 하지만 압박감은 하나도 못 느끼는데? 왜냐하면──."

잔혹하면서도 당연한 사실을, 카가미즈 씨는 입에 담았다.

"너는 천재(쿠누기 소타)가 아니잖아."

"윽……."

"긴코 너도 잘 알 텐데? 우리는 천재가 아냐. 소타나 야이치와는 달라. 하늘을 날 수 없는 두더지지. 흙 속을 기어다니는 재주밖에 없는 불쌍한 생물이야. 그러니 형세가 유리하고 제한 시간이 많이 남은 사람이 이기지."

"…………."

전혀 반론할 수 없다. 그리고 딱 하나 틀림없는 사실이 있었다.

이제 한 수라도 공격을 받았다간—— 내 옥(玉)은 잡힌다. 외통수순일지, 필지일지는 알 수 없지만.

"다아아아아아아아악쳐어어어어어어어어어어어어!!!!!"

나는 늘어지는 기합을 내지르며 말받침의 비차(飛車)를 쥔 후, 쓰러지듯 그 대마를 장기판 가장 안쪽에 올렸다.

장군.

이것만이 목숨을 부지할, 유일한 수단이었다.

"그래! 덤벼! 하지만 잠시라도 공세를 늦췄다간 그대로 지게 될 거다!"

카가미즈 씨는 옥(玉)을 대피시켰다.

나는 아까 공세에 실패해서 적진에 덩그러니 놓여 있던 금(金)으로 또 장군을 걸었다.

하지만 이것은 나에게 남겨진 유일한 함정이다.

그냥 금(金)을 내주려는 것처럼 보이지만——.

"7삼옥이든 5삼 동금이든 전부 외통수군…… 흥! 교활한걸!!"

——간파당했어?!

나는 너무 괴로워 대답할 여력도 없었기에, 노타임으로 금(金)을 계속 옮기며 카가미즈 씨의 옥(玉)을 쫓았다.

잡아! 이걸 잡으란 말이야!

"그딴 뻔한 독사과를 집을 사람이 어디 있겠어!"

한참 전에 자신이 돈사할 수 있는 수순을 꿰뚫어 보고 있던 카가미즈 씨는 내가 옮긴 금(金)을 피하고자 자신의 옥(玉)을 장기판 구석으로 옮겼다.

그리고 드디어, 서로의 옥(玉)이 보(步)만 사이에 두고 대치하는 상황이 펼쳐졌다.

옥두전(玉頭戰)……!!

두근, 하고 심장이 뛰었다. 늑골을 부술 것만 같을 정도로, 격렬하게 말이다.

──이길 수…… 있을지도 몰라!

서로의 옥(玉)이 마주한 상황에서는, 싸기 전체가 격돌한다.

좁은 수로에서 전함과 전함이 정면에서 격돌하는 셈이다.

반드시 한쪽이 죽는다. 곧 죽고 만다.

하지만 옥두전은 접근전이다. 그리고 옥(玉) 사이에 존재하는 건, 종이짝 같은 보(步)뿐이다. 카가미즈 씨가 내 옥(玉)을 죽일 생각이라면, 자신의 옥(玉)으로 백병전을 벌일 필요가 있다……!

"으그으윽! 우웨에에엑………… 쿨럭! 커억……!!"

긴장 탓에 횡격막과 위가 경련을 일으켜, 나는 치마를 위액으로 더럽혔다. 너무 괴로워서 눈물이 줄줄 흘러나왔다.

──하, 한순간이라도 공세를 늦췄다간…… 죽어……!

카가미즈 씨의 싸기가 무너졌다고는 해도, 나 또한 빈사 상태다. 나는 생존을 위해 말받침에 놓여 있던 향차(香車)를 집어서 카가미즈 씨의 옥(玉) 앞에 올렸다. 5연속 장군!

"부질없는 짓이야!!"

여섯 번째 장군과 일곱 번째 장군을 손끝으로 옥(玉)만 옮겨서 회피한 카가미즈 씨는 답례라는 듯이 내 옥(玉)에 장군을 걸었다!

——어, 어떻게 된 거야?! 이건 이제…… 장기가 아냐!!

그야말로 퍼즐이다. 쌍옥 장기 묘수풀이다.

그리고 서로의 옥(玉)이 빈칸 하나를 사이에 두고 대치한 순간, 카가미즈 씨가 울부짖었다.

"이걸로——끝이다아아아앗!!"

그는 엄청난 기세로 계마(桂馬)를 투입했다.

——……끝났어.

바로 그때, 자신의 패배를 깨달았다. 도주로는 하나뿐이며, 그곳은 막다른 길이다.

투료라는 두 글자가 머릿속을 스쳤다.

——그저………… 딱 하나, 저항할 수단이 남아 있다.

『타보 외통』이다.

내가 옥(玉)을 물리고, 카가미즈 씨가 내 옥(玉) 앞에 보(步)를 올려서 잡으려 한다면, 그것은 반칙이다.

타보 외통을 아니까, 카가미즈 씨는 계마(桂馬)를 올린 것이다. 그것은 나도 알고 있다.

하지만 극한 상태에서 무슨 일이 일어날지는 아무도 모른다.

그리고 무엇보다…… 스스로 승부를 포기하고 싶지 않다!

그래서 나는 최대한 당당하게 손을 움직여서 옥(玉)을 뒤로 물렸다.

"하앗……!"

기합을 넣어서 착수한 후에도, 목을 쑥 빼며 앞으로 숙인 몸을 앞뒤로 흔들면서 전투태세를 무너뜨리지 않았다.

하지만 실은 참수당하는 사형수가 된 기분이었다.

두근! 두근! 두근! 두근! 두근!

가슴을 찢고 나올 것만 같을 정도로 격렬하게 뛰고 있는 심장 소리가 상대방에게 들리지 않을지 걱정됐지만…… 그것은 딱 봐도 괜한 걱정이었다.

——말받침의 보(步)를 올리는 게 아니라, 금(金)을 움직여서 용마로 장군을 걸면…… 끝, 이구나.

두근………… 두근………….

간단한 외통수순이다. 평온한 죽음을 받아들이자, 심장의 움직임도 잦아들었다.

하지만 카가미즈 씨는 수를 두지 않았다.

"…………."

고개를 숙여 자신의 옥(玉)을 응시한 채, 미동조차 하지 않는 상태에서………… 제한 시간만 줄어가고 있었다.

신중하다고 볼 영역을 넘어서고 있었다.

——……왜? 어째서…… 7칠금을, 두지 않는 거야……?

카가미즈 씨가 그 외통수순을 눈치채지 못했을 리가 없다.

그럼 왜 시간을 쓰고 있는 걸까? ……그렇게 생각한 순간, 칸사이 장려회에 전해져 내려오는 그 이야기가 생각났다. 시간 제한으로 대국이 끝난, 바로 그 이야기다.

『상대가 심장 발작으로 죽을지도 모른다.』

하지만 그것은 절체절명의 상태에서 자기 차례가 된 경우의 이야기다…….

——내가 그런다면 또 모를까, 카가미즈 씨가 그러는 건 반대로…… 어?

"아."

상대가 금(金)을 옮기면 옥(玉)이 잡힐 거라 생각한 국면의 이후를, 나는 읽었다.

그리고 믿기지 않는 수순을 찾아내고…… 무심코 입을 열었다.

"반대…………?"

내가 그렇게 중얼거리자, 카가미즈 씨에게서 명백한 동요의 기색이 느껴졌다. 이제까지 한 번도 보지 못했을 만큼 초조해하고 있었다.

의문은 확신으로 변했다.

——카가미즈 씨가 금(金)을 옮기면, 내 옥(玉)이 피할 공간이 넓어지면서…… 역장군 수순이 생겨난다!!

두우우그으으은!!!!!

포기한 덕분에 진정됐던 맥이, 희망을 찾아내는 것과 동시에 하늘로 쏘아 올린 폭죽처럼 격렬하게 터졌다.

이길 수 있어?

이길 수 있어! 이길 수 있어!!

그 순간, 내 심장이 드디어 한계를 맞이했다.

"　　　　　"

호흡이 멎었다.

아니…… 소리가 멎었다. 몸에서 나오는, 모든 소리가…….

가장 먼저 느낀 것은, 이 상황과 어울리지 않는 정적이다. 그리고 졸음에 가까운…… 의식이 멀어져 가는 감각이 엄습했다.

——심장이………… 멎, 었……?

"야이, 치………… 가슴이…………."

다른 곳에서 대국을 치르고 있을 사형제에게, 나는 도움을 청했다.

처음으로 장려회에서 장기를 뒀을 때와 마찬가지로…….

——여기서 쓰러진다면…… 야이치는 또, 자기 장기를 내팽개치고, 달려와 줄 거야…….

타이틀전일지라도 상관없다.

감상전과 보드 해설을 내팽개치고, 내가 실려간 병원으로 반드시 와줄 것이다.

그러니 이대로 잠들어버리면, 다시 눈을 떴을 때는 야이치가 곁에 있으리라.

그리고 이런 식으로 상냥하게 위로해 줄 것이 틀림없다.

『수고했어, 긴코.』

『이제 힘든 일은 하지 마.』

『쭉 곁에 있어줄게.』

그리고 내가 바란다면…… 그 밤에 하려다 그만둔 것을 하게 될 것이다.

봉인했던 고백을 해 줄 것이다.
예전보다 더 상냥하게 대해 줄 것이다.
손을 잡고 거리를 걷고, 함께 영화를 보고, 바다에 가고…….
둘이서 많은 일을 할 것이다. 사형제 관계가 아니라, 연인으로서…….
그리고 어른(열여덟 살)이 된 야이치는, 나에게 그 이상의 것을 주리라.
내가 바란다면, 야이치의 인생을 나에게 줄 것이다.
그 약속으로서, 왼손 약지에, 서약의 증표를 끼워 줄 것이다.
――아하하…… 아름다워……. 기뻐…….
땀과 눈물로 얼룩진 낡은 다다미를 짚은 왼손을 흐릿한 시야로 응시한 나는 거기에 끼워진 찬란히 빛나는 은색 반지를 상상하며 무심코 웃음을 흘렸다.
――뭐야……. 이대로 끝나도, 원하는 걸 전부………… 손에…… 넣을 수, 있잖아…….
오히려 쓰러지는 편이 나을지도 모른다.
그 녀석은 상냥하니까, 약해 빠진 나를 내버려 둘 수 없다.
쓰러지면…… 어릴 적처럼, 쭉 내 손을 잡아줄 것이다.
장기를 두기 위한 오른손을, 나만을 위해…….
――그래…… 맞아.
행복한 꿈에 젖어 든 채, 나는 오른 주먹을 힘껏 말아쥐었다.
세게, 세게, 세게 말아쥐었다.
손톱이 손바닥에 박힐 정도로, 세게.
그리고――――.

그 주먹으로 있는 힘껏, 가슴을 때렸다.

“아아아아아아아아아아아아아아아아아아아아아아아아아아
아아아아아아아아아아아아아아아아아아아아아아아아아아아
아아아아아아아아아아아아아아아아아아아아아아아아아아아
아아아아아아아아아아아아아아아아아아아아아아아아아아아
아아아아아아아아아아아아아아아아아아앗!!!!!”

우직.

뼈가 부러지는 느낌이 들었다.

다음 순간, 격렬한 고통이 엄습했다.

목을 타고 치밀어오른 건, 위액이 아니라 피일 것이다.

“야…………이, 치………… 가슴이…………이…….”

가슴이.

이렇게나, 가슴이!

“뜨거워.”

두근두근 다시 뛰기 시작한 심장에 주먹을 대고, 나는 각성했다.

야이치를 좋아한다.

그러니 장기를 버릴 수 없다.

승부를 내팽개치는 짓은 절대 못 한다.

왜냐하면 우리는── 사랑이 아니라, 피가 아니라, 장기로 이어져 있으니까.

“퉤!!”

© shirabii

펼친 부채에 붉은 피를 토한 나는 가열된 온몸을 식히려는 듯이 부채질을 해서 피비린내 나는 바람을 쐰 후, 탁 소리가 나게 접었다.

마지막으로 뜨거운 피를 손으로 닦은 후, 나는 카가미즈 씨를 노려보았다.

"덤벼……!!!!"

싸울 준비는 됐다.

이제 심장이 멎는 것도 무섭지 않다.

마음이 꺾이는 일도 없다.

심장이 멎더라도, 마음이 꺾여도, 나는 이 손으로 몇 번이든 되살아날 것이다.

장기를 두기 위해 존재하는, 이 손으로…….

전자음이 울린 후, 10초간의 초읽기가 시작됐다.

"…………."

5초가 남았을 때, 카가미즈 씨는 천천히 장기판을 향해 손을 뻗어서 자신의 옥(玉)을 대각선으로 옮겼다.

그것은 퇴각이 아니었다.

"끝이야. 긴코."

그 수를 본 순간, 피가 얼어붙었다.

"앗?!"

――비켜주기 장군……!!

옥(玉)이 움직이면서, 그 뒤편에 대기하고 있던 향차(香車)가 내 옥(玉)을 꿰뚫으려 했다!

아까 떠올랐던 역장군의 수순과 대비되는 듯한 수다.

최강의 크로스 카운터였다.

——말받침에 있는 말을, 뭐든 장군을 막으려고 올려도 외통수야?! 이, 이런 수가…… 있다니…….

지금, 내가 해야만 하는 것.

그것은 옥(玉)이 대피할 길을 만들면서, 장군을 막는 것이다.

하지만 그것은 한 수로 두 수의 효과를 발휘해야 하는 것과 마찬가지다.

——……그런 수가, 있을 리 없어…….

있더라도, 1분 장기 상황에서 발견할 수 있을 리 없다.

그래서 그때, 내가 그 말을 쳐다본 것은 명백한 우연이었다.

"은……."

옥(玉)의 도주로를 막고 있는, 나와 똑같은 이름의 장기말.

이 말만 없다면 옥(玉)을 오른쪽 위로 대피할 수 있는데…… 그 말이 굼벵이 같고 매사에 방해만 되는 자기 자신처럼 느껴졌다.

——…………어라?

방해돼?

은(銀)이?

그렇다면………… 옮기면 되잖아?

어…………?

——하지만…… 어?! 이런 수가 실전에 있어?!

시간이 바닥나려던 순간.

나는 피가 묻은 오른손을 뻗어서, 은(銀)을 쥐었다.

그리고, 그대로——.

"이렇게!!"

은(銀)을 왼쪽 위로 옮겼다.

이제까지 10만 국 정도 장기를 두면서도 실전에서 이런 결정타가 나타난 적은 한 번도 없었다. 그래서 수를 둔 후에도, 이 수가 성립하는지 확신할 수 없었다.

그러니, 그 수를 둔 것은 우연에 지나지 않았다.

우연…… 그리고 변덕스러운 행운.

최근에 푼—— 장기 묘수풀이에서 봤으니까.

☗ 봉함수

"비켜, 비켜, 비켜어어어어어——————!!!"

장기회관 앞에는 엄청난 인파가 모였는데, 츠키요미자카 씨의 바이크는 보도진과 구경꾼들 사이로 그대로 돌진했다.

"다 깔아뭉개버릴 거야아아아아아아아아아아아아아아앗!!!"

사람들이 허겁지겁 사방으로 도망쳤다. 그리고 바이크는 건물 정면에 급정지했다.

이 사람, 진짜 무지막지하네! 무지막지하게…… 멋있어!

나는 헬멧을 벗고 뒷좌석에서 뛰어내렸다.

"고마워요, 츠키요미자카 씨!"

"인사는 됐으니까 빨리 가, 쓰레기! 보수는 나중에 왕창 뜯어낼 거라고!"

넓지 않은 주차장에는 TV 중계차가 우글거리고 있었다. 정면 현관과 로비도 지나갈 수 없을 만큼 사람들로 붐볐지만, 나는 주저 없이 뛰어들었다.

"어이! 방금 그 사람은……."

"왜 여기 있는 거야?!"

나는 그런 목소리를 무시하며 하염없이 달렸다. 인파를 헤치며 좁은 계단을 뛰어 올라갔다.

장기회관 밖에도 난리가 났지만, 안은 더 시끌벅적했다.

그 이유는——.

"쿠누기 소타가 승단했어!!"
"사상 첫 초등학생 프로 기사가 탄생했다고!!"
"속보로 내보내!!"
"2층에서 기자회견을 한대!! 서둘러!!!"
후다다다다다다다다다다다다다닥!! 발소리 탓에 지진이 일어난 것처럼 흔들렸다. 밖에서도 난리가 났다. 도착이 1분만 늦었다면 안에 들어갈 수 없었으리라.
"소타……. 그렇구나. 축하해."
중학생 기사는 이제 과거의 유물이네…… 그렇게 중얼거리던 내 귀에, 이런 말이 흘러들어왔다.
"다른 한 사람은 누구야?!"
"아직 몰라! 곧 끝날 거라고는 하던데——."
두근!! 하며 심장이 뛰었다.
『누구야.』
그 짤막한 말에 담긴 의미. 그것은——.
"소타가 올라가고, 카가미즈 씨의 승단이 확정되지 않았다는 것은…… 그런 거겠지?"
사저와 카가미즈 씨. 대국 중인 두 사람 중 승자가 승단한다.
가슴속이 쥐어뜯기는 듯한 느낌이 들었다.
그리고 나는 발소리를 내지 않도록 천천히 마지막 계단을 올라가서, 4층에 도착했다.
"여기는………… 조용해………………."
여기만이 다른 시공에 있는 것처럼, 정적에 휩싸여 있었다.

한 달 전, 나는 이곳에서 대국을 치렀다. 명인을 상대로 타이틀전의 도전자 결정전을 펼쳤다.

하지만 현재 나는 엘리베이터 앞의 홀에서 한 걸음으로 나아가지 못했다.

이 앞으로는 목숨을 걸고 싸우는 자들만이 들어갈 수 있다.

장려회 회원만이 들어갈 수 있는 성역인 것이다.

"후우…………."

4층 대국실 입구 앞에 있는, 갈색 벤치 의자. 나는 커버가 뜯어진 그 낡은 의자에 앉아서 크게 숨을 내쉬었다.

마치 병원 대합실 같다.

아직 이어지고 있는 대국도 있는지, 장기말을 두는 희미한 소리와 대국시계의 전자음이 들려왔다.

"사저……!!"

나는 고개를 숙인 채, 하늘에 기도하듯 깍지를 꼈다.

얼마나 그러고 있었을까? 인기척이 느껴져서 고개를 들어보니

————.

"윽!!"

눈앞에, 낯익은 사람이 서 있었다.

"카가미즈 씨……."

"안녕."

카가미즈 씨는 자리에 앉아서 망연자실한 눈으로 쳐다보는 내 어깨를 두드려준 후, 그대로 지나쳤다.

그리고 계단을 내려가며, 이렇게 말했다.

"다들, 두 사람만 있게 자리를 비켜 주자."
카가미즈 씨가 말하자 나머지 장려회 회원들도 뒤따랐다.

그리고 모두가 사라진 성역에서, 은발 소녀가 모습을 드러냈다.

"야이치."
"사저."
비틀거리며 다가오는 소녀를 보고, 나는 용수철처럼 벌떡 일어섰다.
신발도 신지 않고 바닥으로 내려온 사저를, 나는 한 걸음 내디디며 맞이했다.
"야이치."
사저는 내 품에 쓰러졌다.
깃털처럼 가볍고 덧없는 그 몸을, 나는 끌어안았다. 희미하게 떨고 있는 그 몸을…….
"승단했어. 야이치."
내 품속에서 사저가 말했다.

"나, 4단(프로)이 됐어."

인생에서 가장 기쁜 그 보고는…… 눈물에 젖어 있었다.
"카가미즈 씨를 쓰러뜨리고, 내가 올라갔어."
"응……."

"지는 줄 알았어. 도중에 몇 번이나 틀렸다고 생각했어. 하지만 절대로 포기하고 싶지 않았어."

"응."

"그래서 내 옥 앞에 금이 놓일 때까지 두기로 맹세했어. 심장이 멎어도 계속 두자고 말이야."

"응."

"그랬더니 말이지? 마지막 순간에 기적이 일어나지 뭐야. 장기의 신이 준, 기적이……."

긴코는 눈물을 줄줄 흘리며 그 기적을 이야기했다.

"타보 외통과 역장군 수순이 보여서…… 겨우겨우 버텨냈어. 카가미즈 씨의 비켜주기 장군에도, 8오의 은을 9사로 옮기는 명군 끼우기가 먹혔다니깐……. 어때? 진짜 기적 같지?"

"응……."

"꼬맹이에게 고맙다고 해야겠네……."

사저는 아이에게 감사의 뜻을 표했다.

성격이 맞지 않고, 열등감마저 있는 상대에게 이렇게 솔직해진 것이, 마지막에 가서 이 소녀를 강하게 만들었다.

"야이치, 나…… 카가미즈 씨를…… 끝장냈어……!"

억누르던 감정이 결국 터져 나오더니, 사저는 통곡했다.

"그토록 신세를 졌는데, 나와 야이치한테 그렇게 상냥하게 대해 줬는데, 그런데 내가………… 내가…………!!"

"괜찮아."

나는 긴코를 꼭 끌어안았다. 이 여자애가 산산조각 나지 않게

끔…….

카가미즈 씨와 카라코 씨…… 다른 수많은 사람의 꿈을 부수고, 그 파편 위에 맨발로 선 소녀. 새하얀 피부가 피로 범벅이 되도록 싸운 소녀의 몸과 마음에는, 패배자보다 더 깊은 상처가 생겼다.

가슴이 감정으로 가득 차서, 뭔가를 생각하기만 해도 눈물이 날 것 같았기에…… 아무 말도 할 수가 없었다.

그래서――――.

"열어도 되지?"

"응."

봉인했던 말(마음)을 입에 담았다.

© shirabii

"좋아해."

"동보(나도)."

미루었던 그날의 고백을 마친 후, 긴코는 뜨거운 숨결이 섞인 목소리로 말했다.

"좀…… 쉬어도 돼? 너무 피곤해……."

"응. 미안해."

나는 긴코를 안아서 옮기듯 벤치로 데려간 후, 우리는 거기에 나란히 앉았다.

긴코는 내 어깨에 머리를 얹었다.

그리고 약간 어리광을 부리듯, 은색 머리를 고양이처럼 비볐다.

"어제 말이지? 한숨도 못 잤어."

"나도 그래."

"그랬구나. 똑같네."

그 사실이 정말 기쁜지, 긴코는 어린애처럼 웃었다.

겨우 그녀가 머금은 미소를 눈에 새기려는 듯이, 나는 그녀의 앞 머리카락을 손가락으로 살짝 쓸어넘겼다.

이 소녀의 모든 것이 사랑스러웠다.

하지만 할 줄 아는 게 장기뿐인 우리는, 서로에게 사랑을 속삭이는 것조차 서툴렀다.

결국, 우리는 장기 이야기를 나누게 됐다.

"야이치는, 대국은 어떻게 됐어?"

"이겼어."

"그랬구나. 역시 야이치는 강하네……."

따라잡을 수 있을까…… 긴코는 작은 목소리로 그렇게 중얼거렸다.

"걱정하지 마. 긴코도 프로가 됐잖아."

"응……."

우리는 거짓말을 했다. 이제 막 4단이 된 사람이 타이틀을 가진 내가 있는 곳까지 올라오는 것은 쉬운 일이 아니다.

그런 현실에서 잠시 눈을 돌린 채, 우리는 서로의 꿈을 이야기했다.

"나………… 야이치를, 좋아해……."

긴코는 내 오른손을 잡으며 그렇게 속삭였다.

"손을 잡고 밖을 돌아다니고 싶어. 같이 영화도 보고, 바다에 가고, 단둘이서 이런저런 일을 해 보고 싶어. 사형제가 아니라, 연인으로서…… 쭉, 그런 생각을 했어."

마음속 깊은 곳에 담아뒀던 마음을 처음으로 전한 긴코가 마지막으로 이렇게 말했다.

"하지만 말이지? 진짜로 내가 하고 싶은 건———."

다음 말은 들리지 않았다.

긴코는 눈을 감으며 축 늘어졌다.

방금 내린 눈처럼 새하얀 소녀가 정적에 휩싸였다.

손으로 만지면 녹아버릴 것만 같을 정도로 덧없어 보였다.

하지만——.

"…………뜨거워……."

맞닿은 피부가 타들어 가는 것처럼 열기를 띠고 있었다. 긴코는 진심으로 장기를 두면, 항상 이렇게 몸이 뜨거워졌다…….

앞으로 엄청난 소동이 벌어질 것이다.
일본 전체가 뒤집힐 정도로 큰 소동이 말이다.
취재가 끝도 없이 이어질 것이다. 그리고 시대의 아이콘이 된 《나니와의 백설공주》는, 명인처럼 장기계 전체를 짊어지고 걸음을 내디딜 것이다.
이 연약한 몸으로, 누구보다 무거운 것을 짊어진 채, 프로의 세계에서 유일한 여성으로서 길을 개척해나가야만 한다.
프로 기사인 한, 그것은 영원히 이어질 것이다.
이제 장려회 회원이라는 변명을 할 수 없다.
장려회라는 지옥 너머에 존재하는 건…… 영원히 끝나지 않는 수라의 길이다.
한동안은 장기를 둘 시간도 없을 것이다. 누구나 부러울 상황이지만, 긴코에게는 고통스러운 일에 지나지 않을 것이다.
왜냐하면, 긴코가 진정으로 바라는 건────.
"나도 마찬가지야…… 긴코."
그러니 지금만은 둘이서 어깨를 맞댄 채로, 장기만을 생각하고 싶었다.

언젠가 두게 될, 우리의 공식전(장기)만을…….

☖ 최후의 승단자

사카나시 스미토는 마지막 대국을 승리로 장식했다.

"휴……."

모든 대국을 마친 사카나시는 장기말을 하나하나 정성껏 닦고, 장기판도 깨끗히 닦았다.

장려회에서 쓰는 장기판과 말은 고급 제품이 아니다.

하지만 흠집투성이에 낡은 그것들은 오랫동안 싸우다가 끝내는 버려지는 장려회 회원 같아서, 사랑스러웠다.

"마지막으로 좀 닦아 줘도 괜찮겠지."

사카나시가 장기판과 말을 닦고 싶다고 말하자, 대국 상대는 그 심정을 헤아리며 먼저 자리에서 일어났다.

그것을 마친 사카나시는 마지막으로 장기판을 만지며, 작별 인사를 했다.

"잘 있어. 너는 장수해라."

4층 대국실을 나선 그는 신발장 앞 카운터에 오렌지색 명찰을 뒀다. 이겼다고는 해도, 리그표에 승리 표시를 남길 마음은 들지 않았다.

조용히 사라지고 싶다.

탈퇴를 의식한 후로, 사카나시는 쭉 그것만 바라고 살았다.

그리고 그 바람은 그대로 이뤄졌다.

"조용한걸……."

장기회관에 있는 모든 사람이 기자회견 자리로 이동한 건지, 항상 사람이 있던 사무국과 도장에서도 인기척이 나지 않았다.

승단자는 쿠누기 소타일까? 소라 긴코일까? 아니면 양쪽 다일까…….

12년 하고 반년 동안 이어진 장려회 생활.

인생의 약 절반을 여기서 보냈지만, 장기회관이 이렇게 조용한 것은 처음이었다.

"여기가 이렇게 넓었구나……."

장려회에 들어가기 전에는 이 도장을 쭉 다녔다. 연맹의 어린이 스쿨에도 참가했다. 그 기간을 포함하면, 20년 동안 이곳을 드나들었다. 내일부터 전혀 다른 인생이 시작된다는 것이, 아직 실감나지 않았다.

아무도 없는 로비를 빠져나가서 정면 현관을 통해 건물을 나선 사카나시는 뒤를 돌아보며 고개를 숙였다.

주차장에는 방송국의 중계차가 밀집되어 있었다.

장기회관을 나선 그는 하토노모리 신사에 들러서 장기당에 참배를 했다.

예회일 아침에 자주 시간을 보냈던 커피숍.

연구회 후, 선배 기사가 데려가 줬던 스테이크 하우스.

순위전 기록 담당이 되어 장기회관에 묵을 때면, 인근 대중목욕탕에도 자주 갔다.

그런 추억을 떠올리며, 사카나시는 센다가야의 거리를 빠져나가고 있었다.

하지만 센다가야역 앞 횡단보도에서 신호에 잡혔다. 첫날 연패를 떠올리자 마음의 상처가 욱신거렸지만…… 그 고통마저도 지금은 그립게 느껴졌다.

"사카나시 씨!!"

신호를 기다리고 있을 때, 누군가가 사카나시의 이름을 외쳤다.

전직 장려회 회원이자, 지금은 스포츠 신문의 기자인 후배였다. 어깨에 커다란 카메라를 짊어지고 있었다. 말없이 사라진 선배를 배려해서 따라온 것일까? 마음은 고맙지만 달갑지는 않았다.

"사, 사카나시 씨………… 헉, 헉…… 대국은요……?"

"응. 끝났어."

기자는 얼마나 서둘렀는지 숨도 고르지 않으며 질문을 던졌다. 무거워 보이는 카메라를 어깨에서 내리며 말을 잇는다.

"이겼나요?"

"마지막으로 14연승을 했어. 유종의 미를 거둔 거지."

이번에는 사카나시가 질문을 할 차례였다.

"누가 올라갔어?"

"소라, 쿠누기, 두 사람이에요."

"그렇구나……."

사카나시는 고개를 끄덕였다. 카가미즈가 쿠누기와 소라에게 진 것이다. 마음씨 착한 선배를 떠올리니 가슴이 아팠지만…… 직접 대결해서 졌으니 어쩔 수 없다. 자신이 긴코에게 준 카라코의 기보는 도움이 됐을까?

그리고 사카나시는 또 질문을 던졌다.

"승단자는 지금, 기자회견 중이지?"

"예."

"그럼 너는 왜 나를 찍는 거야?"

"당신이 세 번째 승단자니까요."

무슨 소리인지 알 수가 없었다.

"뭐………………?"

"소라와 쿠누기 이외의 3패 세력이 전멸한 바람에, 14승 4패 중에서 순위가 가장 위인 사카나시 씨가 차점이 됐어요. 지난 기 차점과 합쳐서 승단이 결정됐죠."

"카가미즈 씨가 아니라………… 내가?"

3단 리그 개막 첫날에 2연패를 하고, 센다가야역 앞 횡단보도에 서서 흐느꼈다.

다음 예회에서도 연패하는 바람에, 개막 4연패를 당했다.

전부 틀렸다고 생각한 나는 과반수 승리 연장까지 포기했고, 운전면허 학원을 다니기 시작했다.

"그런 내가…… 프로? 4단이 된 거야……?"

장기에 더욱 열성적이었던 때도 있었다. 그때도 프로가 되지 못했는데…….

『아직 끝난 건 아니잖아! 자, 힘내는 거야.』

카가미즈 씨의 말에 이끌리듯, 장기를 계속 뒀다.
그 후로 기적처럼 14연승을 거뒀다.
하지만 그것은 압박감에서 해방되어서 이룬 결과다. 초반 4연패로 남들이 '저 녀석은 끝났다' 고 여긴 것이다. 카라코가 카가미즈를 끌어내리기 위해 나와의 대국에서 일부러 봐준 결과이기도 했다.
원래 자신에게 올 경계심이 전부 카가미즈에게 간 것이다.
그런 자신이…….
"내가…… 올라간 거야? 카가미즈 씨가 아니라, 내가……?"
다리가 풀려서 엉덩방아를 찧고만 사카나시는 양손으로 얼굴을 감싸며 통곡했다.
승단의 기쁨은, 느껴지지 않았다.
그저 하염없이 마음속으로 카가미즈에게 사과했다. 이런 것은 리그전이 아니다. 카가미즈 씨가 너무 안됐다. 죄송해요…… 죄송해요…….
오열과 사죄의 말을 흘리며 길바닥에서 웅크리고 있는, 스물다섯 살의 남자.
기자가 셔터를 누르는 소리가 묘할 만큼 크게 느껴졌다.
대낮에 길바닥에서 펼쳐진 이 기묘한 광경을, 사람들을 호기심에 찬 눈으로 힐끔 본 후에 지나쳤다.
"여기 있구나! 다행이야! 겨우 따라잡았네!!"
익숙한 목소리가 들려오자, 사카나시는 고개를 들었다.
숨을 헉헉 헐떡이는 장려회 간사, 하토마치 5단이 사카나시의 앞에 서서 오른손을 내밀었다.

"축하해, 사카나시 군! 프리 클래스지만…… 올라갈 거지?"

"…………."

최후의 승단자는 넋을 놓고 간사의 얼굴을 응시했다.

그리고 자신에게 내민 오른손을 움켜쥐었다.

제63회 신진기사 장려회 3단 리그는 이렇게 막을 내렸다.

4단 승단자는 소라 긴코(16), 쿠누기 소타(11), 사카나시 스미토(25).

그리고 같은 날, 연령 제한에 따라 3단 회원 다섯 명이 장려회를 떠났다.

사카나시 스미토는 4단 승단자가 초청되는 축하 파티에 참석하기를 거부한 두 번째 프로 기사가 됐다.

떠나는 장려회 동료들을 생각하면 자신은 축하를 받을 자격이 없다는 이유였다.

☗ 넥타이와 주사위

"소타, 좀 진정됐어?"

"예……."

장기회관 안에 있는 숙박용 방 침대에 앉은 소타가, 종이컵에 담긴 주스를 마시며 고개를 끄덕였다.

카가미즈가 4단이 되지 못했다는 것을 안 소타는 충격을 받았다. 거짓말쟁이, 근성 없는 놈, 약골, 장기판 앞에서 할복이나 해라—— 이런 독설을 퍼붓는 사상 첫 초등학생 기사를, 다들 아연실색한 표정으로 쳐다보았다.

보다 못한 이사가 기자회견 시간을 늦추며 카가미즈에게 소타를 맡겼다. '자네 탓이니 자네가 어떻게든 해 보게.' 라면서.

——이게 나의, 장려회 회원으로서 마지막 일인가…….

생각해 보면, 항상 아이들을 돌봤다.

연령 제한으로 탈퇴하게 된 남자는 사상 최연소 4단의 옆에 앉아서 투덜댔다.

"하아. 왜 소타가 우는 거야? 울고 싶은 건 나라고."

"그게…… 카가미즈 씨가 거짓말을 했잖아요. 같이 올라가자면서요."

볼을 부풀린 소타의 눈에 또 눈물이 그렁그렁 맺혔다.

"앗! 오해하지 마! 딱히 너를 탓하는 게 아니라——."

카가미즈는 허둥지둥 화제를 바꾸려 했다.

하지만 적당한 화제가 생각나지 않았다.

——요즘 초등학생이 웃을 화제는 뭐가 있지?! 포켓몬?! 포켓몬일까?!

초등학생을 좋아하는 야이치라면 적당한 화제를 고를 수 있겠지만, 장기계에서 20년가량 틀어박혀 지낸 카가미즈한테 그것은 딴 세상 이야기다. 적당한 이야깃거리가 생각나지 않았다.

문뜩 입에서 나온 것은—— 역시, 장기 이야기였다.

"나는 스크랩북을 만들어."

"예……?"

"4단 승단기, 알지? 오랫동안 그것만 모았거든……. 언젠가 내 승단기도 거기에 싣는 게 목표였어."

"장기 잡지 마지막 페이지에 실리는 그거 말인가요? 항상 안 읽고 넘겼어요."

"하하. 그럴 줄 알았어."

카가미즈는 무심코 쓴웃음을 지었다.

자신은 그것을 죽도록 쓰고 싶어했지만, 그 권리를 손에 넣은 건 그런 페이지의 존재조차 잊고 있던 어린애였다.

하지만 그것이야말로 승부의 본질이다.

마음의 강함은 상관없다. 그저 장기가 강한 자만이 올라간다.

그래서 납득할 수 있고, 잔혹할 정도로 매료되며, 가슴을 뛰게 하는 문장을 자아내는 것이다.

이제 자신의 승단기가 실리는 일이 없을 스크랩북을 마음속으로 넘겨보며, 카가미즈는 말을 이어갔다.

"쓰고 싶은 건 자주 바뀌었지만, 마지막 한 문장만은 정해져 있어. 프로가 됐을 때의 목표…… 아니, 꿈 같은 거지."

"타이틀전에 나가고 싶다? 아니면 명인이 되고 싶다, 같은 건가요?"

"그게 꿈이었다면 이렇게 최선을 다하지는 못했을 거야."

카가미즈는 웃고 말았다.

자신의 한계는 자신이 가장 잘 안다. 만약 서른 살 직전까지 프로 기사가 되더라도, C급 2조 위로 올라가는 건 어려우리라.

"그럼 뭔데요?"

소타는 약간 울컥한 표정으로 물었다.

부끄러워서 이대로 마음속에 담아둘 생각이었지만…….

——뭐, 됐어. 이 녀석한테라면 이야기해도 돼.

카가미즈는 지금까지 쭉 마음속에 품어왔던 마지막 문구를, 처음으로 입에 담았다.

"『언제까지고 장기를 좋아하고 싶다』."

"…………!!"

소타가 눈물에 젖은 눈을 확 떴다.

"아무리 괴로운 일이 있어도, 언제까지고, 누구보다도, 장기를 좋아하고 싶다. 자신만이 아니라, 대국을 봐 주는 사람도, 장기를 좋아하길 잘했다고 생각하게 하는…… 그런 장기를 두는 프로가 되고 싶었어."

누구보다도 오랫동안 괴로워한 자신이니까…….

누구보다도 장기의, 장기계의 부조리함에 휘둘린 자신이기에, 그 말에 설득력이 있다고 생각했다.

타이틀을 따지 못하더라도.

명인이 되지 못하더라도.

영광과는 인연이 없는 장소에 있을지라도, 장기를 좋아할 수 있다는 것을 프로가 되어서 증명하고 싶었다. 자신에게 꿈을 맡겨 준 스승님처럼…….

"하지만 결국 내 재능으로는 그게 무리라는 걸 알았어. 망루조차 제대로 두지 못하는 프로의 장기를 봐도, 지겹기만 할 거야."

장기판 위에서 자유롭게 행동하기 위해서는 재능이 필요하다.

정석을 벗어나더라도 고도의 기보를 남길 수 있는 건, 프로 중에서도 극히 일부인 진짜 천재뿐이다. 그것은 노력과 근성으로 어찌할 수 없는 영역이라는 것을, 긴코와 장기를 두면서 깨달았다.

그 격전은 장려회에서 분명 오랫동안 회자될 것이다.

——하지만…… 긴코도 결국은 나와 비슷한 레벨이었다.

그 아이의 앞날을 생각하면, 카가미즈는 무턱대고 축복해 줄 마음이 생기지 않았다.

쿠누기 소타라는 천재와 동시에 승단하니, 항상 비교당할 것이다.

그리고 긴코가 뒤쫓는 사람은…… 쿠즈류 야이치란 존재는, 너무나도 먼 곳에 있다.

"맞아요! 카가미즈 씨의 장기는 지겨워요. 긴코 씨하고나 겨우 볼만한 승부를 벌이는걸요!"

"괜히 들쑤시지 마……. 나도 안다고 했지?"

"봐주는 사람이 즐겁게 해 주겠다고요? 틀렸어요! 카가미즈 씨와 긴코 씨처럼 더럽게 끈질기기만 한 장기가 허락되는 건 장려회까지만이라고요!"

"맞아. 소타처럼 화려하게 옥을 잡는 게 프로의 장기라는 걸, 오늘 대국에서 깨달았어."

"그래요? 그럼——."

소타는 숨을 들이마시더니, 이렇게 말했다.

"어쩔 수 없네요. 그 꿈은 제가 이뤄드릴게요."

이번에는 카가미즈가 놀랄 차례였다.

무심코 소타의 얼굴을 쳐다본 카가미즈의 눈을 똑바로 바라보며, 사상 첫 초등학생 기사가 말했다.

장기판 위에서 자유롭게 행동할 수 있는, 진정한 천재가…….

"카가미즈 씨와 함께 프로가 되지 못한다면, 하다못해 카가미즈 씨의 꿈과 함께 프로가 되겠어요."

"내…… 꿈과, 함께……?"

"프로의 세계에서, 저는 누구보다 재미있는 장기를 두겠어요. 야이치 씨보다도, 소프트보다도 재미있는 장기를요. 장기를 모르는 사람이 봐도 흥분할 장기를 계속 두겠어요. 그래서 지금보다 더 뜨거운 장기 붐을 일으키겠어요. 그러니 카가미즈 씨도 장기를 계속 좋아해 주세요. 지금은…… 괴로울지도 모르지만, 또 저와 장기를 둬 주세요."

"…………."

"…………안 될, 까요?"

"…………안 되긴."

카가미즈는 천장을 올려다보았다. 안 그러면, 눈물이 흘러내릴 것만 같았다. 자신이 눈물을 보이면, 소타는 또 울 게 뻔하니까…….

먼저 말을 건 사람은 카가미즈였다.

기사실 구석에 앉아 있던 조그마한 외톨이 남자애에게, 장기를 두자고 말했다.

하지만 지금은 거꾸로…… 그 조그맣던 남자애가, 카가미즈에게 장기를 두자고 말했다.

"고마워, 소타."

카가미즈는 넥타이를 풀었다.

그리고 소타의 조그마한 어깨에 그 넥타이를 올려뒀다.

바톤처럼, 어깨띠처럼…….

키요타키의 허락은 받지 않았지만, 괜찮다고 생각했다. 제자를 남기지 못했지만…… 같은 뜻을 지닌 동료가 이 자리에 있는 것이다.

"카가미즈 씨. 저……."

"응?"

"저, 장기를 선택하기 정말 잘했어요!"

드디어 미소를 되찾은 소타가 카가미즈에게 받은 넥타이를 꼭 움켜쥐었다.

열한 살 소년에게는 아직 너무 크겠지만, 언젠가 이 넥타이가 어울릴 날이 반드시 올 것이다. 그때까지 꼭 움켜쥐고 있자고, 천재 소년은 생각했다.

이제 주사위는 필요 없다.

이 손가락에 깃든 새로운 꿈이, 나아갈 길을 제시해 줄 테니까.

후기를 대신해——『이루지 못한 꿈』

"핸드폰을 버리고, 아무도 저를 모르는 곳에 가고 싶었어요. 장기를 관두자고 생각하면서요."

제가 처음으로 취재한 전직 장려회 3단이 한 말입니다.

다수의 장려회 3단을 취재해 보니, 다들 입을 모아 '지금도 잊을 수 없는 대국' 이라며 거론하는 판이 있었습니다.

그것은 바로—— 이겼으면 4단이 됐을 대국이었습니다.

"제가 우세했고, 상대는 시간이 없었죠. 그런 상황에서 수를 읽을 수 없게 됐습니다. 하지만 우세한 상황이란 것을 이유 삼아 적당히 수를 두고 말았죠. 그것이 어중간한 수였습니다. 그걸 닫고 후회하면서 수를 두는 악순환에 빠진 가운데…… 상대가 입옥했고, 저도 입옥했지만 명백하게 밀리고 있었죠. 그래서 투료했습니다. 넋을 놓고 화장실에 갔더니, 상대가 엄청난 기세로 화장실에 뛰어 들어왔죠. 그때 '조금만 더 버텼으면 상대가 투료했을지도 모른다.' 는 생각에 후회했고…… 그 후로는 내리막길이었어요."

"외통수가 있을 듯한 국면이었지만, 시간이 없어서 그걸 찾지 못하고 투료했어요. 그 국면을 툭하면 꿈에서 봐요. 몇 년 후, 다섯 수 외통수가 있다는 걸 우연히 발견했죠. 몇 년 후라 다행이라 생각해요. 바로 그걸 발견했다면 견디지 못했을 테니까요."

그 대국은 지금도 꿈에 나온다, 몇 년이 흘러도 어제 일처럼 선명하게…… 다른 장소에서, 다른 사람에게 던진 질문이지만, 다들 같은 말을 입에 담았습니다.

장려회, 3단 리그라는 곳이 얼마나 가혹한가. 그들의 마음에 아직도 생생하게 남은 상처가, 저에게 그것을 알려줬습니다.

그런 엄청난 세계와는 전혀 레벨이 다릅니다만, 저도 좌절을 경험해 봤습니다.

변호사가 되고 싶어서 법학부에 들어갔고, 대학원까지 다녔습니다만…… 12년 동안 공부했는데도 결국 되지 못했습니다.

어느새 서른 살이 됐더군요.

자격증 하나도 없이 난생 처음으로 학생이나 회사원이 아닌 상태가 됐을 때, 사회에서 저를 필요로 하지 않는다는 것과 30년이란 인생이 부질없었다는 불안과 허탈함을 느꼈습니다.

취직한 대학 동창은 부모가 되거나 출세하면서 인생의 계단을 순조롭게 올라가고 있었습니다. 이제 제가 그들을 따라잡는 게 무리라고 생각하니, 초조함도 들지 않더군요. 그저 체념하기만 했습니다. 저를 믿어 준 할아버지와 어머니께는 정말 죄송할 따름이었습니다.

학비를 벌려고 쓰기 시작한 라이트노벨이 저에게 남은 모든 것이었지만, 그것조차도 유행을 뒤따르기만 하는 작품이었습니다. 작가를 자처할 수도 없었죠. 애초에 라이트노벨은 소설로 여겨지지도 않습니다. 대학 동창회에서 은행에 취직한 동기가 '그 책 내는 데 얼마나 들었어?' 라고 했을 때, 반론할 생각도 들지 않았던 저는 그저 웃어 넘겼습니다. 하다못해 좀 더 팔릴 책을 쓰고 싶다는 생각을 했습니다.

하지만 유행에 맞는 라이트노벨을 쓰려면 재능이 필요합니다. 그 재능이 저에게 없음을 깨달았을 때, 이렇게 생각했습니다.

"그렇다면 내가 읽고 싶은 이야기를 쓰자. 내가 좋아하는 세계를 소재로 삼고, 내가 경험한 좌절에도 꿋꿋이 맞서는 사람들의, 뜨거운 이야기를 쓰는 거야."

그리하여 쓰게 된 『용왕이 하는 일!』이 예상을 뛰어넘는 반향을 부르면서, 저는 이제까지 포기했던 많은 것을 얻을 수 있었습니다.

케이카와 카가미즈는 저의 좌절에서 탄생했습니다. 그들의 갈등과 망설이면서도 싸우려는 자세에 공감하거나, 뜨거운 무언가를 독자 여러분께서 느껴 주신다면 정말 기쁘겠습니다. 부질없었다고 여기며 포기한 저의 인생이, 어쩌면 누군가에게는 가치가 있을지도 모른다는 생각이 들 테니까요.

그렇게 생각하게 해 준 사람들을 위해, 저는 앞으로도 작품을 써 나갈까 합니다.

꿈을 이룬 후에도 고난은 이어지며, 꿈을 이루지 못해도 행복을 찾을수 있습니다. 긴코와 카가미즈가 앞으로 어떻게 될지, 앞으로도 지켜봐 주시면 감사하겠습니다.

감상전
©shirabii

"끝났어. 소라 긴코 4단 탄생."

『내도 속보를 봤대이. 빅 뉴스 아이가.』

바이크를 연맹 주차장에 세우고(관계자 전용으로 세웠다. 불만 있냐?) 건물 밖에서 주위를 둘러보던 나는 마치에게 전화로 상황을 알려줬다.

"센다가야는 난리도 아냐. 구경꾼들도 몰려들고 있거든. 이대로는 꼼짝도 못하겠네."

『그 좁은 언덕길이 사람들로 가득 찬기가? 사진 찍고 싶대이.』

"그리고 내 사형도 승단한 것 같아."

『사카나시 씨 말이가?! 어? 개막 4연패 아니었나?』

"아…… 4연패 뒤로 면허를 딸 거라면서 운전면허 학원에 관해 물어보더라니깐. 아마 그 사람도 체념했던 거 아닐까? 무욕의 승리라고나 할까……."

14승 4패라면 승단 라인이지만, 이번 기에는 괴물이 득실댔으니까. 주위에서도 쿠누기와 긴코에게 주목하느라, 그 사람을 막는 걸 깜빡했겠지.

"터벅터벅 연맹을 걸어나오는 걸 보고, 탈퇴한 줄 알았어. 거북해서 말을 안 걸었는데, 간사인 하토마치 선생님이 허둥지둥 쫓아가지 뭐야."

『그 몸집으로 뒤뚱뒤뚱?』

"그 몸집으로 뒤뚱뒤뚱 말이야. 차점 두 번으로 프리 클래스 입성이야. 사부님도 울음을 터뜨릴지도 모르겠네."

『하아…… 요즘 드문드문 보는 대역전 승단이고마……. 다음에 취재해야긋다. 료도 동석해 줄그재?』

"하지만 나는 딱히 친하지 않아. 내가 장려회에 들어가는 것도 반대했거든."

사형제인 사카나시 스미토 3단…… 아니, 이제 4단인가.

그 사람은 자신뿐만 아니라 남에게도 엄격하며, 여자에게도 할 말 못할 말을 가리지 않는다. 장려회 시절에 사부님의 명령으로 연구회를 한 적이 있는데, 아무렇지도 않게 '그건 반 년 전에 가르쳐 준 걸 텐데? 의욕 없으면 관둬.' 라고 말했다.

그 말에 마음이 꺾인 건 아니지만…… 나는 장려회를 관뒀다. 승급은 고사하고, 강등을 당했다.

장려회에 계속 남았더라도, 나와 긴코는 대국을 하지 못할 만큼 차이가 났다.

"야, 마치."

『와?』

"긴코가 특별하다고 생각해? 아니면…… 내가 최선을 다하지 않은 걸까?"

『료…….』

"옛날부터 계속 지기는 했지만, 나나 너나 긴코와 그렇게 실력이 차이 난다고 생각하지는 않지? 하지만 내가 프로가 되는 걸 상상조차 할 수 없어. 그럼 어째서 긴코는 프로가 된 걸까?"

『…………포기하면, 편해질 건데 말이대이.』

재능이라는 말로 단정할 수 없는 무언가를 본 듯한 나는 가슴 언저리가 술렁거렸다. 긴코를 얕보는 게 아니라…… 그런 게 아니라———.

"어이쿠. 용왕님이 나오셨는걸. 저 자식, 선글라스와 마스크를 착용했어."

변장 삼아 저런 건가? 어차피 이제 아무도 너한테는 관심 없어. 초등학생 기사가 탄생했으니 말이야.

"쓰레기를 태우고 거기로 돌아갈게. 이대로 타이틀전을 방치하는 것도 좀 그렇잖아."

『료.』

"응?"

『안전 운전 하그라.』

시끄러워, 안 그래도 그럴 거야. 나는 마음속으로 그렇게 중얼거리며 통화를 끊었다.

장기회관에서 몰래 나온 쓰레기는 주위를 두리번거리면서 역으로 가고 있었다. 저러니까 더 수상하네.

"어이, 멍청이. 이쪽이야, 이쪽."

"츠키요미자카 씨?! 기다려 준 거예요?!"

"기자회견은? 다 끝난 거야?"

"아, 그럴 상황이 아니네요. 사저, 아마 갈비뼈가 부러진 것 같거든요."

"뭐?! 자, 장기를 두는 데 왜 뼈가 부러져?! 진짜로 주먹다짐이라도 한 거야……?"

"스스로 때린 것 같아요. 대국 도중에 의식이 몽롱해져서, 있는 힘껏 가슴을 때렸다네요. 토한 피가 교복에 묻었더라고요. 폐가 다치지 않았으면 좋겠어요."

"그 녀석, 장난 아니네………… 못 이기는 게 당연해. 완전 맛이 갔잖아……."

보통 그런 상황에서는 허벅지를 때린다. 그런데 가슴을 뼈가 부러질 정도로 때리다니…… 보통은 망설이지 않아? 역시 근성이 나와 다른 건가?

"그럼 어떻게 할 거야? 응급차 부를 거야?"

"아, 그러면 소동이 벌어질 테니까요. 대외적으로는 몸 상태가 나쁘다는 걸로 한 후, 뒷문으로 몰래 옮길 예정이에요."

"너는 안 따라가도 돼?"

"사저의 주치의이자 전직 장려회 회원인 의사 선생님이 사저가 걱정되어서 근처에 와 계셨거든요. 그리고 중계 덕분에 사저가 몸 상태가 나쁘다는 걸 알고, 안으로 들어오셨어요. 그분에게 뒷일을 맡기고, 저는 타이틀전 대국장으로 돌아가려고요……. 사저도 빨리 가라고 했고요."

"흐음. 그럼 됐어……."

"걱정해 준 거예요?"

"뭐…… 그런 거 아니야, 이 멍청아! '여자도 프로 기사가 될 수 있지만, 몸을 망쳐요.' 같은 뉴스라도 나왔다간 같은 여자로서 완전 민폐거든?! 누가 긴코 따위를 걱정할 것 같아? 그 녀석은 죽여도 안 죽어. 빨리 타기나 해."

헬멧을 던지고 시동을 걸자, 뒷좌석에 탄 쓰레기가 이런 말을 했다.

"긴코가 이 말을 전해달라고 했어요."

"아앙?"

"『마지막 날도 여류기사실을 쓰게 해 준 덕분에 이겼습니다. 승단한 건, 3단 리그 첫날에 츠키요미자카 씨가 말을 걸어 준 덕분이에요』."

"윽……!!"

"『칸사이 장기회관에서 처음 장기를 둔 날부터, 여류기전에서 항상 경쟁하며 강해졌어요. 제가 여류기사인지는 모르겠지만, 당신들과 싸운 경험이 없었다면 프로가 되지 못했을 거라고 생각해요. 진심으로 감사해요. 고맙습니다.』……라고 전해달라고 했어요."

"…………진짜로, 긴코가, 그런 말을 한 거야?"

"예. 한마디도 각색하지 않았어요."

"………………."

"저도 고맙다는 말을 드리고 싶어요. 츠키요미자카 씨가 칸토에 있어서, 얼마나 든든했는지 몰라요……. 긴코는 옛날부터 료한테 무례하게 굴기만 했잖아요. 정말 고마워요."

충격을 받았다.

나는 긴코에게 도움을 받더라도 절대로 고맙다는 말을 하지 않을 것이다.

그것이 승부사란 존재다. 싸우는 상대에게 감사의 뜻을 전할 수는 없다. 마음속으로 감사하더라도, 그것을 절대로 입 밖에 내지 않는다.

하지만…… 긴코가 나에게, 진짜로 고맙다는 말을 입에 담았다면…….

그렇다면 이제, 나를———.

"어? 잠깐…… 츠, 츠키요미자카 씨? 올 때와는 길이 다르지 않나요? 어? 어? 중앙순환선…… 어?! 왜, 왜 고속도로로 올라가는 거야?!"

뒤편에서 떠들어대는 쓰레기를 무시한 나는 바이크를 풀스피드로 가속시켰다.

"빌어먹ㅇㅇ을!!!!!!"

"우와아아아아아아아아아아아아아아, 사, 사, 사, 사람 살려어어어어어어어어어어어어어!!"

나는 나중에 면허 정지를 당했지만, 그래도 그때는 폭주할 수밖에 없었다.

분하다.

축복할 마음은 눈곱만큼도 들지 않았다. 쾌거라는 생각도 들지 않았다. 오늘은 모든 여류기사에게 굴욕의 날이다. 너무 분하고, 샘나며, 자기 자신이 한심해서…… 헬멧을 쓴 채 오열했다. 사형이 프로가 된 것마저 시샘했다.

그래서 나는 외쳤다. 그래서 나는 달렸다.

풀스로틀로. 엔진이 터질 때까지.

분하다.

그 마음이 조금이라도 남아 있는 한, 더 강해질 수 있을 거라고 믿으며…….

"실례했습니다. 그럼 말씀을 들어도 될까요?"

츠키요미자카 료와의 통화를 마친 내가 녹음기의 스위치를 누르자, 오키토 요우 2관은 표정을 바꾸지 않으며 물었다.

"방금 전화는 장기회관 측에서 온 건가?"

"예. 소라 긴코 4단과 쿠누기 소타 4단, 그리고 사카나시 스미토 4단이 탄생했다고 해요."

"세 명인가."

"사카나시 씨는 지난 기에 차점을 땄었으니까요."

뭔가 코멘트가 있을 줄 알았지만, 오키토는 새롭게 탄생한 프로에 관해서는 언급하지 않았다.

그 대신, 자신의 장려회 시절의 이야기를 시작했다.

"장려회 시절부터 나는 자신을 각교환의 스페셜리스트라고 여겼지. 3단 리그를 돌파할 수 있었던 것도 각교환 연구 덕분이다. 그 연구는 직접 연구한 부분도 있지만, 타인에게서 알아낸 부분도 있어. 그런 자세는 비판의 대상이 될 수도 있지만, 그것도 승부라 여기며 개의치 않았지."

오키토의 이야기는 오늘 장기에 관한 내용이 아니지만, 나는 말을 끊지 않았다. 그것이야말로 내가 듣고 싶었던 이야기이기 때문이다.

“나는 흔히 말해 ‘벽을 만드는’ 타입이다. 감상전에서도 깊은 부분까지 다루지 않지. 연구회를 가질 때도, 비장의 카드는 숨긴다. 그렇게 자신의 카드를 대량으로 만든 후, 승부처에 그것을 꺼내든다. 어떻게 카드를 꺼내 들 건지도, 대국의 일부라고 생각했거든.”

“이해해요. 저도 그런 타입이니까요.”

“하지만 소프트가 등장하면서 상황이 변했다.”

오키토는 담담히 그 일을 이야기했다. 자신의 인생과 장기계를 뒤엎은, 그 일을…….

“나는 숨겼던 모든 카드를 꺼내 들었다. 하지만 비장의 카드라 여겼던 것들이 대부분 별다른 가치가 없다는 게 폭로됐지. 평가치에 의해서 말이야.”

평가치.

이제까지 인간은 장기말의 가치에 점수를 매겨서, 각각의 감각으로 국면의 우열을 가렸다. 감각의 차이에 따라 국면의 가치는 변동한다. 즉, 숫자가 일정하지 않은 카드를 이용해 승부를 벌이는 포커 같은 것이다.

하지만 소프트가 더 명확한 형태로 점수를 제시하게 되자, 카드에 인쇄된 숫자는 일정해졌다.

게다가 인간이 생각하지 못하는 새로운 수와 전법까지 가르쳐줬다.

결과적으로, 이제까지 인류가 펼친 승부가 사실은 애매모호하기 그지없었다는 사실이 판명됐지만——.

"놀랍군요. 오키토 선생님께서 소프트와의 대국에서 충격을 받은 건, 정확한 종반 때문이라고 생각했는데……."

"종반은 계산력이다. 기계가 계산에 뛰어나다고 해서, 놀랄 일은 아니지. 게다가 그것 때문에…… 죽음을 선택할 리가 없지 않나?"

충격적인 고백이었다. 듣고 숨을 삼켰을 정도다.

공공연한 비밀이기는 하지만, 본인이 그것을 언급한 인터뷰는 이번이 처음일 것이다……. 이 사람에게 오늘 대국이 큰 의미를 지닌다는 것을, 나는 방금 그 짧은 말을 통해 느꼈다.

"즉, 서반에서 독자성을 발휘할 수 없게 됐기에…… 그런 선택을 한 거군요……."

"프로 기사의 가치가 없어지면, 나라는 존재에 의미가 없다고 생각했지. 나를 대신해 다른 누군가가 그 지위를 가져야 한다고 말이야."

그것은 너무나도 순수한 결의였다. 지나칠 정도로 말이다.

"프로 기사의 숫자에는 제한이 있지. 내가 프로가 된 바람에 프로가 되지 못한 사람도 있다. 프로의 가치를 잃은 내가 그 책임을 질 방법은 그것뿐이라는 생각이 들었던 거야."

연구를 숨기고, 타인을 밀쳐내며 프로가 됐다. 그래서 오키토는 강해졌지만, 그것이 마음에 큰 부담을 줬으리라. 타인의 연구를 훔치는 듯한 행위 또한, 오키토의 마음에 상처를 입혔을 것이다. 오키토가 죽음을 선택한 이유는 세간의 비판이 아니라…… 그가 누구보다 순수했기 때문이라는 것을, 나는 알았다.

오키토가 쓴 『4단 승단기』를 떠올렸다.

그것은 너무나도 아름답고, 순수하며…… 한편으로 슬픈 문장이었다. 내가 지금까지 읽은 장기 관련 문장 중에서도 손꼽히는 명문이었다.

그리고 또 하나, 생각난 것이 있다.

프로가 된 오키토는 4단 승단자가 초대되는 축하 파티에 참석하기를 거부한 첫 기사다.

"하지만 나는 죽지 못했다. 그러니 차라리 다시 태어나자고 생각하며, 다른 방법으로 가치를 창출하기로 했지."

"철저하게 소프트를 이용하는 방식을 시험한 거군요?"

"카드의 수치는 일정해졌다. 그렇다면 소프트를 이용해 서반을 정밀하게 짜면 얼마든지 강해질 수 있을 거란 가설을 세웠지……. 하지만, 거기에도 한계가 있었다. 재능의 벽이 있어서 말이야."

그 벽을 넘기 위해 오키토가 고안한 수법은 놀라웠다.

"체스에서 시험되고 있는 논문을 참고해, 소프트를 이용해 데이터베이스의 기보를 분석했다. 나는 그것을 통해 재능의 수치화를 시도한 거지. 그 결과, 가장 높은 수치가 나온 건——."

"명인…… 인가요?"

"속기에서는 역사상의 그 어떤 기사보다도 압도적으로 높은 수치가 나왔지."

오키토는 조건부로 그 말에 동의했다.

"평범한 기사는 속기를 두게 되면 악수를 둘 확률이 상승하지만, 명인은 거의 변함이 없다. 수읽기를 안 해도 수가 보이기 때문이지. 이 결과에는 정신이 아찔해질 수밖에 없었어."

"…………."

"하지만 장시간 대국에서는 어떨까? 대국 수는 얼마 안 되지만, 타이틀전에서 명인에게 과반수 이상의 승리를 거둔 유일한 기사가 있다."

나는 그 이름을 입에 담았다.

"쿠즈류 야이치."

"확인된 가장 오래된 기보는 초등학생 명인전 때지만, 그 시점에서 재능을 보이고 있었지. 자네는 그 자리에 있었지 않나?"

"예. 기억하고 있습니다."

잊을 수 있을 리가 없다. 내 인생이 변한 순간이니 말이다.

"속기로 명인에게 버금가는 재능을 지녔고…… 장시간 장기에서는 명인을 능가한다고 소프트가 평가했다. 솔직히 믿기지 않는 결과지만, 직접 둬 보니 그것이 사실일 가능성이 크다고 판단할 수밖에 없었지. 재능의 수치화란 수법이 유효하다는 것이 증명됐다고 생각한다. 내 패배라는 결과로 말이야."

거기까지 말한 오키토는 지금까지 아무 말 없이 이야기를 듣고 있던 또 한 명의 동석자에게 말을 건넸다. 기록 담당 청년에게.

"미라이. 오늘 대국 중에, 너는 흥미로운 말을 중얼거렸지?"

후타츠즈카 미라이 4단. 별명은《트랜슬레이터》.

지난 기 순위전 C급 2조에서 쿠즈류와 붙었고, 각교환에 혁명을 일으킨 6오동계라는 새로운 수에 정통으로 당하고 만 열아홉 살 기사다. 4단 승단은 쿠즈류보다 1년 반 늦었다.

"그야…… 그딴 건 인간이 아니잖아요?"

그 중얼거림은 나도 들었다.

하지만 그것은 육체마저 변화시켜서 소프트에 다가서려 한 오키토를 겨눈 말이라고 생각했는데——.

"오키토 선생님은 소프트로 보강한 연구에 맞춰 수를 두고 있었어요. 그것은 소프트를 이용하고 있는 젊은이라면 누구라도 눈치챘을 거예요."

후타츠즈카는 오키토에게 심취해 소프트를 사용하게 된 기사다. 장려회 시절에도 인간과는 연구회를 하지 않았고, 오키토의 기록만을 살폈다. 이번에도 오키토의 타이틀전을 누구보다 가까운 곳에서 보고 싶었기에, 프로면서도 기록 담당에 지원했다.

"하지만 쿠즈류 그 인간은 달라요. 오키토 선생님의 연구 범위에…… 상대의 함정에 빠졌는데도, 그것을 자신의 함정으로 뒤바꿨죠. 명백하게 그 자리에서 생각한 수순으로요."

"그건…… 용왕이 소프트를 절대시하지 않는다는 걸까요? 소프트를 의심하니까——."

"소프트가 제시한 수를 의심하는 건 남들도 해요. 하지만 그것과, 소프트의 수읽기를 능가하는 수를 실전에서 두는 건 명백하게 다르죠."

"용왕은 『봉함수를 적절히 이용했다』고 말했습니다. 무한한 제한 시간이 있으니, 거기서 자기 옥의 안전도를 완벽하게 파악했다고요."

"확실히 종반은 대단했어요. 봉함수를 이용한다는 발상도 대단하고요."

그렇다. 7칠 동 비 승격은 전설급의 한 수다. 내가 지금까지 본 쿠즈류 장기 중에서도 최고라고 단언한다.

"하지만 그건 확인 작업에 지나지 않아요. 딱 잘라 말해 최후의 7칠동비성은 저한테도 보였죠. 그것보다 더 위험한 건, 그 전이에요. 봉함수로 공세에 나서면서, 오키토 선생님의 공격을 유도한 부분이죠. 저는 그걸 보고 소름이 돋았어요."

"그러니까 그건, 봉함수 이후의 시간을 이용해──."

오키토는 차분한 어조로 대화에 끼어들었다.

"그럼, 쿠즈류는 그 수를 몇 분 생각하고 봉했지?"

"…………!!"

후타츠즈카는 말문이 막힌 나를 탁한 눈으로 응시하며 말했다.

"소프트에도 약점이 있어요. 하지만 그 약점을 찌르려고 해도, 보통은 서반에 막히죠. 그것을 돌파하더라도 중반에 무너져요. 하지만 그 녀석은 그것도 돌파했죠. 제한 시간이 바닥나기 전에 말이에요."

그 말처럼, 후타츠즈카가 언급한 것은 쿠즈류가 7칠동비성을 두기 전이다.

그렇다면 쿠즈류는…… 서반과 중반에 이미 소프트를 뛰어넘었다는──.

"같은 인간 같지가 않아요. 그래서 '인간이 아니다' 라고 한 거예요. 그런 걸 지금까지 아무렇지도 않게 해냈으니까요."

"이, 이전에도 말인가요……?"

"애초에 쿠즈류가 본격적으로 소프트를 연구에 도입한 건 1년 미만이라는 게 비정상적이에요. 그 후로 그 녀석이 무엇을 해냈죠? 각교환에 혁명을 일으켰어요. 계마 단기 돌격을 만들어냈고요. 그리고 몰이비차로 싱글벙글 삼간비차라는 영문 모를 전법을 성립시키더니, 이번에는 아예 소프트를 넘어섰단 말이에요."

《트랜슬레이터》도 해내지 못했던 수많은 혁명들. 게다가——.

"그 모든 것을 1년도 채 안 되는 기간에 해낸 거예요. 오키토 선생님이 몇 년을 들여서도 해내지 못한 걸 말이죠. 저같이 젊은 프로가 평생을 바쳐도 해내지 못할 일을 아무렇지 않게 해낸다고요. 그 사상 최연소 용왕은…… 아니."

그리고 후타츠즈카는 혐오하는 기색마저 드는 목소리로, 쿠즈류 야이치의 별명을 입에 담았다.

"그 마왕은 말이에요."

그는 이전부터 칸토의 젊은 기사에게 그런 이름으로 불렸다.

처음에 그 말에는 경멸의 의미가 담겨 있었다.

라이벌인 칸나베 아유무 7단이 자신을 빛의 성기사, 쿠즈류를 어둠의 마왕이라 부르는 것을 다들 몰래 비웃었다.

하지만 그것이 점점 다른 의미를 지니기 시작한 것은, 쿠즈류가 명인에게 이겨서 타이틀을 방어했을 때부터였으리라.

명인과의 용왕 방어전. 3연패 후의 4연승이란 역전극을 선보인 그 불굴의 의지, 그 끈질기면서도 강한 싸움은 확실히 인상에 깊게 남았다.

하지만 쿠즈류가 숨겨져 있던 진가를 발휘한 것은 바로 오늘 장기에서였다.

인간과 소프트가 판단을 내릴 수 없는 국면으로 상대를 유도하고, 자신의 옥(玉)이 잡힐 외통수가 없다는 것을 완전히 읽어냈으며, 수평선 너머에서 날린 일격으로 상대를 해치웠다. 봉함수라는 제도마저 교묘하게 이용한 것이다.

열여덟 살답지 않은 그 수법은 마왕 그 자체다.

이제부터 오랫동안 자신들을 지배할 그 왕을 어떻게 대할지를 몰라, 장기 나라의 주민들은 명백히 혼란에 빠져 있었다.

혹자는 두려움에 사로잡혔고…….

혹자는 질투심에 휩싸였으며…….

혹자는…… 사랑에 빠질 것이다. 나처럼, 백설공주처럼…….

"당신, 쭉 칸사이 소속이었죠?"

후타츠즈카가 그렇게 묻자, 나는 고개를 끄덕였다.

"예. 용왕과는 어린 시절부터 알고 지냈습니다."

"용케 그런 괴물 곁에 있으면서 장기를 두네요. 같은 세대라는 것만으로 죽고 싶어지는데 말이죠."

"쿠즈류 야이치의 전기를 쓰는 게 제 꿈이에요. 그래서 관전 기자가 됐죠."

"흐음. 하지만 그 녀석의 말을 이해할 수 있을 거라는 생각은 버리는 게 좋을걸요? 똑같은 말을 늘어놓더라도, 그 녀석의 눈에는 전혀 다른 게 보일 테니까요. 본인은 거짓말을 할 생각이 없더라도, 그것은 우리 세계의 진실과 달라요."

나 자신이 어렴풋이 느끼고 있던 위화감을 《트랜슬레이터》가 인정사정없이 폭로했다.

그렇다. 그래서 나는 오키토만을 인터뷰한 것이다. 쿠즈류가 없는 곳에서, 그의 말이 들리지 않는 장소에서, 그 위화감의 정체를 확인하고 싶었으니까……

"만약 그 녀석의 시점에서 쓴 이야기가 있다면, 그건 분명…… 그 어떤 벽도 노력으로 넘어설 수 있는, 그런 희망찬 이야기겠죠. 하지만 그 이야기를 쓴 본인은 모를 거예요. 가장 높은 벽이 자기 자신이라는 걸요. 최고의 코미디 아니에요? 최고로 잔혹한 코미디 말이에요."

기술적 특이점은 찾아오지 않았다.

주역이 되는 건 소프트가 아니었다. 하지만 인류도 아니었다.

소프트도 인간도 아닌, 더 고차원적 존재. 소프트라는 새로운 지표가 나타나면서, 그 존재는 드러났다. 소프트를 초월할 수 있는 인류가.

사상 첫 여자 프로 기사가 탄생한 오늘—— 그 존재도, 태어났다.

현실이라는 것이 믿기지 않았다. 완전히 공상 속 이야기다.

이제까지 장기계의 변경이었던 칸사이란 지역에서 자라난, 백설공주와 작은 용의 이야기.

작은 용은 항상 백설공주의 곁에서, 공주를 지키려 했다.

매사에 서툴고, 잘 날지도 못하는 용을, 백설공주는 사랑했다. 용과 소녀는 수많은 모험을 함께했고, 서로의 상처를 보듬어 줬으며, 그 상처가 아물기도 전에 또 강적에 맞섰다.
그리하여 백설공주는 강하고, 아름답게 성장해…… 수많은 시련을 극복한 끝에, 마지막 계단을 올라섰다.
하지만 그 곁에 있던 조그마한 용은, 어느새 너무나도 강대한 존재가 된 끝에 그 날개로 하늘을 뒤덮고 말았다. 재능이란 이름의 날개로.
그가 바라든 바라지 않든, 그 압도적인 재능이란 힘에 의해 장기계는 혁신의 시대에 돌입한다. 그를 사랑하고, 또한 그가 사랑하는 이들도, 그 힘에 상처 입으리라.
그 손에 달린 날카로운 발톱은, 장기란 싸움만을 위한 것이니까. 설령 그것이 소녀를 지키기 위해 날카롭게 벼려진 것일지라도.
그 용의 화신을, 사람들은 이렇게 불렀다.

───『서쪽의 마왕』───.
©shirabii

역자 후기

안녕하십니까. 근로청년 번역가 이승원입니다.

『용왕이 하는 일!』 12권을 사 주셔서 진심으로 감사합니다.

2020년 마지막 작업 도서가 『용왕이 하는 일!』이 될 줄은 생각도 못 했습니다.

어제 추위가 몰려와서 상수도가 얼어 물도 안 나오는 상황입니다만, 이 역자 후기를 작성하는 도중에 물이 나오더군요.

물이 없어서 쌀을 씻을 수가 없어서 종일 굶었는데, 정말 기뻤습니다.ㅠㅜ

찬물에 쌀 씻어서 밥솥에 돌리고, 밥 향기 맡으며 후기를 쓰니 참 행복합니다.^^

독자 여러분도 2020년을 행복하게 보내셨기를 빕니다!

그럼 본편 이야기를 좀 해 볼까 합니다.

스포일러가 포함되어 있을 수도 있으니 본편을 읽지 않으신 분들은 유의해 주시길!

이번 12권은 장려회 3단 리그 막바지를 다루고 있습니다.

또 주인공인 야이치는 찬밥 신세인가…… 싶었습니다만, 다행히(^^) 제위전 제1국이 있더군요.

그래도 어디까지나 메인은 장려회! 였다고 생각합니다.

긴코, 소타, 카라코, 카가미즈…… 프로가 되기 위해 목숨을 건 그들의 반년간에 걸친 사투도 이번 권에서 마무리됩니다.

이제까지는 메인이라 할 수 있는 긴코를 중심으로 이야기가 진행됐지만, 이번에는 다른 라이벌들에도 스포트라이트를 비추며 장려회가 얼마나 혹독하면서도 눈부신 곳인지를 다루고 있습니다.

천재이기에 느끼는 고뇌에 휘둘린 끝에 장기를 통해 앞으로 나아갈 방향을 찾아낸 소타, 장려회란 지옥에서 벗어났지만 다시 지옥에 발을 들인 카라코, 마지막 순간에 거머쥔 기회를 놓치지 않기 위해 필사적으로 발버둥 치는 카가미즈……. 긴코의 라이벌이라 할 수 있는 그들의 과거와 현재를 다루며 이야기는 결말을 향해 치닫고 있습니다.

한편, 야이치 또한 컴퓨터 소프트를 통한 장기를 추구하는 오키토 요우 제위와의 타이틀전에 임하고 있습니다.

어디까지나 인간으로서 소프트에 맞서려 하는 야이치는 기적에 가까운 재능을 선보이지만…… 그것은 인간이 소프트에게 뒤지지 않는다는 가능성을 보여주는 것과 동시에, 재능 없는 자들에게 무한한 절망감을 안겨주고 있습니다.

오랜 꿈을 이룬 백설공주와 용. 그들 앞에 펼쳐진 것이 환한 미래만은 아닐 거란 예감이 드는 군요. 저도 독자 여러분과 마찬가지로 빨리 13권이 보고 싶습니다!

그럼 이만 줄이겠습니다.
항상 재미있는 작품을 맡겨주신 노블엔진 편집부 여러분께 감사드립니다. 2021년에도 잘 부탁드립니다.
요즘 시국이 시국이라 얼굴 한 번 보기 힘든 악우여. 내년에는 이 사태가 진정되어 예전처럼 같이 고기 먹으러 다니자.ㅠㅜ
마지막으로 제게 버팀목이 되어 주시는 어머니와, 『용왕이 하는 일!』을 읽어 주신 모든 분께 진심으로 감사드립니다.

『용왕이 하는 일!』 13권 후기에서 다시 뵙겠습니다!

2020년 12월 말
역자 이승원 올림

용왕이 하는 일! 12

2021년 05월 25일 제1판 인쇄
2021년 06월 01일 제1판 발행

지음 시라토리 시로 | **일러스트** 시라비

옮김 이승원

발행 영상출판미디어(주)
등록번호 제 2002-000003호
주소 21311 인천광역시 부평구 평천로 132 (청천동)
전화 032-505-2973(代) | FAX 032-505-2982

ISBN 979-11-380-0059-8
ISBN 979-11-319-5731-8 (세트)

구매 시 파손된 도서는 구매처에서 교환하실 수 있습니다.
기타 불편사항, 문의사항이 있으신 독자님께서는 노블엔진 홈페이지 [http://novelengine.com] 에서
Q&A 게시판을 이용해 주시기 바랍니다.

노블엔진(NOVEL ENGINE)은 영상출판미디어(주)의 라이트노벨 및 관련서적 브랜드입니다.

우리 옆집엔 천사님이 산다── 무뚝뚝하면서도 귀여운
이웃과의 풋풋하고 애틋한 사랑 이야기.

옆집 천사님 때문에 어느샌가 인간적으로 타락한 사연 1~2

후지미야 아마네가 사는 맨션 옆집에는 학교 제일의 미소녀인 시이나 마히루가 살고 있다. 두 사람은 딱히 이렇다 할 접점이 없지만, 비가 오는 날 흠뻑 젖은 시이나 마히루에게 우산을 빌려준 것을 계기로 기묘한 교류가 시작되었다.

혼자서 너저분하게 대충대충 사는 아마네를 차마 보다 못해, 밥을 차려 주거나 방을 청소해 주는 등 이것저것 챙겨 주는 마히루.

가족의 정을 그리워하면서 점차 다정한 모습을 보이기 시작하는 마히루. 그러나 그 호의를 알면서도 자신감이 없는 아마네. 두 사람은 자신의 마음에 솔직하게 굴지 못하면서도 조금씩 서로의 거리를 좁혀 나가는데 …….

사에키상 지음 | 하네코토 일러스트 | 2021년 6월 제2권 출간

청춘의 상상, 시동을 걸어라!